Der Tod im Paradies

Von Allan Greyfox

<u>Über dieses Buch:</u>

New York in den Vierzigern.

Unser Detektiv steht vor dem Fenster seines Büros und sieht auf den Regen in der 17. Straße hinaus.
Statt eines weiteren trüben Tages bekommt er Besuch und den Auftrag, den Ehemann seiner vermögenden Kundin zu beschatten.
Der zuerst einfach erscheinende Job eskaliert zu einem ausgewachsenen Verbrechen. Eine schöne Frau zieht ihn in ihren Bann, und so beginnt ein Taumel aus Drogen und Sex.

Allan Greyfox

Tod im Paradies

Bibliografische Information der Deutschen Nationalbibliothek:
Die Deutsche Nationalbibliothek verzeichnet diese Publika-
tion in der Deutschen Nationalbibliografie; detaillierte bibliografische Daten sind im Internet über http://dnb.dnb.de
abrufbar.

© 2017 Peter Eckmann
Lektorat: Eva Maria Eckmann
Korrektorat: Eva Maria Eckmann

Herstellung und Verlag: BoD – Books on Demand, Nor-
derstedt
ISBN: 9783-7412-7093-2

Inhaltsverzeichnis

Die Personen

Michael Callaghan	Mike, 35 Jahre alt, groß und gut aussehend, er hat Jura studiert und vier Jahre als Angestellter in einer Detektei gearbeitet, danach war er sieben Jahre beim Militär in der Abwehr, davon drei Jahre im von den Deutschen besetzten Frankreich. 1947 hat er sich mit einer kleinen Detektei selbstständig gemacht
Candice Evans	Candy, sie ist die Schwester von Annie Millburgh, 25 Jahre alt. Sie ist unvorstellbar vermögend und genauso gut aussehend. Sie fährt einen roten Alfa Romeo Supersport, Baujahr 1939, aus dem Nachlass ihres Vaters. Sie hat ebenfalls Jura studiert, um später einmal einen Posten in der Firma ihres Vaters übernehmen zu können. Aber dann kam Mike Callaghan…
Eduard Costein	Eddie, Anfang vierzig, einer von Mikes beiden besten Freunden. Er hat ein paar Jahre im Gefängnis verbracht und wurde durch die Ehe mit seiner Frau Marita geläutert, mit Kontakten zu Manhattans Unterwelt, Eigentümer und Barkeeper des 'Grey Dog', einer kleinen Kneipe in Chelsea
Willy Murdoch	Mitte dreißig, mit unübersehbarer roter Haartolle. Ein weiterer, sehr guter

	Freund von Mike, er ist ein lustiger Kerl und erheitert seine Freunde immer wieder mit seinen Anekdoten. Er fährt Taxi in Manhattan
Annie Millburgh	Mitte dreißig, geborene Evans, die ältere Schwester von Candice Evans. Verheiratet mit Ernest Millburgh. Sie ist Mitinhaberin und im Aufsichtsrat der Lackawanna Steel und leitet so die Geschicke der Firma ihres verstorbenen Vaters
Ernest Millburgh	Ernie, der Mann von Annie Millburgh, erfolgreicher Manager in der Firma seines Schwiegervaters, des vor vier Jahren verstorbenen Horace Evans
Patrick Mulligan	Redakteur bei der New York Post, entwickelt sich zu einem guten Freund
Andrew Jenkins	Fotograf bei der New York Post, ebenfalls ein guter Freund
Salvatore „Don" Calogero	Kam mit seinen Eltern als neunjähriger Junge aus Sizilien, jetzt ist er der Rauschgiftkönig von Manhattan
Abraham Jefferson	sein Finanzspezialist und ehemaliger Banker
Nick Costa	sein Mitarbeiter, sein Reisender und verantwortlich für den Absatz des Rauschgiftes und der Konserven
Thomas Furbic	Ein weiterer Mitarbeiter, er ist sein engster Vertrauter und Ratgeber

Jimmy Baldwin, Joey Death	seine besonders unangenehmen Mitarbeiter, sie schrecken auch vor Mord nicht zurück
Alec Gunders	Der Kapitän der Paradise und ein weiterer dunkler Gefolgsmann des Don Calogero
Jack Olson	Vorarbeiter in der Konservenfabrik des Don Calogero
Susan Dickinson	Die Tochter von Jack Olson. Sie war Callgirl und Prostituierte und ist nun die Geliebte von Don Calogero
Guido Pasetti	Ein Fotograf mit zweifelhaftem Ruf

Alle anderen Figuren spielen in für die Handlung erforderlichen Nebenrollen.

Die Luxusyacht

New York, genauer: Brooklyn, im April 1947. Don Calogero sitzt mit drei Männern in seinem Büro im Obergeschoss seiner Konservenabfüllfabrik am East River. Es ist kalt draußen, die Fenster sind geschlossen. Durch die Ritzen streicht Luft herein und bewegt die Gardinen. Über den vier Männern hängt eine Dunstwolke aus Zigarrenrauch.

Don Calogero, ein unscheinbarer Mann mit vernarbtem Gesicht, berät sich im Kreise seiner vertrauten Freunde – soweit es unter Verbrechern Freunde geben kann. Wenn man nicht aufpasst, betrügen einen diese Brüder bei jeder Gelegenheit, das hat er von klein auf gelernt.

Es ist ihm auch bewusst, dass sie nur zu ihm halten, weil sie sich einen Vorteil davon versprechen. Dieser Vorteil kann Geld sein, das ist es fast immer. Oder es gefällt ihnen, seinen mächtigen Arm hinter sich zu wissen.

Salvatore Calogero, „Don" genannt, ist ein magerer Mann Mitte vierzig. Seine Haare sind leicht gewellt und haben inzwischen einen silbernen Schimmer erhalten. Seine Augen sind oft etwas geschlossen und verleihen ihm so ein unheimliches Aussehen, weil man nie weiß, ob man gerade beobachtet wird. Er trägt einen teuren Anzug, dunkelgrau mit schwarzen Nadelstreifen, dazu eine silbern schimmernde Weste. Seinen Hals schmückt eine dezente seidene Krawatte. Er sieht aus wie ein wohlhabender Geschäftsmann. Ja - er ist wohlhabend und er macht auch Geschäfte…

„Abe, was sagst du dazu?", wendet er sich an seinen Kollegen.

Abraham Jefferson zuckt zusammen. „Äh – wozu soll ich etwas sagen, Don?"

„Muss ich denn alles zweimal sagen? Wir brauchen ein Schiff, und du sollst mir eines beschaffen!" In der Stimme des Mafioso schwingt eine gewisse Schärfe, er gilt als nicht besonders geduldig.

Die beiden anderen - Nick Costa und Tom Furbic, blicken betreten auf den Tisch. Wenn der Chef in dieser Stimmung ist, sagt man besser nichts.

Don Calogero sieht seine Spießgesellen der Reihe nach an. „Ihr Pfeifen sitzt auch nur herum und raucht meine Zigarren, bis Ende der Woche will ich von euch Vorschläge hören!"

„Äh, tut mir leid, Boss, kannst du das noch einmal wiederholen?", meldet sich sein Ratgeber, Thomas Furbic. Er begibt sich auf gefährliches Terrain. Doch als rechte Hand und enger Vertrauter von Don Calogero traut er sich mehr als seine beiden Kollegen.

Der Mafioso schnaubt. „Wir brauchen ein seetüchtiges Schiff, mit dem wir das Opium in Havanna abholen und hierherbringen können. Es soll eine Luxusyacht sein. So haben wir die Möglichkeit, die Schmuggeltouren als Vergnügungsfahrten zu tarnen." Er grinst, sein Gesicht verzieht sich zu einer fiesen Maske. „Als zusätzlichen Bonbon könnten wir den Vertreter des Bürgermeisters sowie seine Freunde und Kollegen vom Stadtrat zu heißen Feiern auf das Schiff einladen. Dadurch wird das Schiff bekannt und weniger Ziel von Untersuchungen. Niemand muss wissen, wofür das Schiff eigentlich gedacht ist!"

Er lacht, alle seine Freunde stimmen mit ein. Ja, ihr Chef ist immer für eine Überraschung gut. Widerwillig müssen sie sich eingestehen, dass Don zwar der Kleinste unter ihnen ist, aber immer die besten Ideen hat und einen scharfen Verstand besitzt. Nicht von ungefähr ist er der uneingeschränkte Herrscher in der Unterwelt von Brooklyn.

„Tommy, du machst das mit dem Boot. Besuche alle Agenten und Schiffsmakler, du weißt, was wir brauchen", ordnet Don Calogero an. Er wendet sich an Nick Costa, seinen Vertreter und Reisenden für die Konserven und für alle Geschäfte, die nicht im Handelsregister stehen. „Nick, du siehst dich nach einem Kapitän oder Steuermann um. Wir brauchen einen, der die Klappe halten kann. Du hast einen großen Bekanntenkreis, du wirst schon den Richtigen finden."

Abe Jefferson blickt nachdenklich aus dem Fenster. Wolken verdecken die Sonne, es sieht wieder nach Regen aus. Grau und träge strömt der East River vor den Fenstern ihrer dubiosen Firma vorbei.

„Du, Abe, wirst dir Gedanken um die Bezahlung machen. Sobald wir den Preis kennen, denkst du dir aus, wie wir den Deal abwickeln. Wir können ein paar Million Dollar ja nicht mit Bargeld aus einer Tüte bezahlen."

Abe atmet hörbar aus. Gott sei Dank, davon versteht er etwas, jetzt kann er vor seinem Chef brillieren.

„Wir transferieren den Betrag von unserer Bank in Nassau auf die Bank of the Manhattan Company und deklarieren das als Sonderausgaben für Kapitalgeschäfte, das merkt später kein Mensch", schlägt Abe vor.

„Okay, okay!", Don winkt abwehrend mit der Hand. „Die Details interessieren mich nicht, das ist dein Bier."

Abe Jefferson ist der hellste Kopf in seiner Bande. Er ist ein ehemaliger Banker, während des Krieges war er in krumme Geschäfte mit einer deutschen Bank verwickelt und musste damals untertauchen. Jetzt ist er der smarte Buchhalter für alle seine Transaktionen. Das einzige Problem ist, dass Abe zu viel weiß, er kennt seine Geschäfte fast besser als Don selbst, das könnte irgendwann zu einer Gefahr für ihn werden.

Don Calogero steht auf und sieht aus dem Fenster. Sein Blick fällt auf die Anlegestelle direkt vor der kleinen Fabrik am

East River. Die Geschäfte laufen gut. Das Versteck des Rauschgiftes in den Konservendosen ist genial. Seine kleine Konservenabfüllerei „Kings Vegetables" – benannt nach dem Stadtbezirk Kings County, in dem sie sich befindet – ist unwirtschaftlich und wirft kaum etwas ab. Aber das eigentliche Geschäft wird auch nicht mit dem Verkauf von konserviertem Gemüse gemacht. Es ist das Rauschgift, das in besonderen Chargen der Dosen enthalten ist und ihn täglich reicher werden lässt.

Sein Kontaktmann im Libanon, El Khoury, ist sehr tüchtig. Er hat die örtliche Polizei und Vertreter aus der Regierung im Griff. Don schmunzelt. Das läuft schon seit drei Jahren, und es hat bisher nicht eine einzige Verhaftung gegeben! Der Weg vom Libanon direkt nach New York ist ihm inzwischen allerdings zu unsicher geworden, das geht schon zu lange gut. Es ist besser, das Opium zuerst nach Havanna zu bringen und dann über Miami hierher nach New York. Seine Chemie-Klitsche für die Verarbeitung vom Opium zum Heroin ist fast fertig, ein alter Anbau neben der Fabrik soll dafür herhalten. Das noch zu beschaffende Schiff soll das Roh-Opium von Havanna hierherbringen. Der Plan ist, das Rauschgift hier in Heroin umzuwandeln und anschließend in einer besonderen Serie Konserven abzufüllen.

Er muss unwillkürlich grinsen: »Kings Vegetables, jetzt mit neuer Formel!«

Nick muss noch Dealer suchen, die das Heroin vertreiben, aber den Markt dafür schätzt Don vielversprechend ein. Er reibt sich die Hände, er ist jetzt schon der größte Drogenhändler in New York, in nicht allzu ferner Zeit wird er der Herrscher der ganzen Ostküste sein!

„Eh, Boss!"

Don Calogero dreht sich um. Er hasst es, wenn er in seinen Gedankengängen unterbrochen wird, besonders, wenn sie zu so schönen Ergebnissen führen. Etwas verärgert blickt er Nick Costa an, der jetzt direkt vor ihm steht.

„Chef, was hältst du von folgender Idee?"

„Lass hören!"

„Jetzt nach dem Krieg sind doch zahlreiche Kapitäne unserer Navy arbeitslos. Sollte ich mal nachforschen, ob sich unter denen ein geeigneter Kandidat befindet?"

Der Mafioso knufft seinem Vertreter auf den Arm. „Gute Idee, Nick! Hätte ich dir gar nicht zugetraut! Das klingt vielversprechend!"

***

Michael Callaghan steht auf dem Gehweg der 17. Straße und schraubt ein weiteres Schild neben den Hauseingang. Er hat hier im ersten Stock seit vier Wochen ein Büro mit Wohnraum. Es ist eine schmale, dunkle Straße und das Haus, vor dem er jetzt steht, ist das Unscheinbarste und Dunkelste von allen. Grau und schmutzig ist die Frontseite, einige Rollläden sind heruntergezogen, so, als wollten sie den Bewohnern den Blick auf das Elend vor ihnen ersparen. Neben dem Haus, in dem sich seine Detektei befindet, ist ein unbebautes Grundstück, auf dem Schutt herumliegt, überwuchert von Unkraut.

Seit vier Wochen hängt am Eingang ein Schild, auf dem

Callaghan Investigation Services

steht. Das zweite, das Mike gerade angebracht hat, ist mit

Seit 80 Jahren in Ihren Diensten

beschriftet. Mike betrachtet das neue Schild und schmunzelt. Er arbeitet erst seit einem Monat als Detektiv, wenn er die vier Jahre vor seiner Militärzeit nicht dazurechnet. Aber sein Großvater war 1868 Marshall in Abilene gewesen, und sein Vater war, bis zu seiner Pensionierung, Revierführer bei der Polizei in einem Nest in Pennsylvania. Immerhin, alles zusammengenommen sind die Callaghans tatsächlich seit beinahe 80 Jahren in dem Geschäft.

Er nimmt den Schraubenzieher sowie die Handbohrmaschine und steigt die schmale Treppe zum ersten Stock hinauf. Im Treppenhaus ist eine Glühbirne defekt – mal wieder - es riecht muffig, seit mindestens zwei Wochen ist hier nicht gereinigt worden. Er wird wohl gleich mit Schrubber und Besen selbst Hand anlegen, so wie das Treppenhaus jetzt aussieht, schreckt es jeden potentiellen Kunden ab.

Seinen letzten Auftrag hat er vor einer Woche erledigt. Mike sollte für einen Mann dessen verloren gegangenen Sohn suchen. Das war in zwei Tagen erledigt, und hat ihm 70 Dollar eingebracht. Davon konnte er eine Woche leben, und die ist jetzt fast vorbei. Was wird dann werden? Seit er seinen Abschied vom Militär genommen hat, hat er schon manche Durststrecke überwinden müssen. Falls alle Stricke reißen sollten, könnte er sich an seine Tante Mercedes wenden. Sie ist die Inhaberin der »Wyoming Copper Company«, die von seinem Großvater 1876 gegründet worden und inzwischen stillgelegt wurde. Aber sollte er dort *jetzt* schon um Almosen betteln? Wo er vor ein paar Wochen noch großspurig angegeben hat, dass er seinen Lebensunterhalt mit der Detektei bestreiten könne? Nein. Er kann nicht jetzt schon klein beigeben.

Nach der High-School studierte Jura er in Chicago, mit einem Abschluss als Master, und hat danach bei »Ace Investigations« in New York als Privat-Detektiv angefangen. Er bekam, trotz mehrfachen Nachfragens, immer nur langweilige Aufträge. Schließlich war er 1940 in den Militärdienst eingetreten. In der Abwehr in Europa hat er für einige Jahre eine

spannende Aufgabe gefunden, aber jetzt, zwei Jahre nach
Ende des Krieges, gab es kaum noch etwas zu tun. Es gab insgesamt wenig Arbeit, deshalb hat er kurz entschlossen diese
kleine Detektei gegründet und sich selbstständig gemacht,
sehr zum Entsetzen seiner vier Tanten.

„Du bist jetzt fünfunddreißig, in dem Alter haben andere
Männer längst eine Familie und einen festen Job!"

So etwas bekommt er gelegentlich zu hören. Ach, seine
Tanten. Er weiß natürlich, dass die Vier sich nur um ihn sorgen. Sein Vater war Revierleiter bei der Polizei in Erie in
Pennsylvania gewesen, er hat seinem einzigen Sohn immer zugeredet, etwas aus seinem Leben zu machen. „Mit deinem guten Abschluss stehen dir praktisch alle Türen offen, Junge.
Mach' was draus!" Privatdetektiv war nicht unbedingt des Vaters Vorstellung von einem Job gewesen. Aus diesem Grunde
will er auch ohne dessen Unterstützung zurechtkommen. Allein bei der Vorstellung, seinen Vater oder die Tanten um
Geld zu bitten, wird ihm ganz flau im Magen, vielleicht ist es
aber auch nur der Hunger. Wird er sich mit seiner Detektei
über Wasser halten können? Vielleicht haben seine Tanten
doch recht? Er schüttelt unbewusst den Kopf. Nein! So
schnell gibt er nicht auf!

Morgen wird der wöchentliche Pokerabend mit seinen
Freunden stattfinden. Vielleicht haben die Kumpel schon einen Auftrag für ihn, sie rühren eifrig die Reklametrommel für
seine kleine Detektei.

Am folgenden Tag schließt Mike Callaghan gegen 5 Uhr
PM sein Büro und geht das kleine Stück zur 16. Straße West
zu Fuß. In Hausnummer 246 befindet sich das »Grey Dog«,
das um diese Zeit normalerweise noch geschlossen ist. Eddie
öffnet seine Kneipe montags erst um 7:00 Uhr am Abend.

Zwei Stunden vorher gehört sie den drei Freunden und ihrem Pokerspiel.

Mike erreicht gerade die Tür, als Eddie öffnet. Er ist ein bärenstarker Kerl, mit spärlichen, raspelkurzen Haaren. Nach zwei Jahren im Gefängnis in Brooklyn, hat er seine jetzige Frau kennen gelernt - ein Glücksgriff, wie er sagt. Sie half ihm, mit seiner kriminellen Vergangenheit fertig zu werden. Jetzt ist er glücklich verheiratet und hat vier Kinder. Zwei hat seine Frau mitgebracht, zwei eigene waren bald darauf dazu-gekommen. Er mag Anfang vierzig sein, wie alt er genau ist, will er nicht sagen, er scheint auch die Jahre im Gefängnis nicht mitzuzählen. Aber das ist egal, er ist ein treuer Freund, ein Fels in der Brandung und ein verlässlicher Helfer, wenn Not am Mann ist.

„Hallo, alter Freund, du bist der Erste heute", wird Mi-chael begrüßt.

„Das wird daran liegen, dass ich als Einziger von euch nichts zu tun habe."

Eddie, mit vollem Namen Eduard Costein, sieht ihn be-trübt an. „Vielleicht war das mit der Detektei doch eine Schnapsidee."

„Vielen Dank, das baut mich wirklich auf. Fängst du jetzt auch noch damit an? Das muss ich mir von meinen Tanten schon dauernd anhören. Apropos Schnaps, kannst du mir schon mal einen Whisky geben?"

Eddie klopft ihm versöhnlich auf die Schulter. „War nicht so gemeint, komm, trink erst mal einen Schluck, kann sogar sein, dass ich Arbeit für dich habe."

„Wirklich? Mensch, das wäre was!"

Eddie winkt ab. „Setz dich erstmal, wir reden nachher dar-über, okay?"

Mike tut, wie ihm geheißen, und setzt sich an den Tisch, an dem sie immer gemeinsam spielen. Gerade, als Eddie den versprochenen Drink bringt, wird die Tür aufgestoßen und Willy Murdoch stürmt herein. Seine roten Haare lassen auf irische Wurzeln schließen, er der Jüngste von ihnen, Anfang dreißig. Willy war ein paar Jahre verheiratet gewesen, ist nun geschieden und hat einen vier Jahre alten Sohn, der bei seiner Mutter aufwächst.

Mike seufzt, mit den Frauen hat es bei ihm noch nicht geklappt. Er hat nach Ende des Krieges eine längere Beziehung gepflegt, die seit ein paar Monaten vorbei ist. Sie war die Frau seines Vorgesetzten in Washington und hat ihm weisgemacht, dass ihr Mann in Europa einem Unfall zum Opfer gefallen war. Eines Tages stand der Totgeglaubte vor der Tür. Die vermeintliche »Witwe« hat blitzschnell die Spur gewechselt und vor dem gehörnten Ehemann die arme, verführte Frau gegeben, die keine Schuld träfe. Seit diesem Fiasko hat er keine Frau mehr angesehen.

Mike hat danach frustriert das Militär verlassen und sich dem Einzigen, was er konnte – der Detektivarbeit – zugewandt. Früher, während der High-School-Zeit, gab es etliche Mädchen, die den schmucken Kapitän der Basketballmannschaft anhimmelten. Junge, hübsche Mädchen, taufrisch wie Zitroneneis, unkompliziert und für jeden Spaß zu haben. Er hat nie ein Problem damit gehabt, Mädchen kennenzulernen, groß und charmant, wie er ist. Nur die wirklich schönen Mädchen, mit makellosem Gesicht und perfekter Figur, die Sorte, die ausnahmslos jeden Mann zu einem starrenden Trottel machen, diese Wunder der Natur, haben ihm nur Pech gebracht. Die Gattin seines Vorgesetzten war so ein Exemplar gewesen, es war aber das letzte Mal, dass er so einer Göttin auf den Leim gegangen war. Mittlerweile ist ihm klar, dass man eine Frau nicht mit einer anderen vergleichen kann, auch wenn das ihm hin und wieder passiert.

Willy reißt ihn aus seinen Erinnerungen. „Ihr glaubt nicht, was mir heute passiert ist!"

Eddie und Mike sehen sich an und grinsen. Willy fährt Taxi in New York, er erzählt nach jeder Tour eine lustige, traurige oder spannende Geschichte. Er muss sie sofort loswerden, sonst platzt er, das ist sein Naturell. Und er beginnt immer mit: »Ihr glaubt nicht, was mir heute passiert ist!«

„Spuck's aus, wir sind sehr gespannt", sagt Eddie und feixt mit Mike.

Willy lässt sich dadurch nicht irritieren. „Ich habe vorhin einen Fahrgast gehabt, der wollte von der 7th. Avenue zum Broadway, und zwar um den Times Square herum. „Warum gehen Sie nicht zu Fuß?", habe ich ihn gefragt. „Das sind zweihundert Schritte, mit meinem Taxi dauert das bei diesem Verkehr zwei Stunden!" Na ja, ihr wisst ja, ich mach das, was der Kunde wünscht.

„Und was hat er geantwortet?" will Mike wissen.

„Er meinte, er hätte es nicht eilig, seine Schwiegermutter aus Boston sei zu Besuch."

Seine Freunde lachen.

„Meine Zeitung habe ich bei der vielen Warterei dreimal durchgelesen."

„Lass dich doch nach Fahrzeit bezahlen", schlägt Mike vor.

„Die Wartezeiten bekomme ich doch sowieso bezahlt."

„Nun erzähl nicht so viel, teil lieber die Karten aus!", knurrt Eddie.

„Du hast doch vorhin etwas von einem Auftrag erzählt…", fragt Mike, an Eddie gewandt. Sein Portemonnaie ist genauso leer, wie sein Magen. Er hat seit zwei Tagen kaum etwas gegessen und der Whisky rumort bereits in seinem Magen, aber das mag er seinen Freunden nicht beichten. Eddie ist imstande und schmiert ihm auf der Stelle ein paar Sandwiches.

Der zermartert seinen kahlen Kopf. „Richtig, da war doch was." Er denkt noch eine Weile nach, während er die Karten mischt, dann fällt es ihm ein. „Vorgestern ist am Union Square jemand erschossen worden, die Polizei sucht jetzt nach Zeugen." Er grinst Mike an. „Ich weiß, wer das gesehen hat, aber der hält sich versteckt, weil er nichts mit der Polizei zu tun haben will."

„Und was soll ich dabei tun?"

„Auf den Zeugen ist wegen einer anderen Geschichte ein Kopfgeld ausgesetzt, das kannst du dir jetzt verdienen. Und wenn du das schaffst, dann können wir uns anschließend die Prämie teilen." Er grinst und mustert seine Karten.

„An wen muss ich mich wenden?"

„An Sergeant Cramer vom 7. Bezirk, dem habe ich schon erzählt, dass ich jemanden habe, der seinen Zeugen totsicher finden wird."

„Wenn du da mal nicht zu viel versprochen hast…", sagt Mike ein bisschen niedergeschlagen. Das lange Warten auf Kundschaft und die fehlende Gelegenheit, zu zeigen, was er kann, haben seinem Selbstbewusstsein zugesetzt.

Eddie klopft seinem Freund auf die Schulter. „Komm schon, Mike! Das machst du doch mit links. Wenn es jemand schafft, dann du."

Seine Freunde halten viel von ihm als Detektiv. Er dagegen findet, dass er sich die Lorbeeren als selbstständiger Privatdetektiv erst noch verdienen muss.

Es ist kurz nach 7 Uhr am Abend, als der erste Kunde das Grey Dog betritt.

„So, meine Freunde, ich muss jetzt arbeiten, während ihr euch auf die faule Haut legen könnt." Eddie legt die Karten ab und geht zur Theke.

„Er ist der Einzige mit geregelter Arbeitszeit", sagt Willy und lacht. Er fährt Taxi im Schichtbetrieb, deshalb muss ihr Pokerabend jedes vierte Mal ausfallen, denn dann hat er Spätschicht.

***

Es ist ein milder Abend in Kings Point auf Long Island, ein sanfter Wind weckt Erinnerungen an wärmere Tage. Ernest Millburgh ist zu Hause bei seiner Frau Annie, was selten der Fall ist. Sie sitzen auf der Terrasse und genießen den Blick auf die See. Sauber gestutzte Hecken säumen den Sitzplatz und schützen so vor dem Wind, der hier fast jeden Tag weht. Das Ehepaar sitzt auf Stühlen, die aus Teakholz gefertigt sind, nur dieses Holz widersteht der salzigen Seeluft. Auf dem Tisch steht ein Tablett mit einer Kanne Kaffee und ein Teller mit schokoladeüberzogenen Bagels, von einem dienstbaren Geist unauffällig serviert.

„Ich bin froh, dass du mal zu Hause bist", sagt seine Frau und nimmt sich von dem Gebäck. Sie ist eine gepflegte Frau Mitte dreißig und hat gelocktes, dunkelblondes Haar, das ihr bis auf die Schulter fällt. Seit dem unerwarteten Tod des Vaters sind sie und ihre Schwester Candice Teilhaberinnen am Evans Stahlkonzern bei Buffalo, besser bekannt als »Lackawanna Steel Company«.

Ihr Vater, Horace Evans, war vor zwei Jahren gestorben und hat ihr und ihrer Schwester ein unvorstellbar großes Erbe hinterlassen. Sie ist froh, dass ihr Mann Ernest Millburgh, Ernie, sich so gut in die Firma ihres Vaters eingearbeitet hat. Sein Engagement in der Firma hat zu beachtlichen Entwicklungen geführt. Annie war sich anfangs allerdings nicht sicher

20

gewesen, ob Ernest sie ihrer selbst willen liebte, oder sie nur ihres Geldes wegen geheiratet hat. Ein Problem, das reiche Frauen – und auch Männer – nun mal haben. Sie horcht in sich hinein, um ihr Gefühl auszuloten. Nein, ihr Geld war sicher nicht der Grund für die Ehe gewesen.

Die Lackawanna Steel Company ist der zweitgrößte Stahlkonzern der Welt. Den beiden Schwestern gehören vierzig Prozent davon. Wer sie nur als »vermögend« bezeichnet, ahnt nichts von dem ungeheuren Reichtum.

Ernie hat sich mächtig hineingekniet und sich als außerordentlich geschäftstüchtig erwiesen. Inzwischen bekleidet er einen Posten als Prokurist und wird wohl demnächst in den Vorstand gewählt werden. Obwohl sie ihre Ehe mit Ernest als glücklich empfindet, blieben ihnen bisher Kinder versagt. Annie ist nicht wirklich unglücklich darüber, vielleicht ist es besser so.

Ernie Millburgh hat ein geradezu geniales Gespür für neue Geschäftsideen. Mitunter sprudeln seine Ideen nur so aus ihm heraus, manchmal über das Ziel hinaus. Dann muss Annie ihn in langen Diskussionen ausbremsen, um aus seinen genialen Gedanken einen brauchbaren Plan entstehen zu lassen.

„Was denkst du gerade?" Er hat etwas auf dem Herzen, das spürt sie.

Ernest lächelt sie an. „Ich denke schon eine Weile darüber nach, das Schiff deines Vaters zu verkaufen. Was hältst du davon?"

Annie Millburgh bekommt einen Schreck. Die Yacht, mit der sie so viele Kindheitserinnerungen verbindet, verkaufen? Andererseits… seitdem ihr geliebter Vater gestorben ist, erinnert sie alles auf dem Schiff schmerzhaft an ihn. Sie kann sich im Moment nicht vorstellen, es jemals wieder zu betreten. „Wie kommst du darauf? Gibt es einen Grund?"

„Ich habe bemerkt, dass du das Schiff gemieden hast, seitdem dein Vater nicht mehr lebt. Außerdem ist eine kostspielige Überholung der Maschine notwendig, und zwar noch vor der nächsten Ausfahrt.“

Annie Millburgh stimmt ihm zu, das Problem mit dem Motor hat sie ganz vergessen. „Weißt du, was meine Schwester davon hält?“

„Candice? Ich habe im Moment den Eindruck, dass sie nur Partys im Sinn hat. Meinst du, ich sollte sie fragen?“

„Ich vermute, sie denkt darüber genauso wie ich, wenn sie überhaupt noch das Schiff im Sinn hat. Sprich bitte das nächste Mal mit ihr, wenn du in Manhattan bist. Oder ich frage sie, falls sie mich hier besuchen sollte.“

Ernest Millburgh lehnt sich zurück und sieht auf den Long Island Sund hinaus. In der Ferne kann er im Dunst die Insel City Island erkennen, sie ist etwa eineinhalb Meilen entfernt.

„Haben wir es hier nicht schön, wofür brauchen wir eine Luxusyacht?“, bemerkt Annie.

Er erhebt sich und gibt seiner Frau einen Kuss. „Ich werde den Verkauf veranlassen, sobald ich mit Candice gesprochen habe.“

„Schön mein Schatz, ein Problem weniger, um das wir uns kümmern müssen.“

***

Thomas Furbic, Tommy, sieht wie elektrisiert die Anzeige in der New York Times. Da - das ist doch etwas, das wird seinen Chef interessieren!

»Luxusyacht zu verkaufen. Voll seetüchtig, Länge 200 Fuß, die Maschine bedarf einer Überholung«.

Er schreibt sich die Telefonnummer des Agenten auf. Von Nick hat er bereits eine Rückmeldung, dass er mehrere Anwärter für den Job des Kapitäns hat.

Eine Woche später, am East River in der Konservenfabrik. Don Calogero und seine Kumpane sitzen im großen Besprechungsraum über der Maschinenhalle.

„Wann kommt denn dieser Kerl?", fragt der Don.

Nick Costa lächelt gequält. „Ich habe ihn rechtzeitig eingeladen." Er schwitzt, obwohl es heute nicht so warm ist, wie in den letzten Tagen. Er weiß, Don Calogero kann sehr ungemütlich werden, wenn ihn jemand warten lässt. Jetzt hört er ein Auto vorfahren, er atmet auf.

„Das wird aber auch Zeit! Los, Nick, bring den Kerl herauf", herrscht ihn Don Calogero an.

Nick führt einen verschwitzten Mann herein. Der Mann trägt eine Offiziersjacke, die eine Wäsche vertragen könnte und unter dem Arm klemmt die Mütze des Kapitäns. „Gentlemen, ich bin Alec Gunders."

„Setzen Sie sich!" Der Don hält sich nicht mit Smalltalk auf. Er mustert den Ankömmling mit finsterer Miene. Auf ein Kopfnicken ihres Bosses beginnen seine Leute mit der Befragung des Offiziers. Details über seine seemännische Vergangenheit, warum er keine Anstellung hat, ob er vorbestraft ist, und so weiter.

Es stellt sich heraus, dass Alec Gunders ein Kapitänspatent hat. Während des Krieges hat er ein Schnellboot im Pazifik befehligt. Danach wurde er allerdings, wegen eines nie aufgeklärten Tötungsdeliktes, bei dem er der Hauptverdächtige war, unehrenhaft entlassen. Je mehr er erzählt, desto häufiger nicken der Don und seine Leute.

Don Calogero erhebt als erster seine Stimme. „Das hört sich ganz gut an, Sie werden uns bei der Auswahl unseres Schiffes Hilfestellung geben, danach entscheiden wir, ob wir Sie als Kapitän einstellen. Was sagt ihr dazu, Jungs?"

Seine »Jungs« nicken alle, sie werden sich hüten, ihrem Chef zu widersprechen. Der Einzige, der sich das traut, ist Tommy, seine rechte Hand und Ratgeber. „Du solltest Mr. Gunders vielleicht darauf hinweisen, dass unsere Arbeit nicht immer von der Polizei gebilligt wird."

Don Calogero nickt belustigt. „Das hast du gut gesagt! »Nicht gebilligt«." Manchmal, wenn alles gut läuft, erliegt der Chef der Drogenszene mitunter der Illusion, dass er legal arbeiten würde, wie in einer Firma. Es läuft schon sehr lange glatt. Zu glatt. Er wendet sich an den potentiellen Kapitän seines Schiffes. „Sie wissen, dass wir nicht für die Wohlfahrt arbeiten?"

„Das hat mir Mr. Costa schon mitgeteilt, dafür ist an der Entlohnung nichts auszusetzen."

Seine Jungs grinsen dazu, sie profitieren schon länger an der Kombination von krummen Geschäften und üppigen Einnahmen.

Thomas Furbic holt ein Stück Papier hervor. „Ich habe hier schon mal die wichtigsten Daten von der Yacht notiert, die wir ins Auge gefasst haben. Wenn Sie glauben, Alec, dass das Schiff in Ordnung zu sein scheint, werde ich einen Besichtigungstermin mit dem Eigner vereinbaren." Er macht eine kleine Pause und blickt seinen Boss an, bei ihm kann man sich nie sicher sein, mitunter wirft er alle ihre Pläne ohne Begründung über den Haufen.

„Chef, möchtest du noch etwas dazu sagen?"

„Ich will mir die Yacht auf jeden Fall ansehen. Wenn ich an das viele Geld denke, wird mir jetzt schon schwindlig."

Abraham Jefferson, Abe, beschwichtigt den Drogenboss. „Wenn wir nur zwei Fahrten machen und nicht erwischt werden, hat sich die Investition bereits bezahlt gemacht.“

„Du hast recht. Trotzdem, ich würde mir die Kohle gerne von irgendwem wiederholen.“

Eine Woche ist vergangen. Ein glänzender Ford V-8 hält an einem Pier des Hudson River in New Jersey. Die Straßen sind sauber in diesem Teil der Stadt, eine Reihe kleiner Bäume trennt die Straße vom Hafenbecken. Das Geländer am Wasser ist weiß gestrichen. Man kann es deutlich erkennen: In diesem Teil des Hafens ist man nur als Besitzer einer der Yachten willkommen, die an dem 1000 Fuß langen Ankerplatz liegen. Ein weißes Schiff unter ihnen ist größer als die anderen, es überragt die anderen Boote deutlich, wie ein großer Bruder seine kleinen Geschwister.

Vier Männer steigen aus dem schwarzen Auto aus. Sie gehen auf das schmucke Schiff am Pier zu, ihre dunklen Hüte und die schwarzen Anzüge geben ihnen ein finsteres, gefährliches Aussehen. Einer von ihnen trägt eine Marineuniform.

Die Männer sind Don Calogero, Thomas Furbic, Abe Jefferson und Alec Gunders. Der Letztere soll ihnen jetzt den entscheidenden Tipp zum Kauf des Schiffes geben.

Das Schiff am Pier ist ein wirkliches Luxusteil. Die ‚Paradise‘ ist fast zweihundert Fuß lang, sie ist nicht mehr neu, natürlich, sie ist 1929 vom Stapel gelaufen, weiß spiegeln sich ihre Aufbauten im trüben Wasser des Yachthafens.

Die Männer gehen die Gangway hinauf und werden von dem Verkaufsagenten, Martin MacKulky, in Empfang genommen. „Meine Herren, ich heiße Sie herzlich an Bord der Paradise willkommen. Darf ich Sie in die Kajüte des Kapitäns führen?“

Die Männer folgen, sie staunen über die edle Ausstattung, Kork und Mahagoni sind verschwenderisch eingesetzt worden. Die Kapitänskajüte ist ein dreihundert Quadratfuß großer Raum auf dem Oberdeck.

Ernest Millburgh erwartet sie bereits. „Setzen Sie sich, meine Herren. Was darf ich Ihnen anbieten?"

Thomas Furbic stellt seine drei Kollegen der Reihe nach vor. „Abraham Jefferson ist der Schatzmeister, Alec Gunders ist der zukünftige Kapitän, Don Calogero ist der Präsident der Gesellschaft und ich bin ein persönlicher Berater."

Ernest Millburgh sieht seine Kunden mit erfahrenem Blick an. Dass diese Männer nicht astrein sind, sagt ihm sein Bauchgefühl und viele Jahre Erfahrung als Manager, er wird für alle Fälle den Zahlungsverlauf sorgfältig prüfen lassen.

„Das ist ja ein ansehnliches Schiff, ist es ihr Eigentum?", fragt Don Calogero, an Ernest Millburgh gewandt.

„Das kann man so sagen, meine Frau hat es von ihrem Vater geerbt, der vor zwei Jahren gestorben ist. Da sie zu viele Erinnerungen mit diesem Schiff verbindet, wollen wir es verkaufen. Wir sind froh, dass wir einen zahlungskräftigen Interessenten gefunden haben, ein Schiff dieser Größenordnung verkauft sich nicht leicht. Wofür wollen Sie es denn verwenden?"

Thomas Furbic hat sofort eine Antwort parat. „Wir wollen es für Ausflüge und Charterfahrten in der karibischen See verwenden, nach meinem bisherigen Eindruck scheint es dafür perfekt geeignet zu sein."

Don Calogero pfeift ihn zurück. „Nicht so voreilig, Tommy, lass uns das gute Stück doch erst einmal besichtigen. Unser Kapitän hat sich auch noch nicht dazu geäußert." Er wendet sich an Ernest Millburgh. „Können Sie bitte den Verkaufspreis näher erklären?"

Ernest Millburgh räuspert sich. Der pockennarbige kleine Mann ist ihm unangenehm, irgendetwas stimmt nicht mit ihm. Solange er den geforderten Betrag jedoch zahlt, wird er seine Abneigung unterdrücken. Annie darf natürlich nie erfahren, dass er das Schiff an so einen Unsympathen abgibt. Aber es gibt nicht viele Leute, die sich so ein teures Schiff leisten können, er kann nicht wählerisch sein. „Der Kaufpreis beträgt zwei Millionen Dollar, so wie das Schiff hier liegt. Ich möchte darauf hinweisen, dass die Maschine noch überholt werden muss, das wird nach Schätzung unserer Fachleute 100.000- bis 150.000 Dollar kosten."

Don Calogero nickt dazu. „Wir möchten nicht mehr viel Zeit verlieren, führen Sie uns bitte durch das Schiff." Er wendet sich an seinen neuen Kapitän. „Du, Alec, siehst dir die Maschine genau an, ich möchte keine Überraschung erleben." Umständlich drückt er seine Zigarre in dem schweren gläsernen Aschenbecher aus, erhebt sich und folgt der Gruppe.

Die Paradise findet ungeteilte Bewunderung. Sie hat in der Mitte einen großen Speiseraum für zwanzig Personen, weitere zehn Kabinen für Gäste, die Räume für die Besatzung nicht gerechnet. Alec Gunders hat sich den Motor zeigen lassen, nun nimmt er Don Calogero beiseite. „Die Maschine ist nicht schlecht, ich schlage jedoch vor, sie durch eine Rolls Royce Maschine mit achthundert statt den jetzigen vierhundert PS zu ersetzen."

Der Mafioso nickt. „Du hast recht, das wird uns sicher einmal nützlich sein. Was sagst du zu dem Schiff?"

„Ich bin begeistert, für meinen Geschmack ein bisschen zu luxuriös."

„Mit deinem verrosteten Kriegsschiff darfst du dieses Schmuckstück natürlich nicht vergleichen!" Don Calogero grinst seinen Kapitän an. Der Mafiaboss ist sichtlich zufrieden, mit so einem Schiff ist er jemand. Die Größen von New York werden sich darum reißen, zu seinen Partys eingeladen zu werden. Er sieht es schon bildlich vor sich, sanfte Musikklänge schweben über dem Schiff, aus dem großen Salon kommt das Gelächter von jungen Mädchen. Champagner und Whisky wird überall von der Mannschaft gereicht. Ja, damit wird er Maßstäbe setzen! Aber das Beste ist im Bauch des Schiffes, weit entfernt von den Gästen. Er hat schon eine Idee, wie dort ein Versteck für über zwei Tonnen Roh-Opium eingerichtet werden kann, das ist ihm die geforderten zwei Millionen Dollar Kaufpreis allemal wert.

Seine Gedanken kreisen im Moment um den jetzigen Eigentümer der Yacht. Der Name Millburgh sagt ihm gar nichts. Der Mann scheint Geld zu haben, viel Geld. Es könnte nicht schaden, ihn unter die Lupe zu nehmen. Das soll Tommy machen, der kann so etwas gut. Wo viel Geld ist, ist sicher auch etwas für ihn zu holen.

Don Calogero wird sich mit Ernest Millburgh einig. „Ich werde Ihnen den Kaufvertrag zukommen lassen, Sie können ihn von ihren Anwälten und ihrem Schatzmeister prüfen lassen. Sobald wir den Zahlungseingang vermerken, erhalten Sie die Besitzurkunde durch einen Kurier.“

Ernest Millburgh ist froh, dass er diese Burschen wieder los ist. Schade eigentlich, dass ihr schönes Schiff so merkwürdige Besitzer bekommen wird. Es ist jedoch eine Menge Geld und dieser Mann ist in der Lage, das luxuriöse Schiff zu bezahlen.

Am Abend sitzt Don Calogero mit seiner rechten Hand, Thomas Furbic, in einer Bar in Brooklyn. Die Gaststätte ist typisch für diese Gegend, im einzigen Raum sind nur wenige

Gäste, ein paar von ihnen hängen an der Theke herum. Das beste Stück in der Bar ist die Musikbox in der Ecke. Irgendjemand hat einen Dime eingeworfen, es ertönt ein Titel von Benny Goodman. Don Calogero verzieht das Gesicht, es ist Jazz, dieser Musikrichtung kann er gar nichts abgewinnen.

„Sag mal, Tommy, kennst du diesen Millburgh? Wieso ist dort so viel Geld, dass er sich so ein Schiff leisten kann?"

„Der Name sagt mir auch nichts, ich werde mich mal dahinterklemmen."

„Ja, mach das. Das bleibt jetzt unter uns: Aber wenn jemand so viel Geld hat, ist da sicher auch etwas für uns zu holen."

Tommy grinst seinen Chef an. „Klar doch, Boss, von mir erfährt niemand etwas." Der Don weiß natürlich ganz genau, dass Loyalität für Tommy und die anderen Burschen ein Fremdwort ist, er kann sich aber darauf verlassen, dass Geheimnisse nicht ausgeplaudert werden und zwar aus purer Angst vor ihm, denn mit ihm ist nicht zu spaßen.

Ein paar Tage später kommt Tommy zu Don Calogero ins Büro. Es ist ein warmer Tag, der Ventilator an der Decke dreht sich unverdrossen mit leisem Brummen, scheint aber an der stickigen Luft im Raum nichts zu ändern. Er setzt sich auf einen der beiden Stühle vor dem riesigen Schreibtisch und steckt sich eine von Dons Zigarren an.

Der blickt seinen Kumpel an. „Was willst du? Kommst du her, um meine Zigarren zu schnorren?"

Thomas Furbic lächelt selbstsicher, er hat etwas herausgefunden, das für seinen Boss sehr interessant sein dürfte. „Chef, ich habe eine Information über diesen Millburgh, das hört sich sehr vielversprechend an."

„Lass hören, ich bin ganz Ohr, und mach es nicht so spannend. Du weißt, dass ich das nicht ausstehen kann."

„Ernest Millburgh ist mit Annie Millburgh verheiratet, und der gehört die Hälfte der »Lackawanna Steel Company« in Buffalo. Na, ist das was?"

Don Calogero zermartert sich den Kopf, dann erhellt sich sein hässliches Gesicht. „Jetzt fällt es mir ein, da müssen viele Millionen sein!"

„Mein Informant spricht von dreihundert Millionen."

Don Calogero ist ehrlich verblüfft. „Kann man so viel Geld mit anständiger Arbeit verdienen?", fragt er fassungslos.

Tommy hebt seine Schultern. „Mag sein, die Firma gibt es seit über einhundert Jahren, das Vermögen haben mehrere Vorgänger zusammengetragen."

„Hat der Mann irgendwelche dunklen Punkte?", fragt der Mafioso.

Tommy schüttelt den Kopf, „Uns ist nichts bekannt, auch seine Frau ist blütenrein."

„Hm, ich werde mir etwas einfallen lassen. Ich glaube, ich habe schon eine Idee…"

Der Auftrag

Die 17. Straße West, ein Nachmittag im September 1947. Mike Callaghan steht am Fenster seiner kleinen Detektei und sieht nach draußen auf die Straße hinunter. Diesen Kopfgeld-Job hat er gut hinter sich gebracht. Es ergaben sich ein paar Verwicklungen, aber am Ende hat er die fünfhundert Dollar Kaution erhalten, und das Geld, wie abgemacht, mit Eddie geteilt. Aber das ist schon eine Weile her, jetzt ist wieder Ebbe in seiner Kasse und in seinem Magen. Inzwischen weiß er, was es heißt, von »der Hand in den Mund« zu leben. Außer einem Kaffee und mehreren Zigaretten, hat er heute noch nichts zu sich genommen. Und wieder quälen ihn Zweifel, ob es so eine gute Idee war, sich auf eigene Füße zu stellen.

Wird das jetzt immer so gehen? Ein Auftrag, dann wieder wochenlang nichts? Soll er sich einen Nebenjob suchen, damit er wenigstens seine laufenden Kosten decken kann?

Der verdammte Regen hat endlich aufgehört. Bei Regen pflegen sich keine Kunden in seine Detektei zu verirren. Überhaupt, vielleicht sollte er ein großes Reklameschild anbringen, die Hauswand zur rechten Seite ist völlig leer. Er sollte auch Anzeigen aufgeben, leider kostet das alles eine Menge Geld. Geld, das er nicht hat. Wenn er nur ein bisschen Bares hätte, könnte er sich Flugblätter drucken lassen und sie verteilen. Aber so, wie es jetzt in seiner Kasse aussieht, ist daran nicht zu denken.

Er steht immer noch an seinem Bürofenster im ersten Stock und sieht auf die Straße hinunter. In den Pfützen spiegeln sich etwas grauer Himmel und Häuserwände. Nach dem Regen sind wieder einige Menschen auf dem Bürgersteig zu sehen. Von hier oben sieht er eigentlich nur ihre Köpfe, beziehungsweise die Hüte. Grau und Schwarz sind die Kopfbedeckungen der Männer, ist der Hut bunt oder Weiß, steckt eine Frau darunter.

Ein Taxi hält, neugierig sieht Mike nach unten. Der Fahrer springt heraus und öffnet die hintere Tür für einen Fahrgast. Eine schlanke Frau steigt aus, sie sieht vornehm aus. Sie sieht sich skeptisch um und wechselt ein paar Worte mit dem Chauffeur, dann geht sie auf die unansehnliche Tür mit der Nummer 45 zu.

Mike Callaghan wird unruhig, will sie eventuell zu ihm? Er sieht sich hektisch um, ist es zu unordentlich bei ihm? Er zwingt sich zur Ruhe, er muss einen gelassenen Eindruck machen, so etwas erweckt Vertrauen bei den Klienten.

Es klopft an seine Tür, sein Herz klopft ebenfalls. „Herein!"

Die Tür wird von der Frau geöffnet, die er unten auf der Straße gesehen hat. Sie sieht sich skeptisch um. „Bin ich hier richtig in der Detektei Callaghan?"

Mike schluckt. „Äh, ja. Was kann ich für Sie tun, Lady?" Er sieht seine potentielle Kundin an. Es ist eine schlanke Frau mit gelockten, dunkelblonden Haaren, die ihr bis auf die Schulter fallen. Auf dem Kopf hat sie einen Hut, der verdammt teuer aussieht, und ihr Kleid hat sie auch nicht bei Woolworth gekauft. Sie verströmt eine Aura von Reichtum und Luxus. In Mikes Nase kriecht der unaufdringliche Geruch eines teuren Parfüms.

Sie sieht sich im Büro um, es sieht leider mehr abschreckend als einladend aus. „Mister Callaghan, ich brauche ihre Hilfe."

„Jederzeit. Nehmen Sie doch bitte Platz." Der Detektiv bietet ihr den einzigen Stuhl an.

Annie setzt sich und mustert ihn neugierig. Ihre Gedanken gehen spazieren. Er sieht verdammt gut aus, dieser Detektiv, seine Augen strahlen sie an und mustern sie aufmerksam. Er hat schwarze, volle Haare, ein dunkler Schatten am Kinn lässt einen kräftigen Bartwuchs erkennen. In den dunklen Augen schlummert eine Wärme, die der energische Zug am Kinn zu strafen scheint.

„Arbeiten Sie auch wirklich vertraulich?"

„Ganz sicher, Madam, ich mache diesen Job schon ein paar Jahre, ich habe mich lediglich vor kurzem selbstständig gemacht."

„Und was hat es mit den achtzig Jahren auf sich, die unten auf ihrem Schild stehen?"

Mike Callaghan grinst. „Wissen Sie, das ist folgendermaßen. Mein Großvater ist im Jahr 1868 Marshall in Abilene gewesen und hat auch danach immer wieder das Gesetz vertreten, mein Vater war über dreißig Jahre im Polizeidienst in Erie."

Seine Besucherin staunt. „Ihr Großvater war Marshall im Wilden Westen?"

„Ja wirklich, Lady, ich habe ihn noch kennengelernt. Er starb, als ich fünfzehn Jahre alt war. Er war ein Revolverheld, wie man ihn heute mitunter im Kino sieht. Ich wünschte, ich könnte meine Fälle so einfach lösen, wie er zu seiner Zeit."

Annie Millburgh lacht, Mike stimmt mit ein. Dann wird sie wieder ernsthaft. „Ich möchte, dass Sie meinen Mann beschatten. Da stimmt etwas nicht, er ist in letzter Zeit noch weniger für mich da, als ohnehin schon."

„Haben Sie einen konkreten Verdacht?"

„Nein, es ist nur ein Bauchgefühl. Sie müssen wissen, dass wir sehr vermögend sind. Bei einem Fehltritt meines Mannes könnten sich einige Verwicklungen ergeben."

Mike Callaghan macht sich ein paar Notizen. „Wieso kommen Sie ausgerechnet zu mir? Wenn Sie so vermögend sind, wie Sie sagen, könnten Sie sich doch ein ganzes Stockwerk voller Detektive leisten."

„Das hat mehrere Gründe. Der erste ist der Taxifahrer, der mich gestern gefahren hat, er hat ihre Detektei in den schillerndsten Farben beschrieben, sodass ich Sie unbedingt kennenlernen wollte."

„Hat der Taxifahrer rote Haare gehabt?"

„Ja, rote Locken, sein Schild im Wagen wies ihn als Willy Murdoch aus."

Mike Callaghan grinst. „Der gute Willy, ich werde mich mal erkenntlich zeigen. Was sind die anderen Gründe?"

Seine vornehme Kundin seufzt. „Wenn ich einer großen Detektei den Auftrag erteilen würde, würden zwangsläufig mehr Leute von dem möglichen Verhältnis erfahren, als mir lieb ist. Und das möchte ich nicht, es sollen nur so viele eingeweiht werden, wie unbedingt erforderlich. Der dritte Grund ist, dass ich auch überprüfen lassen möchte, ob er sich eventuell mit meiner jüngeren Schwester trifft. Und dafür brauche ich einen Mann, der ihre Sympathie gewinnen könnte.“

„Ihre Schwester?“

„Ja, sie ist unser Nesthäkchen. Sie ist zehn Jahre jünger als ich und bildschön, mein Mann könnte ihrem Charme vielleicht erlegen sein. Und da kommen Sie ins Spiel, weil Sie - jedenfalls meiner Einschätzung nach - genau ihr Typ sind.“

Mike Callaghan muss jetzt doch leise lachen. „Wissen Sie, Lady, das mit dem »Typ« hat bei Frauen doch noch nie funktioniert.“

„Mag sein, ich möchte es aber versuchen. Sie könnten leichter das Vertrauen meiner Schwester gewinnen, als irgendein anderer - sie sind groß, männlich und sehen gut aus.“

Mike räuspert sich verlegen. Vielleicht sollte er der Lady sagen, dass ihm hübsche Mädchen ein Gräuel sind, nach seiner Erfahrung sind es meistens eingebildete Ziegen. Aber er braucht jetzt endlich einen Auftrag, der etwas Gewinn abwirft, er kann nicht wählerisch sein.

Annie Millburgh greift in ihre Handtasche und holt einen Stapel Papiere heraus. „Ich habe hier eine Abschrift des Terminkalenders meines Mannes für die nächsten zwei Wochen, ein Bild von ihm und meiner Schwester, und eine Liste der Bars und Geschäfte, die er gelegentlich aufsucht.“

„Alle Achtung! Gut vorbereitet, das erleichtert mir die Arbeit erheblich.“

Annie winkt ab. „Das war doch naheliegend. Sie müssen doch wissen, wo Sie ansetzen können.“

Mike sieht sich die Unterlagen an. Als sein Blick auf das Bild der Schwester fällt, entfährt ihm ein Pfiff. „Lady, als die

Schönheit verteilt wurde, hat ihre Schwester wohl zweimal »hier« gerufen." Er sieht betroffen seine Auftraggeberin an. „Eine gewisse Ähnlichkeit zwischen Ihnen und ihrer Schwester ist aber nicht zu leugnen."

Mrs. Millburgh winkt erneut ab. „Nett von Ihnen, das zu sagen, ich brauche keinen Trost, sie ist nur meine Halbschwester. Sie ist ziemlich klug, hat Jura studiert und sollte, so wie ich, mit in die Firma unseres Vaters einsteigen. Zu unserem Kummer hat Candice schnell die Lust daran verloren. Jetzt tingelt sie von einer Party zur anderen."

„Warum sollte sie sich denn für Ihren Mann interessieren, der hat doch wahrscheinlich - wie ich das einschätze - kaum Zeit neben seinem Job?"

Seine Klientin schnaubt. „Als wenn das je einen Mann davon abgehalten hätte, sich mit einer Frau einzulassen!" Dann beruhigt sie sich wieder. „Wahrscheinlich läuft da nichts, ich möchte die Möglichkeit aber gerne ausschließen, vielleicht bin ich auch nur auf meine kleine Schwester eifersüchtig."

Mike Callaghan notiert sich auch die Adresse der Stadtwohnung hier in New York City. Es ist ein Penthouse in der 257 Central Park West, zehnter Stock.

„Meine Schwester wohnt dort ständig. Mein Mann und ich halten uns dort ebenfalls auf, wenn wir in New York sind. Ich bin regelmäßig auf unserem Landsitz, mein Mann dagegen ist viel unterwegs, er pendelt ständig zwischen Buffalo, wo sich unser Firmensitz befindet, und unserer Filiale hier in Manhattan hin und her."

Sie macht eine kurze Pause und fährt fort. „Wann könnten Sie denn anfangen?"

„Ja, wissen Sie, da ist noch ein Job…", Mike lacht. „Ich kann sofort loslegen, ich koste Sie dreißig Dollar am Tag plus Spesen."

„Okay“, Annie Millburgh öffnet ihr Portemonnaie und legt ihm ein paar Scheine hin. „Das sind dreihundert Dollar, das sollte für die erste Woche reichen, ich werde Sie informieren, sobald mein Mann Long Island in Richtung Manhattan verlässt. Wenn Sie mir jetzt ein Taxi rufen würden, das wäre nett.“

Mike erledigt das und begleitet Annie Millburgh anschließend nach unten. Inzwischen ist das Licht im Treppenhaus repariert worden. Nur zwei Minuten, nachdem sie den Bürgersteig erreicht haben, fährt das Taxi vor. Mike hält ihr die Tür auf. „Vielen Dank für den Auftrag und gute Fahrt!“

Das Taxi brummt davon und lässt einen aufgeregten Mike Callaghan zurück. Endlich, der erste richtige Auftrag! Er ist jetzt zu aufgewühlt, um in sein tristes Büro zurückzukehren, er könnte Eddie in seiner Kneipe besuchen, der hat immer Zeit für ihn.

Der Weg zur 16. Straße ist nicht weit. Nach dem Regen fühlt sich die Luft für kurze Zeit frisch an, solange, bis sie durch die Abgase der Autos und der Schornsteine wieder ihren typischen, kratzigen Geruch bekommen hat. Mike atmet tief ein und genießt die angenehme Luft.

Das »Grey Dog« ist gut besucht. Die Einrichtung ist gemütlich, Eddie, der Wirt, ist bei seinen Gästen beliebt. Sie mögen seine ruhige und humorvolle Art. Mike findet einen Platz an der Theke, er stellt die Füße auf die Stange am Fußboden und steckt sich eine Players an. Eddie hat ihn schon gesehen und stellt ihm wortlos einen Whisky hin. Der gute Eddie, die Getränke vom letzten Mal hat er ihm noch nicht bezahlt, jetzt verfügt er endlich wieder über Bargeld, sodass er seine Schulden begleichen kann.

„Was gibt es, Mike, seit wann kommst du um diese Zeit zu mir?“, fragt Eddie, als er einen Moment Ruhe hat.

„Stell dir vor, ich habe eben meinen ersten richtigen Auftrag bekommen, und was für einen!"

„Bin gleich wieder da, Mike! "Eddie verschwindet kurz, um einen anderen Kunden zu bedienen, und kommt anschließend zu Mike zurück. „Lass doch mal hören!" Er stützt die Ellenbogen auf die Theke und legt den fast haarlosen Kopf in die Hände.

Mike erzählt von der reichen Frau, die ihn vorhin besucht hat. „Stell dir vor, sie kommt ausgerechnet zu mir! Willy hat anscheinend ordentlich Reklame für mich gemacht". Er fügt nach einer kleinen Pause hinzu. „Sagt dir der Name Millburgh irgendetwas?"

Eddie schüttelt sein kahles Haupt. „Tut mir leid, da klingelt nichts bei mir, du müsstest mal Willy fragen, vielleicht hilft es ja, wenn er sich erinnert, wo er sie aufgelesen und wieder abgesetzt hat."

„Das ist ein guter Gedanke." Mike holt sein Portemonnaie heraus, triumphierend legt er Eddie einen Schein auf die Theke. „Hier bitte, der ist für dich, aus der Anzahlung, die ich vorhin erhalten habe. Vielen Dank, dass ich bei dir immer so problemlos anschreiben kann."

Eddie nimmt den Schein und legt Mike seine Riesenpranke auf die Schulter. „Kein Problem, alter Freund, das ist doch selbstverständlich."

Die Tür springt auf und ein rothaariger Mann kommt wie ein Wirbelwind in die Bar. Er sieht seine beiden Freunde und stürzt auf die Theke zu. „Seht euch das an!" Er greift in einen Beutel, den er bei sich trägt und legt polternd einen Revolver auf die Theke.

Mike und Eddie sehen sich die blauschwarz schimmernde Waffe gleichmütig an. „Das ist eine 38er", sagt Eddie schließlich. „Seit wann trägst du eine Waffe?"

Willy schnaubt. „Ich fasse so was nicht an! Jemand hat sie in meinem Taxi liegengelassen!"

Eddie und Mike grinsen ihren Freund an, dann sagt Eddie. „Nimm jetzt das Ding von meiner Theke und erzähl uns, wie du das wieder gemacht hast."

Willy schnauft vor Aufregung, sammelt sich und erzählt seine neueste Geschichte. „Vorhin habe ich zwei Kunden gehabt, sie kamen mir gleich seltsam vor. Erst haben sie sich leise unterhalten, dann wurde es immer lauter, bis ich mich umgedreht und sie zu mehr Ruhe ermahnt habe, was jedoch völlig nutzlos war." Er wendet sich an Eddie. „Gib mir erst einmal ein Bier", er räuspert sich, „ich habe eine ganz trockene Kehle."

Eddie schenkt ihm ein, dann hat ein anderer Kunde eine Frage an den Gastwirt und hält ihn eine Weile auf.

Mike wendet sich an seinen rothaarigen Freund. „Hast du schon mal etwas von einer Mrs. Millburgh gehört?"

„Wer soll das denn sein?"

Mike berichtet von seinem neuesten Auftrag, Willy hört gespannt zu. „Du sagst, die sah richtig nach Geld aus?"

„Erinnerst du dich nicht? Die hast du doch gestern oder so gefahren, sie hat dich nach einem Detektiv gefragt."

Willy überlegt einen Moment, schließlich fällt es ihm ein. „Klar doch, jetzt weiß ich es wieder, ich habe sie am Empire State Building abgeholt und in der Central Park West wieder abgesetzt."

Mike überlegt einen Moment. „Central Park West, das ist klar, das ist ihre Stadtwohnung, aber Empire State Building? Da gibt es hunderte Firmen."

„Ich habe eine Idee!", Willy hebt einen Finger.

„Lass hören, ich bin für jeden Tipp dankbar."

„Weißt du, ich habe einen Schwager, der Bruder meiner geschiedenen Frau, der ist Redakteur bei der New York Post und wie ich weiß, haben die ein gut geführtes Archiv, mit Kartei und so.“

„Und du meinst, da kann ich hineinsehen?“

„So direkt wohl nicht, das Archiv ist nur für interne Zwecke, aber vielleicht kann mein Schwager dir einen Einblick ermöglichen, oder für dich nachsehen.“

„Wieso sollte mir der Bruder deiner geschiedenen Frau helfen?“

„Ich komme gut mit ihm klar, wenn er nicht wäre, könnte ich meinen kleinen Sohn niemals sehen, er hat einen gewissen Einfluss auf meine Geschiedene, Gott sei Dank!“ Willy versinkt kurz in düsteren Gedanken. „Sag einfach, Willy schickt dich.“ Er nimmt einen Bierdeckel und schreibt Namen und Adresse darauf. „Hier, das sollte dir weiterhelfen.“

»Patrick Mulligan, New York Post, 4 West 14. Straße«

„Vielen Dank“, Mike steckt den Bierdeckel in seine Jacke. Eddie kehrt zu den beiden Freunden an die Theke zurück.

„Kann ich das mit der Waffe endlich weiter erzählen?“, fragt Willy verschnupft.

„Nun, erzähl schon, sonst platzt du doch gleich!“, lacht Mike.

„Wo war ich? Ach so, ich schimpfe also mit meinen Fahrgästen, weil sie so einen Krach machen, ihr wisst, das tu ich sonst nie!“

„Wissen wir, wissen wir“, sagt Eddie, „komm zur Sache!“

„Ich musste an einer roten Ampel halten, da hielt neben uns ein Polizeiwagen, einfach so, der wollte nichts von uns.“

„Ja, und dann?“

„Stellt euch vor, die beiden sahen den Streifenwagen, plötzlich öffneten sie die Tür, sprangen raus und verschwanden im Getümmel auf dem Gehsteig. Später fand ich diesen Revolver, er lag im Fond im Fußraum.“

„Die Kerle haben garantiert einen guten Grund für ihre Nervosität gehabt", bemerkt Eddie.

„Was willst du jetzt mit dem Ding machen?", fragt Mike.

„Könnt ihr den nicht für mich aufheben? Ihr wisst, dass ich mit Waffen nichts zu tun haben will!"

„Okay, ich nehme ihn", sagt Eddie, er nimmt den Revolver und legt ihn zu seinem eigenen unter die Theke.

„So, meine lieben Freunde", lässt Mike sich vernehmen, „wegen meines ersten richtigen Auftrages gebe ich jetzt eine Runde aus."

Am nächsten Morgen verlässt Michael Callaghan früh sein Büro. Es ist ein freundlicher Septembermorgen, er zieht sich den Hut in die Stirn und steckt sich eine Zigarette ins Gesicht. Zur 14. Straße ist es nicht weit, da kann er sich die 15 Cent für den Bus sparen und macht sich zu Fuß auf den Weg.

Immer, wenn er in den Straßen dieser Riesenstadt unterwegs ist, überkommt ihn eine gewisse Ehrfurcht. Der Pulsschlag der Stadt ist schnell und laut, manch einen mag er erdrücken, andere - er zählt sich dazu - laufen bei diesem Rhythmus zur Hochform auf. In der 5th. Avenue lärmt der Verkehr besonders intensiv, eine unübersehbare Schar Fußgänger bevölkert die Einkaufsstraße und drängt sich in den Geschäften.

Das Haus in der 14. Straße ist ein typisches Bürohaus, es riecht muffig im Treppenhaus, nach Staub, Papier und Bohnerwachs. Er zieht es vor, zum dritten Stockwerk die Treppe zu nehmen, anstatt einen von den langsamen und laut quietschenden Fahrstühlen zu benutzen.

Das halbe Gebäude ist von der New York Post gemietet worden, im dritten Stock verlässt er das triste Treppenhaus und betritt den Flur der Redaktionsräume. Hier herrscht eine

geschäftige Unruhe, er hört das Geklapper von Schreibma-
schinen, das Gemurmel von vielen Stimmen und klingelnde
Telefone. Er geht von Tür zu Tür und sucht nach Patrick
Mulligan, schließlich hat er ihn gefunden, eine Visitenkarte
steckt in einem kleinen Halter neben der Tür.

Er klopft, nach einer Pause noch einmal.

„Herein!"

Langsam öffnet er die Tür und sieht hinein. Hinter einem
großen, dunklen, völlig überladenen Schreibtisch sitzt ein
Mann in mittleren Jahren. Er hat kurzgeschnittene blonde
Haare, einen Schnurrbart und über einem blütenweißen
Hemd ist eine bunte Krawatte gebunden. „Wen suchen Sie?"

„Mein Name ist Mike Callaghan, ich möchte zu Patrick
Mulligan."

„Sie haben ihn gefunden", er zeigt auf den Stuhl neben
seinem Schreibtisch. „Nehmen Sie Platz, was kann ich für Sie
tun?"

„Ich komme auf Empfehlung von Willy Murdoch, er ist
ein Freund von mir."

Jetzt lächelt sein Gegenüber. „Der Willy! Ist er bei Ihnen
auch so ein Nervenbündel?"

Mike muss jetzt auch grinsen. „Willy ist uns ein lieber
Freund und verlässlicher Kamerad, hat nicht jeder von uns irgendwelche Macken?"

Patrick Mulligan schmunzelt. „Und welche Macke haben
Sie, mein Freund?"

Mike muss wieder grinsen und überlegt kurz. „Ich muss
immer alles ganz genau wissen."

„Und was wollen Sie jetzt von mir hören?"

„Ich möchte gerne mehr über einen Ernest Millburgh wissen."

Patrick Mulligan zieht eine Augenbraue hoch und sieht Mike forschend an. „Millburgh, wie? Darf ich fragen, warum?"

„Ich bin von jemandem beauftragt worden, ihn zu beschatten - ach ja, ich vergaß, Ihnen das zu geben."

Mike Callaghan greift in seine Brieftasche und holt eine etwas mitgenommene Visitenkarte heraus.

Der Redakteur ergreift sie und sieht darauf. „Aha, Privat-Detektiv sind Sie also, das erklärt natürlich Ihre Neugier." Er reicht die Visitenkarte wieder zurück. „Haben Sie nur diese eine Karte?"

Mike Callaghan räuspert sich und denkt kurz an die Leere auf seinem Bankkonto. „Das ist richtig, mein jetziger Auftraggeber hat mir jedoch einen ordentlichen Vorschuss gezahlt, vielleicht sollte ich ein paar davon drucken lassen."

Mister Mulligan lehnt sich zurück und denkt einen Moment nach. „Ein Ernest Millburgh hat vor ungefähr drei Jahren Annie Evans geheiratet, sie ist eine der beiden Töchter von Horace Evans." Der Redakteur sieht sein Gegenüber listig an. „Mehr erzähle ich erst, wenn Sie mir versprechen, dass Sie mich über Ihre Beobachtungen auf dem Laufenden halten werden."

Mike Callaghan schüttelt den Kopf. „Nichts zu machen, das sind vertrauliche Informationen. Wenn sich jedoch Nachrichten daraus ableiten lassen, die von öffentlichem Interesse sind und trotzdem die Privatsphäre meiner Mandantin geschützt werden kann, könnten wir uns einigen."

„Okay, das ist in Ordnung, ich wollte nur Ihre Loyalität prüfen." Mr. Mulligan grinst. „Aber bevor ich weiter erzähle - möchten Sie vielleicht einen Kaffee?"

„Danke, das wäre ausgezeichnet."

„Einen Moment, ich sage unserer Sekretärin Bescheid." Er geht hinaus und verschwindet einen Moment. Bevor Mike Zeit hat, sich etwas genauer im Büro umzusehen, ist sein Gastgeber zurück. „So, Kaffee kommt gleich, wo waren wir stehen geblieben? Ach ja, bei Annie Evans. Sie ist die Tochter von Horace Evans, und der war" - Patrick Mulligan macht eine bedeutsame Pause – „bis er vor zwei Jahren gestorben ist, einer der drei Inhaber der Lackawanna Steel Company. Na, klingelt es jetzt bei Ihnen?"

Mike Callaghan schüttelt den Kopf.

Die Tür wird geöffnet und eine junge Frau kommt herein, in den Händen hält sie ein Tablett mit zwei Tassen Kaffee und einem Teller mit Keksen. Sie stellt alles auf den Schreibtisch, auf dem Mister Mulligan rasch etwas Platz schafft, indem er einen Stapel Papier zur Seite schiebt. Sie ist eine hübsche junge Frau, mit einem Knoten aus blonden Haaren und langen Beinen, die von einem Rock, der bis zu den Knien reicht, nicht ganz versteckt werden.

„Hier bitte, Patrick!" Sie sieht seinen Besucher interessiert an. „Hallo! Willst du mir deinen reizenden Gast nicht vorstellen?"

„Los, zurück an deine Schreibmaschine, du männermordender Vamp!"

Alle drei lachen, die junge Frau küsst den verdutzten Mike auf den Kopf und geht hüftschwingend hinaus.

Patrick Mulligan schüttelt den Kopf und sieht ihr hinterher. „Wo war ich stehen geblieben? Janice bringt mich immer ganz durcheinander - ja, Horace Evans. Die Lackawanna Steel ist der zweitgrößte Stahlkonzern der Welt. Wenn ich mich richtig erinnere, ist Annie Millburgh als seine Erbin eine der reichsten Frauen Amerikas, sie, als auch ihre Schwester Candice."

Mike Callaghan ist verdutzt. Gespannt hängt er an den Lippen des Reporters. „Und ausgerechnet ich, der unbedeutende Michael Callaghan, soll ihren Mann beschatten?" Kurz durchzuckt ihn ein Schreck. Wenn er diesen Auftrag nicht gut erledigt, dann ist es mit seiner kleinen Detektei endgültig vorbei. Vielleicht stellt sich dieser Auftrag sogar als zu groß für ihn heraus.

Patrick Mulligan ahnt nichts von den Selbstzweifeln seines Besuchers, er kramt in seinem Gedächtnis. „Nehmen Sie es, wie es ist, Annie Millburgh könnte eine Goldgrube für Sie sein und eine Eintrittskarte für größere und interessantere Fälle. Was ihren Mann betrifft - der ist als Mann einer Multimillionärin für jeden interessant. Ich könnte mir vorstellen, dass mehr dahintersteckt."

Mike nickt zustimmend, der Gedanke war ihm eben auch gekommen.

„Und deshalb möchte ich als Reporter natürlich Genaueres darüber hören, das werden Sie verstehen, oder? Vielleicht entwickelt sich ein dicker Fisch daraus. Und falls ja, möchte ich das von Ihnen erfahren!"

„Das kann ich verstehen. Wieso wissen Sie so gut über die Millburghs Bescheid?"

Der Zeitungsmann zuckt mit den Schultern, „Ich habe über den Tod des alten Horace Evans berichten wollen. Von ganz oben bin ich schließlich ausgebremst worden. Die Familie ist absolut pressescheu, deshalb kann man in unseren Archiven auch kaum etwas über sie finden."

Mike klappt sein Notizbuch zu. „Ich habe mir ein paar Notizen gemacht, die werden mir sicher weiterhelfen!"

Patrick Mulligan steht auf und begleitet Mike zur Tür. „Viel Erfolg, ich hoffe, ich höre bald von Ihnen!"

Draußen ist es immer noch freundlich. Die Sonne scheint und eine milde Wärme wälzt sich durch die Straßen. Heute wird es noch sehr heiß werden. Mike lässt sich von den Menschenmassen mitnehmen, an der Ecke zur 17. Straße biegt er zu seinem Büro ab.

***

Brooklyn, am Ufer des East River, ein leichter Wind weht über das Wasser und erzeugt graue Kringel auf der Oberfläche. In der Konservenfabrik des Don Calogero herrscht heute ausnahmsweise Hochbetrieb. Am Morgen ist eine Rolle Blech für die Dosen angekommen. Jack Olson und seine Mitarbeiter haben es in die Maschine eingespannt, die das Blech in Teile schneidet und die Stücke zur Weiterverarbeitung auf ein Fördersystem leitet. Die Bleche werden gebogen, die Naht verlötet und der Boden angebördelt. Der letzte Schritt vor dem Befüllen ist das Bekleben mit einem Etikett, laut Aufkleber befindet sich in den Dosen Gemüse, es heißt »Kings Vegetables«, des »Königs Gemüse«, weil Don Calogeros Betrieb im Bezirk »Kings« des New Yorker Stadtteiles Brooklyn liegt. Es gibt verschiedene Chargen, mal mit Erbsen, mal mit Wurzelgemüse, auch mal Mais. Die Hitzekammer zur Sterilisation befindet sich ebenfalls in der Maschinenhalle, anschließend werden die Dosen verpackt und die Kisten werden von einer Spedition abgeholt.

Die Buchhaltung befindet sich im Obergeschoss des Gebäudes. Abraham Jefferson, einer der Männer aus dem engen Kreis um Don Calogero, ist der Leiter der Buchhaltung, einer seiner beiden Gehilfen heißt Jimmy Baldwin. Nach Jack Olsons Ansicht kann der mit seinem Messer geschickter umgehen, als mit dem Federhalter.

45

Jack Olson ist der technische Leiter und Vorarbeiter einer kleinen Mannschaft, die aus drei Schwarzen, zwei Puerto-Ricanern und zwei Weißen besteht. Er arbeitet seit fünf Jahren bei Don Calogero, sein technisches Geschick im Verein mit einer gewissen Skrupellosigkeit, haben ihn für die Männer um den Mafioso unentbehrlich gemacht. Er ist ein stämmiger Mann Mitte fünfzig, seine wenigen Haare sind grau, als junger Mann hat ihn ein feuerroter Schopf geziert.

An der Etikettenkleberei hat es einen Stau gegeben, wutschnaubend geht Jack Olson dorthin. „Was ist los, Vitor? Wieso geht es nicht weiter?"

„Der Kleber ist aus, ich muss erst neuen holen."

„Habe ich euch nicht eingeschärft, zu jedem Arbeitsbeginn alle Vorräte zu überprüfen?"

„Ja, Jack, tut mir leid!"

„Nun mach aber fix, deinetwegen kommt alles zum Stillstand!"

Kopfschüttelnd geht der Vorarbeiter zu seinem Platz zurück, er liegt etwas erhöht am Ende der Halle, um den Betrieb besser übersehen zu können. Auf dem Weg dorthin kommt er an einer lauten Maschine vorbei, es ist die Stanze für die Deckel, sie macht einen Höllenlärm.

Sein Blick fällt aus dem Fenster neben der Stanze. Gerade fährt ein Auto vor, ein junges Mädchen mit langen roten Haaren steigt aus einem weißen Chevrolet Coupé. Er kennt das Mädchen und er kennt das Auto, sie hat es von Don Calogero geschenkt bekommen. Jack Olson macht kehrt und eilt zur Hintertür. „Susan, was machst du denn hier?" Es ist seine Tochter, Susan Dickinson. Gleich nach der Schule hat sie einen jungen Mann geheiratet, den er nie als Schwiegersohn akzeptiert hat. Es hat nicht lange gedauert, dann arbeitete sie als

Animierdame in einem Nachtklub hier in Brooklyn. Mit Engelszungen hat er ihr zugeredet, sich eine andere Arbeit zu suchen.

„Im »Blue Dream« kann ich mehr Geld verdienen, als bei jeder anderen Arbeit!“, hat sie geantwortet. Jack Olson empfindet Mitleid für seine Tochter. Er ist ein harter Antreiber und skrupelloser Handlanger, aber er hängt an seinem einzigen Kind, erst recht, nachdem ihn seine Frau vor vier Jahren verlassen hat.

Er wirft noch einen Blick auf Susan, die ihn ignoriert und auf die Tür zum Obergeschoss zusteuert. Sie sieht verdammt gut aus, mit einer atemberaubenden Oberweite, die Männer mögen das. Das Ende vom Lied war, dass sie als Prostituierte arbeitete.

Don Calogero hat sie nach ihrer Scheidung von Martin Dickinson aufgesammelt, seitdem ist sie dessen Geliebte.

Jack Olson ballt unbewusst die großen Pranken zur Faust. Die Beziehung von seiner Tochter mit dem Boss gefällt ihm nicht, aber was kann er dagegen tun? Man geht nicht einfach zu dem Don und untersagt ihm den Umgang mit seinem Kind. Im günstigsten Fall würde er ihn auslachen und zum Teufel schicken. Es könnte aber auch übler ausgehen…

Susan Dickinson steigt die Treppe hinauf, in die heiligen Räume des Don Calogero. Sie klopft an seine Tür, wartet das »Herein« aber nicht ab. „Hallo Schatz!“ Sie geht hinüber zu dem Gangsterboss und setzt sich auf die Lehne des Schreibtischstuhles. Sie gibt ihm einen Kuss auf die narbige Wange. „Warum sollte ich zu dir kommen?“ Sie lächelt ihn verführerisch an. Don Calogero ist zwar nicht der Mann ihrer Träume, er ist aber in der Lage, ihr jeden Wunsch zu erfüllen. Wenn sie auf seine Launen und seine Wünsche eingeht, lässt er sich um den Finger wickeln.

„Du hast doch die nächsten beiden Tage sicher nichts vor?", fragt Don Calogero.

„Du weißt, dass ich nur auf deine Wünsche warte!", sagt sie leise und senkt ihren Kopf, um ihm einen Kuss aufzudrücken.

„Lass das jetzt, ich muss mit dir sprechen", sagt Calogero gereizt.

„Schon gut, was gibt´s?" Sie hebt ihren Kopf und legt nur ihren Arm um ihn, wohl wissend, dass der Druck ihres Busens ihn schnell besänftigt.

„Morgen Abend habe ich eine Feier an Bord meiner Yacht geplant, es kommen einige wichtige Leute aus der Stadtverwaltung. Zieh dich nett an und bring noch ein paar von deinen Freundinnen mit."

„Was soll ich den Mädchen denn sagen?"

„Was wohl? Du weißt doch, was wir von euch wollen, als Belohnung werden wir alle nächste Woche in die 5th. Avenue zum Shoppen gehen!"

Jetzt bekommt er doch noch einen dicken Kuss von ihr. „Donnilein, du bist doch mein Liebster!", schnurrt sie.

„Ja, ja. Wie läuft es eigentlich mit dem Sonderauftrag, den du von mir bekommen hast?"

„Das lässt sich gut an, der Knilch ist Wachs in meinen Händen."

Don Calogero reibt sich die Hände. „Sieh zu, dass du dich mit ihm auf der Yacht vergnügen kannst - du weißt schon, die große Kabine an der Steuerbordseite ist für solche Fälle eingerichtet. Aber sag mir Bescheid, wenn es so weit ist, ich muss vorher noch etwas organisieren." Er sieht auf seine Uhr. „Tut mir leid, dringende Geschäfte, ich muss eine neue Produktionsreihe überprüfen. Du könntest zur Yacht hinübergehen, Tommy ist alleine da und kann etwas Hilfe gebrauchen."

Susan erstarrt für einen Moment. Tommy ist ein unangenehmer Grabscher und kann sie einfach nicht in Ruhe lassen, mehr noch, er scheint zu glauben, dass sie wegen ihrer Vergangenheit Freiwild für ihn ist. Sie muss gelegentlich mit dem Don darüber reden, damit der Tommy die Leviten liest.

Don Calogero verlässt das Fabrikgebäude und betritt 50 Yards weiter einen unansehnlichen Anbau. Die Tür ist verschlossen, er hat seinen Helfern mit aller Schärfe eingebläut, dass es wichtig sei, dass kein zufällig vorbei kommender Passant dort hineinsehen dürfe. Der Anbau hat eine Grundfläche von etwa 4000 Quadratfuß (360 m2). Es stehen mehrere Rührbehälter, ein Filter und ein Trockenschrank darin. In mehreren Fässern wird eine stechend riechende Flüssigkeit aufgehoben, es ist Essigsäurechlorid.

Ein älterer Mann mit schütterem Haar und einer großen Brille mit einem breiten, schwarzen Gestell kommt auf ihn zu. „Das ist schön, dass Sie kommen, Mister Calogero, ich wollte Sie gerade aufsuchen."

Mister Phelps ist der Chemiker, der für die Umwandlung des Rohopiums zum Heroin zuständig ist. Er ist eine verkrachte Existenz, der nun in den Diensten von Don Calogero einer gut bezahlten, aber kriminellen Tätigkeit nachgeht.

„Gibt es etwas Neues?", fragt der Mafiaboss.

„Der neue Trockner arbeitet ausgezeichnet, das wollte ich Ihnen zeigen." Phelps schließt eine Tür auf, geht voraus und zeigt auf ein Häufchen aus schneeweißem Pulver, das auf einem Tisch liegt. „Sehen Sie sich das an, hier haben Sie das beste Heroin, das je in den Vereinigten Staaten hergestellt worden ist."

Don Calogero sieht auf den kleinen Haufen, nimmt eine Prise zwischen die Finger und lässt es hinunter rieseln. „Ja, Sie haben recht, es ist wirklich ausgezeichnet."

Mister Phelps nickt begeistert. „Wegen der besseren Rieselfähigkeit lässt es sich jetzt auch leichter in Tüten füllen."

Don Calogero nickt zufrieden, die Tüten mit dem Heroin werden später in den Konservendosen versteckt. Nun steht einer offensiven Verbreitung nichts mehr im Wege, Nick Costa hat bereits einige Vertriebsrouten aufgebaut. In wenigen Tagen kommt der erste LKW, damit das neueste Produkt der Kings Konservenfabrik verteilt werden kann. Er kann sich ein Grinsen nicht verkneifen, das ohnehin nicht schöne Gesicht verzerrt sich zu einer diabolischen Fratze.

Susan Dickinson geht zu der Yacht hinüber, die direkt vor der Huron Street am Anlieger vertäut ist. Weiß schimmern ihre Aufbauten in der Sonne. Jetzt soll sie ausgerechnet Tommy Furbic helfen. Widerstrebend geht sie die Anlegebrücke hoch und betritt das Schiff. Es soll für die kommende Party aufgeräumt und die Betten frisch bezogen werden.

Thomas Furbic hat sie schon kommen sehen und kommt ihr grinsend entgegen. „Hallo, meine liebe Dicki! Es ist so nett, dass du mich besuchen kommst!" Er mustert sie anzüglich.

Sie antwortet bissig. „Bilde dir nichts darauf ein! Unser Boss hat mich hergeschickt, ich soll dir helfen!"

„Na, das ist doch wunderbar, dann folge mir jetzt."

Er führt sie zu einem Geräteraum und reicht ihr mehrere Garnituren Bettwäsche. „Du kannst anfangen, die Betten in den Kabinen neu zu beziehen."

Dicki steckt Tommy die Zunge raus und geht mit der Wäsche auf dem Arm in die erste der Kabinen. Er folgt ihr und tritt hinter sie, gerade als sie sich zu dem Bett hinunter beugen will. Er zieht sie hoch, dreht sie zu sich um und versucht, sie zu küssen.

„Lass das, du Idiot! Wenn der Don das sieht, macht er dich einen Kopf kürzer!"

Tommy lacht sie aus. „Er wird sich hüten, er braucht mich, und morgen Abend bist du sowieso fällig. Wenn alle betrunken sind, hilft dir niemand mehr." Er lacht und geht hinunter in den Vorratsraum, um die Getränke zu überprüfen.

Dicki schnaubt vor Wut, sie fürchtet, dass er recht hat.

Don Calogero ruft einen der beiden Mitarbeiter von Mister Phelps zu sich. Es ist ein Mann Ende dreißig, mit schwarzen Haaren, der etwas ungepflegt aussieht. „Joey, komm in einer Viertelstunde zu mir ins Büro, Jimmy kommt auch noch dazu, ich habe euch beiden etwas mitzuteilen."

„Okay, Boss, mit mir kannst du rechnen." Joey Death - seinen richtigen Namen kennt niemand - wendet sich wieder seiner Arbeit zu. Er stellt an einer Abfüllmaschine herum, die das Heroin in Tüten füllen soll. So eine Fummelei liegt ihm, obwohl ihm das Arbeiten mit Waffen noch lieber ist. Er ist bei Don Calogero zusammen mit Jimmy Baldwin der Mann für die heiklen Aufgaben. Seine Spezialität ist das Beseitigen von unliebsamen Zeitgenossen. Er ist nicht so kräftig wie sein Kollege, dafür ist er besonders geschickt im Umgang mit Waffen und setzt sie ohne Skrupel ein.

Jimmy ist der Letzte, der im Büro des Don Calogero eintrifft. Er setzt sich dazu und steckt sich eine Zigarette an. Don Calogero mustert seine beiden Mitarbeiter, beide haben schon viele Jahre im Gefängnis gesessen. Dank seiner umsichtigen Planung sind sie in den letzten Jahren einer Strafverfolgung entgangen. Sie sind nicht gesetzestreuer geworden, sie sind nur vorsichtiger und hinterlassen weniger Spuren.

Jimmy ist ein vierschrötiger Kerl mit einer ungeheuren Rechten. Wegen dieser Rechten hat er fünf Jahre wegen Totschlags im Staatsgefängnis von New York, in »Sing Sing«, eingesessen.

„Ich habe euch wegen der bevorstehenden Party auf meinem Schiff herbestellt. Ich habe eine Sonderaufgabe für euch."

Die beiden Männer nicken und hören aufmerksam zu. Joey bedient sich an den Zigarren.

Der Chef fährt fort. „Ihr sollt morgen die Kellner sein, eure Aufgabe ist es, nüchtern zu bleiben und aufmerksam auf alles zu achten, was gesprochen wird. Ihr sollt eventuellen Streit schlichten, damit die Party nicht aus dem Ruder läuft, und ich meine hohen Gäste später wieder einladen kann. Es sind einige wichtige Persönlichkeiten der Stadt dabei, unter anderem der stellvertretende Bürgermeister von Brooklyn, ein hoher Polizeioffizier und noch drei weitere hohe Tiere der Stadt New York. Tommy, Abe und unser Kapitän, Alec, werden auch unter den Gästen sein. Ach ja, das Wichtigste habe ich fast vergessen: Dicki kommt auch und bringt eine Auslese ihrer früheren Kolleginnen mit."

„Bekommen wir so eine Art Livree, oder können wir so kommen, wie wir jetzt sind?", fragt Joey.

Don Calogero sieht seine beiden Helfer kopfschüttelnd an. „Um Gottes willen, ihr sollt einen gediegenen Eindruck machen und nicht in einer Operette auftreten! Geht zu Tommy, der wird euch etwas besorgen, ich habe schon mit ihm gesprochen."

„Was ist mit den Mädchen? Wenn wir schon nichts trinken, können wir uns mit ihnen vergnügen?", fragt Jimmy. Seine Augen beginnen zu leuchten. Für Menschen wie Joey und ihm, die nicht mit Charme und gutem Benehmen punkten können, bleibt selten eine andere Möglichkeit, als Prostituierte aufzusuchen.

Don Calogero sieht ihn angewidert an, es gibt Menschen, denen geht jedes Gespür für den richtigen Zeitpunkt ab. „Okay, wenn es sein muss…ich sehe es aber nicht gerne - wenn ihr euren eigentlichen Job vernachlässigt, gibt es Ärger!" Die letzten Worte werden immer lauter, sodass sich seine beiden Handlanger unwillkürlich ducken. „So, jetzt lasst euch von Alec nochmal die Örtlichkeiten erklären, damit ihr euch morgen nicht zu dämlich anstellt."

Einen Tag später, am frühen Abend. Der letzte Lieferwagen ist gerade fortgefahren, Jimmy und Joey tragen die Kisten mit Sekt und Whisky in den Vorratsraum der Bordküche. Das Essen wird später von einem Restaurant geliefert, damit werden sie nur wenig Arbeit haben.

Die Sonne geht unter, der Septembertag endet so schön, wie er angefangen hat, auf dem Pier treffen die ersten Gäste ein. Zwei Taxis fahren vor und laden mehrere Personen aus. Don Calogero hat sich seinen feinsten Anzug angezogen und begrüßt seinen hohen Besuch persönlich an der Gangway. Wenn es sein muss, kann er sehr charmant sein.

Fünf Bedienstete der Stadt gehören zu den Gästen, Don Calogero und drei seiner Vertrauten ergänzen die Runde. Joey und Jimmy haben jetzt gut zu tun, sie sind zwar nicht die perfekten Kellner, es klappt aber besser, als der Chef erwartet hat.

Don Calogero versammelt alle Anwesenden in dem großen und prunkvollen Salon um sich und hebt sein Glas. „Meine verehrten Gäste! Ich freue mich ganz außerordentlich, mit Ihnen die Einweihung dieses schönen Schiffes und den erfolgreichen Abschluss einiger Geschäfte feiern zu können. Auf Ihr Wohl!"

Gerade als er das Glas hebt und mit seinen Gästen anstößt, hört man Lachen und Kichern auf dem Aufgang zur Yacht. Susan Dickinson – Dicki - und ihre Freundinnen kommen an Bord. Die Tür geht auf und sechs junge Frauen betreten den Salon, angeführt von Dicki, die am besten von allen aussieht.

„Aaaah!", schallt es ihnen aus dem Munde der anderen Gäste entgegen. Susan Dickinson hat ihre früheren Kolleginnen aus ihrer Zeit als Prostituierte sorgfältig ausgewählt, der Don hat es so vorgegeben.

„Bring mir nicht irgendwelche billigen Schlampen, die sich nicht zu benehmen wissen, nur Edelnutten will ich hier haben!", hat er ihr mitgegeben. „Meine Gäste sind nicht irgendwelche Kerle, ich brauche ihr Wohlwollen in der Zukunft, deshalb muss diese Feier ein Erfolg werden, meine Besucher sollen sich gerne daran erinnern."

Der Schnaps und der Sekt werden von Jimmy und Joey großzügig ausgeschenkt. Die Feier wird immer lauter. Auf dem Achterdeck steht ein Plattenspieler, dessen Rhythmen über den East River schallen, die Mädchen werden immer offenherziger und verwöhnen die Gäste nach allen Regeln der Kunst. In den Kabinen herrscht reger Betrieb, immer wieder verschwindet ein Paar hinter einer der Türen, um nach einer längeren Abwesenheit wieder zu erscheinen.

Tommy Furbic verfolgt den ganzen Abend Dicki, er wartet auf eine günstige Gelegenheit, um sie sich gefügig zu machen. Nach Mitternacht passt es endlich, Don Calogero ist mit dem stellvertretenden Bürgermeister von Brooklyn in ein Gespräch vertieft, beide sind nicht mehr nüchtern. Susan Dickinson steht draußen an der Reling, die Glut ihrer Zigarette ist das Einzige, was zu erkennen ist. Sie sieht zu dem Lichtermeer von Manhattan hinüber.

„Hallo, Dicki, es ist schön, dich hier zu finden."

„Das habe ich mir gedacht, dass du das bist", antwortet sie resigniert.

Tommy stellt sich hinter sie und betastet sie, wortlos lässt sie es sich gefallen. „Jetzt gehörst du mir, dein Chef hat mir die Erlaubnis gegeben."

Das stimmt zwar nicht, aber sie wird das nie überprüfen, da ist er sich sicher. Er fasst sie bei der Hand und zieht sie in den großen Speiseraum in der Mitte des Schiffes. Dort sitzen drei Männer in den bequemen Stühlen und grölen miteinander um die Wette. Er schleppt sie weiter zu den Kabinen. Nach ein paar Versuchen hat er eine freie gefunden, er zerrt sie hinein und wirft sie auf das Bett. Rasch schließt er die Tür, dreht sich grinsend zu dem Mädchen um und fängt an, sein Hemd zu öffnen. „Los, runter mit den Klamotten!", herrscht er das Mädchen an.

„Du Scheusal, ich hasse dich!", doch sie gibt nach und zieht ihr Kleid aus, gierig sieht ihr Thomas Furbic dabei zu.

Die Feier geht bis etwa vier Uhr am Morgen. Am Pier ist es stockfinster, lediglich eine schwache Mondsichel und die Myriaden Lichter von Manhattan am gegenüberliegenden Ufer des East River, spenden ein schwaches Licht. Drei Taxis, die von Jimmy Baldwin bestellt worden sind, fahren am Anleger vor. Er und Joey Death sind die Einzigen, die noch nüchtern sind. Sie helfen den Gästen, sich anzuziehen und stützen sie auf dem Weg zu den Fahrzeugen.

Am Nachmittag ruft Don Calogero Jimmy Baldwin und Joey Death zu sich. Der Deckenlüfter surrt wieder, ohne dass sich an der abgestandenen, warmen Luft im Zimmer etwas ändert. Tabakrauch liegt in der Luft, Don Calogero öffnet eines der Fenster und wendet sich an seine Leute. „Könnt ihr mir von gestern etwas berichten?"

„Die Weiber waren erste Sahne!", meldet sich Jimmy zu Wort.

Don Calogero schüttelt verärgert den Kopf. Wenn Jimmy nicht so ein verlässlicher Helfer wäre, der zudem vor keiner noch so unangenehmen Aufgabe zurückschreckt, hätte er ihn schon längst vor die Tür gesetzt.

Joey nimmt seinem Boss das Wort aus dem Mund, er sieht seinen Kollegen verächtlich an. „Du kannst auch nur mit deiner Hose denken!"

Jimmy grinst entschuldigend und zuckt mit den Schultern. „Na, ja, es stimmt doch", er kramt in seinem Gedächtnis und bemerkt: „Der Polizist aus New York hat erzählt, dass man dort eine Sonderabteilung zur Bekämpfung des Drogenschmuggels eingerichtet hat."

Don Calogero setzt sich mit einem Ruck auf. „Jetzt hast du zum ersten Mal etwas Interessantes gesagt, sprich weiter!"

Jimmy druckst herum. „Viel mehr war da nicht, wir konnten ja nicht einfach fragen, das wäre zu auffällig gewesen. Es ist in Midtown Manhattan irgendwo."

Don Calogero ist alarmiert, das muss er im Auge behalten, zumal sein schönes Schiff in zehn Tagen wieder nach Havanna reisen soll. Er muss sofort etwas unternehmen.

Spät am Abend kommt Thomas Furbic in das Büro seines Chefs. Der Raum ist dunkel bis auf eine Lampe, die den Don und seinen Schreibtisch ein wenig beleuchtet.

„Hast du gehört, dass in der Stadt New York eine neue Abteilung mit der Aufgabe, den Drogenhandel zu bekämpfen, gegründet worden ist?"

Tommy nickt dazu. „Ja, das hat Lieutenant Myers erzählt, ich war leider so blau, dass ich das nicht richtig mitbekommen habe, sorry."

„Vor allem hast du es nicht mitbekommen, weil du mit Dicki beschäftigt warst. Meinst du, ich bin blind? Sie ist zwar ein Miststück, aber sie gehört mir, lass in Zukunft deine Finger von ihr!"

Tommy hebt abwehrend die Hände. Don Calogero ist zwar stinksauer, aber das war die Kleine allemal wert. Er beantwortet die Frage seines Chefs. „Ich werde versuchen, etwas über die neue Drogenabteilung herauszubekommen, ich habe ein paar Kontakte, die werde ich anzapfen."

Don Calogero nickt. Das ist es, was Tommy perfekt beherrscht: Kontakte knüpfen und bei Bedarf außerordentlich liebenswert sein - dabei verbirgt sich hinter seinem charmanten Auftreten ein menschenverachtendes Scheusal. Der Don weiß das und nutzt diese Fähigkeit zu seinem Vorteil.

„Du machst das schon, halt mich auf dem Laufenden." Er öffnet eine Schublade seines riesigen Schreibtisches und holt eine Flasche Whisky heraus.

Ernest Millburgh

Michael Callaghan sitzt in seinem Büro an seinem Schreibtisch und bewacht das Telefon. Es ist schon Nachmittag - verdammt! Als Ein-Mann-Betrieb kann er das Büro nicht verlassen, falls er einen wichtigen Anruf erwartet. Was soll's, so war endlich Gelegenheit, die Akten zu ordnen und aufzuräumen, den Fußboden und seinen Teil des Treppenhauses zu reinigen. Seine beiden Waffen hat er jetzt bestimmt schon zum dritten Mal gereinigt und eingeölt, es sind ein kurzläufiger Revolver im Kaliber .38 und eine .45er Pistole von Colt.

Das Telefon klingelt! Mike Callaghan stürzt darauf zu und nimmt den Hörer ab. „Detektei Callaghan" meldet er sich möglichst lässig.

„Bist du es, Mike?“, es ist die Stimme von Willy Murdoch.

„Verdammt, wer soll denn sonst hier sein?“, entgegnet Mike, schärfer als beabsichtigt.

„Natürlich, sorry! Konnte dir mein Schwager weiterhelfen?“

„Ja, das konnte er. Stell dir vor, die Frau, die du zu mir geschickt hast, ist Millionärin!“

„Mach keinen Quatsch! Mensch, endlich hast du mal Glück, oder?“

„Und ob! Ein Glücksfall, den ich dir verdanke, und auch nur, wenn die Dame mit mir zufrieden ist, andernfalls habe ich verspielt. Hast du noch etwas auf dem Herzen?“

„Ach ja, richtig. Mein Schwager ist zu einer Cocktailparty bei der Schwester deiner Auftraggeberin eingeladen worden, und wollte von dir wissen, ob du mitkommen möchtest. Er hat auf seiner Einladungskarte noch einen Platz frei. Offenbar hast du einen bleibenden Eindruck bei ihm hinterlassen, *mich* hat er nämlich nicht gefragt“, fügt er etwas beleidigt hinzu.

„Das ist wirklich prima! Ich meine, nicht, dass er dich nicht angesprochen hat…. Ich meine, ach, du weißt schon, ich komme natürlich, vielen Dank an deinen Schwager für die Einladung.“

Das war zwar nicht der Anruf, auf den er gewartet hat, aber dies war auch wichtig. Bei dieser Party könnte er dieser Miss Evans auf den Zahn fühlen. Dann fällt ihm siedend heiß ein, dass Ernest Millburgh wahrscheinlich auch auf der Party erscheinen wird, und *der* sollte Mike besser nicht kennenlernen, denn dann wäre es Essig mit der unauffälligen Beschattung.

Das Telefon klingelt zum zweiten Mal, jetzt ist es der erwartete Anruf.

„Hier ist Millburgh, sind Sie das, Mr. Callaghan?"

„Ja, am Apparat." Bei einer Kundin spart er sich besser den ironischen Zusatz: »Wer denn sonst!«

„Mein Mann ist gerade zu unserer Stadtwohnung gefahren, ich denke, dass er in einer Stunde dort eintreffen wird. Können Sie das schaffen?"

„Das ist kein Problem, ich habe lediglich auf Ihren Anruf gewartet."

„Schön, haben Sie noch eine Frage?"

„Im Moment nicht, ich werde wahrscheinlich nach dieser ersten Beschattung einige Fragen haben und vielleicht auch Antworten. Ich werde mich morgen oder in den nächsten Tagen bei Ihnen melden."

Mike Callaghan muss sich beeilen, es dauert mit dem Auto eine gute halbe Stunde, um in die Central Park West zu kommen. Er greift zum Telefon und bestellt ein Taxi, zieht eine dunkle Jacke über, steckt sich ein Notizbuch und eine alte Zeitung ein, den Revolver in den Schulterholster, den Hut auf den Kopf, dann saust er los. Das Taxi fährt eben vor und Mike kommt zur vorgesehenen Zeit am Central Park an. Das Gebäude mit der Nummer 257 ist ein stilvoller Backsteinbau mit zehn Stockwerken. Im Keller des Hauses befindet sich eine Garage.

Er überquert die Straße und betritt den Flur. Die Eingangshalle ist edel ausgestattet, Marmorfußboden, Fahrstuhl mit einem schwarzen Liftboy und einem Pförtner am Eingang. Der Aufzug beginnt hier im Erdgeschoss, von der Kellergarage führt eine Treppe herauf. Das macht die Verfolgung einfacher, er müsste sonst in der Garage warten und könnte den Haupteingang nicht im Auge behalten.

Mike geht nach draußen, zieht sich den Hut tiefer ins Gesicht und setzt sich auf eine Bank am Rande des Central Parks, genau gegenüber der Garageneinfahrt. Er sieht hinüber und kommt ins Grübeln: Wenn der Mann nun nicht erst ins Penthouse fährt, sondern direkt zu einer eventuellen Freundin? Dann würde er hier vergebens warten.

Aber seine Zweifel sind umsonst. Zwanzig Minuten später sieht er den schwarzen Cadillac der Familie Millburgh eintreffen und in der Garage verschwinden. Er springt auf und läuft zu dem Haus hinüber. In der Eingangshalle studiert er scheinbar gelangweilt die Schilder mit den Namen der ansässigen Firmen. Keinen Moment zu früh, Ernest Millburgh kommt mit einem kleinen Koffer aus der Tür, die zur Garage führt und stellt sich vor den Lift. Mike wartet einen Moment, bis er verschwindet und sich der Zeiger für die Stockwerksanzeige zu bewegen beginnt, er wandert gleichmäßig bis zum neunten Stockwerk. Mike verlässt das Gebäude.

Die Zeit vergeht. Es ist ein heißer Tag, 90 Grad Fahrenheit (32 °C) sind es sicher, er sitzt wieder auf der Bank und versucht sich zu entspannen. Manche New Yorker haben ihre Jacke ausgezogen und tragen sie lässig über der Schulter; Mike kann sich das, mit der Waffe im Holster, natürlich nicht erlauben.

Aufmerksam beobachtet er das Haus, lange Zeit passiert nichts und der Detektiv überlegt, ob sich der Einsatz lohnt. Was, wenn die Zielperson überhaupt nicht mehr das Haus verlässt? Doch dann erscheint Ernest Millburgh und fährt mit einem Taxi fort, Mike folgt ihm mit einem weiteren. Die Fahrt endet bei einem Restaurant, Millburgh betritt das exklusive Lokal. Mike folgt ihm unauffällig und verbringt einige Stunden mehr oder weniger gelangweilt an einem Tisch in der Nähe des Tisches, an dem sechs Männer mit Krawatte und Anzug einen lustigen Abend verbringen. Nach Abschluss der immer lauter werdenden Feier, fährt der Geschäftsmann zurück in die Stadtwohnung am Central Park.

Für Mike ist es für heute vorbei mit der Beschattung. Er lässt sich mit einem Taxi zu seiner Wohnung bringen. Einen ganzen Tag verschwendet. Das Ergebnis seiner Beobachtung? Ein Arbeitsessen Ernest Millburghs mit Geschäftsfreunden.

Frustriert steigt er die Treppe zum ersten Stock hinauf. Was ist, wenn in dieser Woche gar nichts mehr passiert? Vielleicht trifft er sich längere Zeit nicht mehr mit der vermuteten Freundin? Oder er hat sich vielleicht schon von ihr getrennt? Mike möchte so gerne vor seiner wohlhabenden und einflussreichen Auftraggeberin mit raschen Ergebnissen glänzen, das könnte unter diesen Bedingungen ins Wasser fallen. Von Zweifeln geplagt, fällt er in einen unruhigen Schlaf.

Am nächsten Morgen ist Mike früh auf den Beinen, er muss die Beschattung Millburghs rund um die Uhr durchführen, um nichts zu verpassen. Um 6:30 ruft er sich ein Taxi, der Berufsverkehr hat noch nicht in voller Stärke eingesetzt. Am Horizont über Brooklyn erhebt sich gerade die Sonne.

Er kauft sich einen Hotdog an einem kleinen Imbiss-Wagen am Central-Park und isst das heiße Würstchen etwas lustlos, Kaffee wäre ihm lieber, aber das nächste Café ist zu weit weg, er darf seinen Beobachtungsposten nicht verlassen.

Ein paar Meter weiter hockt ein Mann auf einer Bank, Mike sieht, dass ihm ein Bein fehlt. Es ist ein Versehrter aus dem letzten Krieg, ein Pappschild und eine leere Konservendose stehen vor ihm auf dem Boden. Auf dem Schild steht in ungelenker Schrift: »Helft Euren Veteranen!«

Der große Krieg ist erst vor zwei Jahren zu Ende gegangen und er hat unglaubliches Leid über Millionen Menschen gebracht. Mike war selbst drüben in Europa gewesen und hat bei der Abwehr gearbeitet. Inzwischen denkt er kaum noch daran, er hat anderes zu tun. Er wirft dem Mann einen Vierteldollar in seine Konservendose und wendet sich wieder seinem Auftrag zu.

Was heute wohl passieren mag? Er schluckt den letzten Bissen von seinem Hotdog hinunter und blickt an dem Gebäude Nr. 257 hinauf. Er kennt die Gewohnheiten Ernest Millburghs nicht und muss auf alles gefasst sein. Er richtet sich schon mal auf eine längere Wartezeit ein.

Es dauert fast zwei Stunden, bis der Geschäftsmann am Ausgang erscheint. Er hat einen kleinen Koffer dabei. Nun muss sich Mike sputen, er ruft ein Taxi heran und steigt rasch ein – keine Sekunde zu früh, denn im selben Moment besteigt Mister Millburgh ebenfalls ein Taxi, mit dem er in Richtung Midtown verschwindet. Die Fahrt geht bis zur 33. Straße, zur Kreuzung mit der 5th. Avenue, hier verlässt Millburgh sein Fahrzeug. Mike steigt ebenfalls aus und folgt ihm unauffällig. Hier steht das Empire State Building, laut Annie Millburgh sind drei Stockwerke davon an die Lackawanna Steel vermietet. Mike Callaghan folgt seiner Zielperson mit etwa zwanzig Schritt Abstand. Es sind viele Menschen unterwegs, sodass er mit seiner dunklen Jacke und dem dunklen Hut in der Menge nicht auffällt. Mister Millburgh stellt sich vor einen der 73 Fahrstühle und wartet.

Michael Callaghan studiert mit unbewegtem Gesicht die Tafel der hier vertretenen Firmen, dann findet er das Schildchen, das er sucht, »Lackawanna Steel, Etage 31, 32, 33«.

Der Fahrstuhl mit Ernest Millburgh entschwindet nach oben.

Das kann langweilig werden. Wenn Ernest Millburgh bis zum Feierabend arbeitet, muss er sich über acht Stunden die Zeit vertreiben, er sieht bereits einen endlosen, langweiligen Tag auf sich zukommen. Auf der Aussichtsplattform kann er sich auch nicht die Zeit vertreiben, denn dann würde er nicht mitbekommen, wenn Mister Millburgh unten das Gebäude verlässt. Nun hat er reichlich Zeit für ein Telefongespräch und geht zielstrebig auf eine der Zellen in der Eingangshalle zu. Drinnen schlägt er sein Notizbuch auf und sucht die Telefonnummer von Patrick Mulligan heraus. Er hat Glück und erwischt ihn am Arbeitsplatz.

„Sind Sie es, Mister Mulligan? Hier spricht Mike Callaghan."

„Hallo Mike! Haben Sie meine Nachricht von Willy erhalten?"

„Ja, aus dem Grund rufe ich an, ich bedanke mich und nehme die Einladung gerne an."

„Danken Sie nicht mir, sondern Miss Evans, die hat mich als Vertreter der Presse, plus zwei weiteren Kollegen, eingeladen. Der eine werden Sie sein, der andere ist ein Fotograf von uns, Andrew Jenkins."

„Das freut mich sehr, vielen Dank, dass Sie an mich gedacht haben. Ich wollte Sie fragen, wann und wo wir uns treffen wollen."

„Ich wohne in Chelsea, in der 25. Straße West. Ich komme morgen mit dem Taxi bei Ihnen vorbei, das liegt fast an der Strecke, was halten Sie von 7:00 Uhr am Abend?"

„Das passt mir ausgezeichnet, gibt es irgendetwas zu bedenken? Kleiderordnung, Blumen?"

„Nein, ziehen Sie legere Kleidung an und bringen Sie gute Laune mit. Bis morgen, ich freue mich schon!"

Mike legt den Hörer auf und blickt sich in der großen, mit Marmor ausgekleideten Eingangshalle um. In einem der vielen Service-Räume am Rande, erkennt er das Zimmer des Pförtners. Diesem Mann, wenn er nur leidlich aufmerksam ist, wird sein langer Aufenthalt in der Halle bestimmt auffallen. Besser, er sucht ihn auf, bevor der auf dumme Ideen kommt. Wie Mike inzwischen herausgefunden hat, arbeitet er mit zwei Kollegen in einem Früh- und Spätschicht-System. Es ist ein kräftiger, älterer Mann mit schwarzer Hautfarbe.

„Ich warte auf ein Mädchen", erklärt er dem aufmerksam zuhörenden Mann. „Sie arbeitet hier irgendwo, ich will sie überraschen."

Der Pförtner schluckt die Erklärung, außerdem ist er selbst sehr mitteilsam. Wie beiläufig erkundigt sich Mike nach den Betrieben, die hier ihre Büroräume gemietet haben. Mehr als ein Drittel stehen noch leer, hört er, das soll aber schon besser geworden sein. Die meisten der Firmen sind Versicherungsunternehmen.

„Kennen Sie die Lackawanna Steel Company?", fragt Mike möglichst unbeteiligt.

Der alte Herr nickt. „Natürlich, die sind schon vor dem Krieg hier gewesen", er macht eine Pause. „Ich kannte sogar den früheren Vorstandsvorsitzenden, den ehrenwerten Mister Horace Evans."

„Tatsächlich!", entfährt es Mike laut, er flucht innerlich über seinen Patzer. Aber dem Pförtner ist nichts aufgefallen.

„Ja, wirklich, er hat häufig das Gebäude als einer der Letzten verlassen und hat sich mitunter mit mir unterhalten." Er kramt in seinen Erinnerungen. „Seit einigen Jahren habe ich ihn nicht mehr gesehen, ich fürchte, dass er inzwischen gestorben ist, er war wirklich ein sehr netter Herr."

„Sie haben recht, er ist vor zwei Jahren gestorben - kennen Sie vielleicht seine Töchter?", ergänzt er, einer Eingebung folgend.

„Oh, er ist tatsächlich tot? Das tut mir leid…“ der
Pförtner überlegt eine Weile. „Ja, ich habe sie schon beide gesehen, die Ältere taucht hier häufiger mal auf, die Jüngere ist
seit einem Jahr nicht mehr hier gewesen, das ist auch eine
Nette, außerdem ist sie unglaublich hübsch.“

„So, so.“

„Wissen Sie, in meinem Alter kann man das schon sagen:
Sie ist bestimmt das hübscheste Mädchen in ganz Manhattan.“

In Mike Callaghans Kopf arbeitet es. Der für morgen vor-
gesehene Besuch bei dieser Miss Evans scheint sich wohl zu
lohnen, so oder so. „Soll ich Ihnen einen Kaffee bringen?“,
fragt er den alten Pförtner.

„Das wollen Sie wirklich für mich tun?“

„Klar doch!“ Mike verschwindet in einem der Cafés im
Erdgeschoss und besorgt für sich und den alten Herrn einen
Becher Kaffee.

Der Tag vergeht langsam, Mike beobachtet die vielen
Menschen, die hier hinein und heraus kommen und verbringt
die Zeit damit, sein Gedächtnis zu trainieren.

Es geht schon auf 6:00 Uhr am Abend zu, als Ernest Millburgh in der Eingangshalle erscheint. Er trägt wieder den kleinen Koffer mit sich und geht rasch zum Ausgang. Vor der
Tür muss sich Mike Callaghan wieder beeilen, um schnell ein
Taxi zu erwischen. Während er auf dem Bürgersteig steht und
nach einem Taxi Ausschau hält, denkt er darüber nach, dass
es ziemlich riskant ist, sich darauf zu verlassen, immer rechtzeitig eines zu erwischen. Was ist, wenn er weniger Glück hat,
und keines kommt, wenn er eines braucht? Dann würde er
wie ein Idiot am Straßenrand stehen, seine Zielperson wäre
auf und davon, genau wie sein Auftrag. Er atmet auf, als er
ein Taxi kommen sieht.

Ernest Millburgh lässt sich wieder zur 257 Central Park West bringen. Mike verlässt das Taxi und eilt hinter dem Geschäftsmann her. Diesmal begibt er sich nicht zum Fahrstuhl, sondern geht sofort zur Parkgarage hinunter. Mike kommt jetzt in Druck, um als einzelne Person so einem Auftrag gerecht zu werden, muss man schon sehr sportlich sein. Rasch läuft er hinaus, um wieder ein Taxi zu rufen, vier Taxis bewegen sich auf ihn zu, aber drei fahren vorbei, sie sind besetzt. Das Vierte bleibt stehen und Mike springt hinein. Gerade noch rechtzeitig, denn schon kommt der schwarze Cadillac aus der Garage und fährt in Richtung Süden. Mister Millburgh fährt bis Lower Manhattan und parkt in der Henry Street vor einem Restaurant, Mike folgt ihm unauffällig. Es ist ein kleines Lokal, das sehr gemütlich eingerichtet ist. Es gibt kleine Nischen mit Sitzecken, die meisten sind wegen des frühen Abends noch nicht belegt. Seine Zielperson setzt sich an einen Tisch, der sechs Personen Platz bietet. Mike versucht, sich ein harmloses Aussehen zu geben und setzt sich an einen Tisch, der im Rücken von Mister Millburgh steht. Sehr intensiv studiert er die Speisekarte und beobachtet dabei seine Zielperson.

Der Kellner kommt und Mike gibt seine Bestellung auf. Außer dem Hotdog heute Morgen und einem Bagel von einem vorbeikommenden Händler mit Handwagen, hat er heute noch nichts gegessen, sodass er jetzt die Gelegenheit nutzt. Dank des Geldregens von Mrs. Millburgh kann er sich jetzt satt essen. Dieses Restaurant ist nicht so exklusiv, wie das vom Vortag, vor der Rechnung muss Mike sich also nicht fürchten. Es dauert noch eine Viertelstunde, als schließlich eine Frau das Restaurant betritt.

Die sieht sich um. Sie sieht sehr gut aus, und wenn Mike sich jetzt nicht unauffällig verhalten müsste, würde er sie wohl angestarrt haben. Es ist eine rothaarige Schönheit, höchstens

25 Jahre alt, mit einer üppigen Figur. Sie kommt herein und geht sofort auf den Tisch zu, an dem Ernest Millburgh sitzt. Sie begrüßt ihn mit einem Kuss und legt ihren Mantel ab. Verdammt, es kommt eine Menge Sehenswertes zum Vorschein! Mike kann sich gut vorstellen, dass Ernest Millburgh dieser schönen jungen Frau nicht lange widerstehen konnte.

Die beiden bestellen sich ebenfalls etwas zu essen. Die ganze Zeit sieht Ernest Millburgh seiner jungen Geliebten in die Augen. Gelegentlich beugen sie sich zueinander und küssen sich, oder sie sprechen leise miteinander. Mike hört viele Kosenamen. Ab und zu fällt der Name Paradise (Paradies) und auch »East River«. Mit Paradise scheint es sich möglicherweise um ein Schiff zu handeln. Mike Callaghan legt die Zeitung beiseite, in der er so merkwürdig aufmerksam gelesen hat und macht sich ein paar Notizen.

Nach eineinhalb Stunden bricht das Paar auf. Mike Callaghan hat schon frühzeitig bezahlt und folgt so rasch, wie es unauffällig möglich ist. Ernest Millburgh und die junge Frau steigen in den Cadillac und fahren davon. Und genau das, worüber er sich vor ein paar Stunden schon gesorgt hat, trifft jetzt ein: kein Taxi weit und breit. Mist! Die Henry Street ist ein wenig abgelegen, sodass Mike seine Beschattung abbrechen muss. Er nimmt das nächstbeste Taxi und lässt sich zur Stadtwohnung der Millburghs am Central Park bringen. Dort inspiziert er zuerst die Garage. Wie zu erwarten war, ist der Cadillac nicht da. Er geht wieder hinaus und beobachtet das Haus. Es wird dunkel und fängt an, kühl zu werden, Mike schlägt den Kragen hoch und zieht sich den Hut weiter in die Stirn. Seine Schachtel Players ist auch leer, verdammt! Dabei hat er den ganzen Tag Zeit gehabt, sich neue Zigaretten zu besorgen. Es ist jetzt kalt und dunkel, der Straßenlärm hat nachgelassen, Mickey sitzt auf der harten Parkbank und friert.

Ab und zu steht er auf und geht ein paar Schritte hin und her,
um sich die Beine zu vertreten und wieder wach zu werden.
Das würde noch fehlen! Er sitzt schlafend auf der Bank und
Mister Millburgh kommt nach Hause! Seine Freunde würden
sich wochenlang darüber amüsieren.

In der Nacht, kurz nach 2:00 Uhr, Mike spürt inzwischen
seine Beine nicht mehr, taucht der dunkle Wagen auf und
verschwindet in der Einfahrt zur Garage. Ernest Millburgh
sitzt alleine darin. Mike macht sich mit klammen Fingern ein
paar Notizen und lässt sich dann von einem Taxi nach Hause
fahren. Ihm ist eiskalt, er ist todmüde und frustriert, weil er
dem jungen Mädchen nicht folgen konnte, um ihre Identität
festzustellen.

Er stellt für morgen den Wecker etwas später, um den ver-
lorenen Schlaf nachzuholen. Er überlegt, ob er vielleicht morgen seine Auftraggeberin informieren sollte, verwirft den Gedanken jedoch wieder, weil die Ergebnisse seiner Beschattung
einfach noch zu dünn sind.

Am Morgen sucht er ein Café in der 18. Straße auf und
nimmt ein Frühstück ein. Eddies Kneipe, die in der Nähe ist,
wird erst am Abend geöffnet. Er überlegt sich die weitere Vorgehensweise. Immer wieder geht ihm der Name Paradise
durch den Kopf. Ist es ein Schiff, oder hat er sich vielleicht
getäuscht?

Er will heute Vormittag zur Schiffsregistratur des Staates
New York fahren und überlegt, ob Willy Murdoch ihn vielleicht fahren könnte, der hat diese Woche Frühschicht. Er
fragt bei der Checker Cab Company nach seinem Freund.

„Ja, der arbeitet heute, ist jetzt aber unterwegs. Was halten
Sie davon, wenn er seine nächste Fahrt zu Ihnen macht?"

Zwanzig Minuten später hält Willy mit dem Taxi vor dem Café, Mike geht hinaus und begrüßt seinen Freund. „Hi, Willy!"

„Mike, altes Haus! Schön, dass du an mich gedacht hast, wo soll es denn hingehen?"

„Weißt du, wo die Schiffsregistratur von New York City ist?"

Willy überlegt einen Moment. „Klar, ich habe da schon mal jemanden hingebracht. Ich glaube, es ist in Lower Manhattan in der South Street."

Willy startet schon mal den Motor und fährt los. „Was willst du denn da?"

„Ein Schiff namens Paradise könnte mir bei der Lösung meines Falles weiterhelfen."

„Das klingt ja interessant, kann ich dir vielleicht helfen?"

„Ich denke schon, diesmal kann ich deine Hilfe sogar bezahlen!"

Willy hat es richtig in Erinnerung gehabt, das Zentralregister für die Schiffe des Staates New York ist in der South Street. Wenn der dichte Verkehr auf der mehrspurigen Straße nicht wäre, wäre es ein schöner Fleck, mit Blick auf den East River.

Willy hält und sieht Mike fragend an. „Kann ich mitkommen? Ich hätte jetzt Lust dazu, ich muss nur bei meiner Zentrale anrufen, um denen zu sagen, dass mich mein jetziger Kunde bis zum Ende meiner Schicht benötigt."

Mike kommt das sehr gelegen, er könnte tatsächlich etwas Hilfe brauchen; mit einem eigenen Fahrzeug wäre ihm Mr. Millburgh gestern nicht entwischt. „Ja, ich könnte dich und dein Taxi gut gebrauchen."

Willy strahlt. Seinem Freund Mike bei der Detektivarbeit zu helfen, ist mal etwas anderes, als immer fremde Leute durch die Gegend zu fahren.

Die zwei Freunde betreten das Gebäude des Schifffahrtsamtes. Schnell haben sie die Registratur gefunden und eine ältere Dame nimmt sich ihrer an. Mike erklärt, dass er nur den Namen des Schiffes kennt, und das ist nicht einmal sicher. „Es heißt wahrscheinlich Paradise, oder so ähnlich."

Die ältere Dame ist freundlich, sie hat schon graue Haare, die zu einem Knoten gebunden sind. „Lassen Sie mich einmal nachsehen." Sie geht zu einer Kartei, in der die Schiffe nach Namen sortiert sind und sucht dort eine Weile. Dann kommt sie mit einer Akte zurück. „Bevor ich jetzt irgendwelche Details weitergebe, können Sie sich bitte ausweisen und ihr Interesse begründen?"

Mike hat das bereits vermutet und hat seine Brieftasche mit der Lizenz als Privatdetektiv hervorgeholt. „Ich habe einen Bewachungsauftrag zu erfüllen, und bin während der Arbeit auf die Paradise aufmerksam geworden. Nun erhoffe ich mir weitere Erkenntnisse durch Ihre Informationen."

Sie schlägt den Ordner auf. „Es gibt ein Schiff namens Paradise im Staat New York. Der Eigner war seit 1929 ein Mr. Horace Evans." Sie liest leise weiter. „Ja, hier ist noch ein Eintrag, der Sie interessieren dürfte: Das Schiff ist am 26. April diesen Jahres an einen Abraham Jefferson verkauft worden. Der Wohnsitz ist in Brooklyn, 1524 Shore Boulevard."

Mike macht sich Notizen. „Können Sie mir etwas über das Schiff sagen? Wie groß ist es, hat es Segel oder Motor, oder beides?"

Die freundliche Dame blättert in der Akte und schlägt sie an einer Stelle auf. „Sehen Sie, hier ist eine Fotografie."

Mike sieht sich das Bild erstaunt an, Willy gibt einen Pfiff von sich. „Das ist ein beeindruckendes Schiff. So eines können sich nur die ganz Reichen leisten."

Mike bedankt sich und verlässt mit seinem Freund das Gebäude. „Sagt dir der Name Abraham Jefferson etwas?", fragt er ihn.

„Nein, den habe ich noch nie gehört, wir können ja mal zu der Adresse fahren."

Willy ist ein routinierter Fahrer und kennt New York wie seine Westentasche. Er fährt mit Mike über die Brooklyn Bridge in den Stadtteil auf Long Island, der Manhattan direkt gegenüber liegt. Das Wasser des East River glitzert in der Sonne, man kann die kleine Fähre erkennen, die die Anlegestellen bedient. Sie schiebt eine schäumende Bugwelle vor sich her.

Das Haus Nummer 1524 am Shore Boulevard ist ein edler Bau aus dunklem Klinker und weiß gestrichenem Holz. Die Straße liegt fast direkt am Atlantik, man kann den Wohlstand in dieser Gegend beinahe riechen. Willy fährt langsam die Straße entlang, sie sehen sich aufmerksam um.

„Hm, von dem schönen Schiff ist hier nichts zu sehen", sagt Mike.

„Vielleicht liegt es gar nicht hier oder ist sogar auf Fahrt", gibt Willy zu bedenken. „Lass uns mal zurückfahren."

Mike nickt, es scheint doch noch etwas mehr Recherche erforderlich zu sein.

Willy setzt ihn vor seinem Büro ab und rechnet mit ihm ab, Mike ist froh, dass er seinem Freund jetzt statt netter Worte, ein paar harte Dollar geben kann. Im Büro setzt er sich an seinen Schreibtisch, öffnet sein Notizbuch und sieht seine Aufzeichnungen durch. Das Schiff, die Paradise, scheint eine Rolle zu spielen, warum sonst sollte es die rothaarige Geliebte von Ernest Millburgh erwähnen? Vielleicht kann Mrs. Millburgh etwas über den neuen Besitzer sagen.

Er sucht sich ihre Nummer aus seinem Notizbuch heraus und ruft sie auf ihrem Landsitz in Long Island an. Es meldet sich eine weibliche, junge Stimme, es ist das Hausmädchen. Nein, die gnädige Frau sei nicht zu Hause, hört er, sie werde im Laufe der nächsten Stunde zurück erwartet. Mike hinterlässt seine Telefonnummer und legt auf. Er muss seine Auftraggeberin unbedingt erreichen. Bei der Feier heute Abend könnte der Schwager der Gastgeberin durchaus anwesend sein. Er muss vorher wissen, ob er eingeladen ist, oder, auch möglich, dass er mit seiner Frau dort auftaucht. Er darf ihm nicht in die Arme laufen.

Eine knappe Stunde später meldet sich Mrs. Millburgh bei ihm, Mike war schon ziemlich nervös. „Sie wollten mich sprechen? Haben Sie Neuigkeiten für mich?"

„Ich habe eine Neuigkeit und eine Frage: Das, was Sie interessieren wird, gleich zuerst. Ihr Mann hat eine Freundin. Er hat sich mit ihr zum Essen getroffen und mit ziemlicher Sicherheit die anschließende Nacht bei ihr verbracht. Zu diesem Punkt muss ich jedoch noch mehr Informationen sammeln."

Am anderen Ende der Leitung ist es still. War er zu grob? Hätte er ihr die Geschichte behutsamer beibringen sollen?

„Mrs. Millburgh?", fragt Mike vorsichtig nach, doch dann spricht sie wieder. „Dieser Mistkerl! Ich habe doch gewusst, dass da etwas im Busch ist!"

„Beruhigen Sie sich, Mrs. Millburgh, ich bin sicher, dass es um etwas anderes geht, als um diesen Flirt. Das Mädchen ist auffallend hübsch. Ich könnte mir vorstellen, dass die Kleine auf Ihren Mann angesetzt worden ist, weil Ihr Reichtum eine Rolle dabei spielt."

„Selbst wenn das so wäre, Mr. Callaghan, der Seitensprung bleibt doch ein Seitensprung, oder?", erwidert sie scharf.

„Natürlich, da bin ich ganz Ihrer Meinung, aber ich glaube, dass man Ihren Mann, wie soll ich sagen…mit arglistiger Absicht in Versuchung geführt hat."

„Sind Sie ganz sicher?"

„Nein, sicher bin ich nicht, deshalb benötige ich noch etwas Zeit."

„Gut, machen Sie so lange weiter, bis Sie Klarheit haben."

„Ach ja, da fällt mir noch etwas ein: Ihrem Vater gehörte doch eine Yacht - die Paradise?"

„Ja, das ist richtig, mein Vater hat sie vor etwa zwanzig Jahren gekauft. Warum interessiert Sie das?"

„Ich verfolge eine Spur, die zu diesem Schiff führt. Im Moment nur so viel: Wissen Sie, wer der neue Besitzer ist? Die eingetragene Person im Schiffszentralregister scheint mir ein Strohmann zu sein."

Mrs. Millburgh überlegt einen Moment. „Ich müsste meinen Mann fragen, er will heute Abend nach Long Island kommen. Er sagte mir damals etwas von einem Don Kalimero, oder Corleone, oder so ähnlich. Ich kann mich erinnern, dass er sagte, dass der neue Eigner der Paradise sehr hässlich wäre, klein und pockennarbig."

Mike macht sich Notizen. „Kennen Sie die weiteren Pläne ihres Mannes?"

„Wie ich schon sagte, er wollte heute Abend hierher nach Long Island kommen, dann bleibt er ein paar Tage hier und wollte ab Dienstag wieder für ein bis zwei Wochen nach Buffalo fahren."

„Danke, das ist gut zu wissen, weil ich meinen Beobachtungsplan danach ausrichten muss." Mike verabschiedet sich und legt den Hörer auf. Er sinnt noch über das Gespräch nach, nun kann er heute Abend unbesorgt zu der Party gehen, mit dem Erscheinen von Ernest Millburgh muss er nicht rechnen.

Candice Evans

Die Party bei Miss Evans rückt immer näher. Mike Callaghan hat sich seine beste Hose, ein weißes Hemd mit einer dezent gemusterten Krawatte und ein dunkelblaues Jackett angezogen, es ist seine beste und einzige halbwegs akzeptable Kleidung.

Um sieben Uhr am Abend geht er die Treppe zur Straße hinunter. Er muss nicht lange warten, das Taxi kommt und Mike steigt hinten ein. Vorne, neben dem Fahrer, sitzt Patrick Mulligan und hinten neben Mike der Fotograf, Andrew Jenkins.

Der Reporter dreht sich zu den beiden um. „Ich schlage vor, dass wir uns beim Vornamen nennen. Mike, das ist Andrew, oder Andy, und ich bin für dich Pat." Er erklärt Mike den Grund für die Einladung. „Ich kenne Miss Evans, seitdem ich vor zwei Jahren für den Nachruf des Vaters recherchiert habe. Jetzt hat sie sich anscheinend an mich erinnert. Ich hätte im Übrigen statt dir auch unsere Sekretärin Janice mitbringen können." Er lacht und fährt fort. „Da kannst du mal sehen, wie wichtig du für mich bist!"

Das Taxi ist an der 257 Central Park West angekommen und Patrick übernimmt die Führung, gefolgt von Andrew und Mike. Der Fotograf hat seine Lieblingskamera mitgebracht. Es ist ein deutscher Fotoapparat, eine Leica IIIc. Andrew bemerkt Mikes Blick und erklärt. „Dieser Apparat ist klein und handlich und hat eine hervorragende optische Qualität, das Objektiv ist ein Summar mit einer größten Blende von 1:2, das ist lichtstärker als alle anderen."

„Aha". Mike nickt unverbindlich, er versteht mehr von Waffen, als von Fotoapparaten.

Als sie aus dem Fahrstuhl steigen, schallt ihnen von oben schon Musik und Stimmengewirr entgegen. Zum Penthouse ist noch eine Treppe zu überwinden, der Fahrstuhl endet im Stockwerk darunter. Sie läuten an der Tür zur Stadtwohnung der Millburghs, sie wird nach kurzem Warten geöffnet. Es ist eine junge Frau, sie ruft ihnen zu. „Kommt rein, das Buffet wird gerade aufgebaut!"

Die drei Männer sehen sich an und grinsen. „Da kommen wir ja genau richtig", sagt Patrick und wendet sich an Mike. „Ich werde dich zuerst der Gastgeberin vorstellen, der Rest ergibt sich von allein." Er geht vor und Mike folgt ihm durch das Gedränge der Gäste. Der Lärmpegel ist hoch, jeder unterhält sich mit jedem, unterbrochen von Gelächter. Aus einem Zimmer kommt Musik, dort steht ein Radio mit einem Plattenspieler.

Das Wohnzimmer ist ca. 2000 Squarefoot (180 m2) groß. Mike schätzt, dass über einhundert Personen im Raum sind. Zielsicher geht Patrick auf eine Gruppe zu, es sind fast ausschließlich Männer, die sich dort um jemand scharen. Mike kann nicht erkennen, was es da zu sehen gibt. Dann tritt einer der Männer einen Schritt beiseite, er erkennt die Person des Interesses, er erinnert sich an das Bild von ihr. Es ist Candice, die Schwester von Annie Millburgh.

Was für eine Schönheit! Ihre langen, blonden Haare umfließen ein bildhübsches Gesicht. Das Beste ist ihr Lächeln, es macht ihn schwach und lässt ihn sein Herz im Hals spüren. Sie ist schlank, für ihre Figur gibt es – von oben bis unten –

nur ein Wort: perfekt. Mike schluckt. Sie trägt einen rosafarbenen Pullover und einen weiten, weißen Rock, der gerade oberhalb ihrer Knie endet und ein paar wohlgeformte Beine erahnen lässt. Bei so viel Schönheit stellen sich seine Nackenhaare auf und ihm fallen unversehens einige unschöne Erlebnisse aus der Vergangenheit ein, bei denen hübsche Frauen eine tragende Rolle spielten.

Patrick geht auf die junge Frau zu und spricht sie an. Sie reicht ihm die Hand, dann sieht sie zu Mike hoch.

„Miss Evans, darf ich Ihnen einen Freund von mir vorstellen? Michael Callaghan.“

Die blonde Schönheit wendet sich Mike zu und strahlt ihn aus blauen Märchenaugen an. Ob sie weiß, wie sie auf andere wirkt? „Es freut mich, Sie kennenzulernen, Mister Callaghan!“

Sie ergreift seine Hand und lächelt ihn an. Er muss sich kurz sammeln, er räuspert sich und antwortet. „Ich bin entzückt, Sie kennenzulernen.“ Es gelingt ihm, ein Lächeln zustande zu bringen, ohne dabei wie ein Trottel auszusehen - jedenfalls hofft er das.

„Ich wünsche Ihnen viel Spaß auf meiner Feier!“ Nach einem letzten Blick wendet sie sich wieder den anderen Gästen zu.

Patrick knufft ihn in die Seite. „Mike, wach auf!“, er lacht ihn an. „Na, habe ich dir zu viel versprochen?“

Michael Callaghan schüttelt seinen Kopf, kleine rosa Engel schwirren um ihn herum. Seine Abneigung gegenüber schönen Mädchen und sein Vorsatz, sich nicht so schnell von ihnen umgarnen zu lassen, ist eben schwer ins Wanken geraten. „Nein, weiß Gott nicht, Patrick. Ich weiß jetzt, wovon ich die nächsten Wochen träumen werde.“

Patrick lächelt amüsiert. „Das Problem ist nicht, sie kennenzulernen, sondern ihr Herz zu gewinnen. Sie soll schwer zu erobern sein", er macht eine Pause und sieht Mike an. „Ich würde sagen, du siehst dich um und versuchst, mit den anderen Gästen ins Gespräch zu kommen, wir sehen uns!"

Mike holt sich ein Glas Sekt von einem der Tische, und schlendert zwischen den Gästen hindurch. Die Stühle sind alle fortgeräumt worden, sitzen ist nicht vorgesehen. Dafür sind einige hohe, kleine Tische aufgestellt worden, um die manche Gäste versammelt sind. Viele Personen stehen in Gruppen zusammen und halten ein Getränk in der Hand. Dazwischen drängen sich immer andere Gäste hindurch, es ist ein ständiges Kommen und Gehen.

Das Zimmer hat nach außen eine große Glastür, die weit aufgeschoben wurde. Mike geht hindurch und findet sich auf einer Dachterrasse wieder. Die Sonne geht gerade unter, im Westen schimmert der Himmel rot. Von der Straße dringt gedämpft Verkehrslärm herauf und in der beginnenden Dämmerung treten die ersten erleuchteten Fenster auf den dunklen Silhouetten der Wolkenkratzer hervor.

Mike stellt sich an die Brüstung und sieht hinunter, direkt gegenüber liegt der Central Park. Es wird zunehmend dunkler, die Beleuchtung der Wege malt gelbe Kleckse in die Dunkelheit.

Er geht wieder hinein und sieht sich in dem Getümmel um, ob er vielleicht jemanden kennt. In dem Durcheinander jemanden zu finden, ist schwierig. Er schlendert von Gruppe zu Gruppe und lauscht den Gesprächen.

„Glaubst du, dass der Rauschgiftkonsum in unserem Land ein Problem werden könnte?" Ein älterer Herr in einem schwarzen Sakko richtet diese Frage an eine junge Frau.

Sie nickt und antwortet. „Unseren Untersuchungen zufolge hat der Rauschgiftkonsum im Staat New York im letzten Vierteljahr deutlich zugenommen, die Zahl der Drogenabhängigen ist um dreißig Prozent gestiegen."

Mike erfährt von einem jungen Mann mit Brille, der ebenfalls in der Gruppe steht, dass die junge Frau Sekretärin in einer neu gegründeten Abteilung zur Bekämpfung des Drogenschmuggels ist. Der eine der beiden Männer ist Detective bei der New Yorker Polizei, der andere ist ein Geschäftsmann aus der Bronx. Mike fragt die junge Frau. „Gibt es eine Erklärung dafür, warum der Drogenkonsum so stark gestiegen ist?"

Die Frau, sie mag etwa dreißig Jahre alt sein, hat kurze brünette Haare und ein freundliches Lächeln. „Nach unseren Erkenntnissen existieren seit ein paar Monaten neue Vertriebswege, über die uns noch keine Details bekannt sind. Das Zeug ist jetzt in größerer Menge im Land. Die kleinen Dealer und Verbraucher sind uns bekannt, aber sie verraten uns nicht, woher sie den Stoff bekommen."

Der Polizist nickt dazu. „Das ist genau das, was wir auch beobachten: Die Heroinabhängigen kennen wir zum großen Teil, aber sie weigern sich natürlich, uns ihre Lieferanten preiszugeben, denn dann wäre es mit der Versorgung vorbei."

Mike notiert sich die Namen seiner Gesprächspartner, die junge Frau von der Drogensondergruppe ist Wendy Thorpe, der Detective der Polizei ist Lieutenant Lucas Grumble vom 7. Bezirk in Lower Manhattan. Mike steckt das Notizheft wieder in die Tasche seines Sakkos. „Kennen Sie einen Sergeant Cramer? Mit dem habe ich kürzlich zu tun gehabt."

„Sicher, das ist ein Kollege von mir. Sind Sie der Privatdetektiv, der vor ein paar Wochen den Zeugen für den Mord am Union Square so schnell auftreiben konnte?"

„Ja, das war ich, ich habe aber Hilfe von guten Freunden gehabt."

„Ich glaube, Sie stellen Ihr Licht unter den Scheffel, mein Lieber. Machen Sie weiter so!"

Mike wendet sich danach einer anderen Gruppe zu, er hat bisher nicht mit Rauschgift zu tun gehabt, es kann aber nie schaden, Kontakte zur Polizei zu haben, egal in welcher Abteilung sie arbeiten.

Weiter hinten im Raum sieht er den Redakteur Patrick, der heftig mit einer jungen Dame mit schwarzen Haaren flirtet. Er sieht zufällig zu ihm herüber, Mike hebt einen Daumen und nickt ihm aufmunternd zu.

Er kommt an einem Zimmer vorüber, dessen Tür offensteht, es ist leer. Er will gerade vorbeigehen, da fällt sein Blick auf eine Vitrine, in der verschiedene Waffen ausgestellt sind. Er betritt zögernd den Raum und sieht sich neugierig um. Es scheint ein Arbeitszimmer zu sein. Eine Wand ist bis unter die Decke mit einem völlig überfüllten Bücherregal versehen. Ein großer Schreibtisch aus dunklem Holz, zwei schwere, lederbezogene Stühle und eine Leiter, die an dem Bücherregal lehnt, sind das einzige Mobiliar. An der gegenüberliegenden Wand steht eben diese Glasvitrine, die seine Aufmerksamkeit erregt hat. Daneben hängen viele Fotografien und ein großes Plakat ist hinter einer Glasscheibe zu sehen. »Buffalo Bills Wild-West Show«, liest er auf der bunten Reklame, es scheint ein Original zu sein. Das Datum für die Veranstaltung ist mit September 1919 angegeben, im Ort Buffalo im Staat New York.

Buffalo! Das ist eine auffallende Übereinstimmung, denn dort hat die Lackawanna Steel ihren Firmensitz. Die Fotos, die dort hängen, zeigen bekannte Revolverhelden des Wilden Westens, wie Wild Bill Hickock und Bat Masterson.

„Gefallen Ihnen die Bilder?"

Mike dreht sich um und bemerkt überrascht, dass Miss Evans hinter ihm steht. Als sie ihn anlächelt, wird ihm ganz warm, er muss kurz schlucken, bevor er antwortet. „Mein Großvater war damals Revolverheld, er hat mir früher davon erzählt, seitdem bin ich ein Liebhaber des alten Wilden Westens."

Die blonde Schönheit reißt erstaunt ihre Augen auf. „Das ist ja interessant, davon müssen Sie mir mehr erzählen!"

„Interessieren Sie sich auch dafür?"

„Früher noch nicht, es ist ein Verdienst meines Vaters, dass es mir jetzt ein Anliegen ist. Ich habe hier oft mit ihm gestanden und er hat mir von diesen aufregenden Zeiten erzählt. Und seitdem Buffalo Bill Cody mit seiner Wild West Show ausgerechnet in Buffalo, der Stadt, wo sich sein Firmensitz befindet, aufgetreten war, hat ihn dieses Thema bis zu seinem Tode nicht mehr losgelassen." Sie geht zu der Vitrine und zeigt auf zwei Revolver. „Sehen Sie, hier habe ich noch zwei weitere Exemplare erworben, die die Sammlung meines Vaters ergänzen, es sind die Waffen von damals sehr bekannten Revolverhelden, ich muss mich nur endlich daran machen, die Schildchen anzufertigen."

Sie steht vor Mike, ein leichtes Parfüm steigt ihm in die Nase. Er hat Mühe, seinen Blick von ihrem wohl gefülltem Pullover zu lösen und in ihre blauen Augen zu sehen, die ihn beunruhigend freundlich anlächeln. Mike hat während seiner Zeit in der High-School, im College und auch später die Erfahrung gemacht, dass Mädchen, die außergewöhnlich gut aussehen, häufig sehr arrogant sind. Miss Evans könnte in dieses Bild passen, obwohl - sie ist niedlich und scheint sehr nett zu sein.

Sie reicht ihm ihre Hand, die er gerne ergreift.

„Wie Sie vorhin mitbekommen haben, bin ich Candice Evans, meine guten Freunde nennen mich Candy."

Mike drückt sanft ihre zerbrechlich erscheinende Hand und antwortet mit heiserer Stimme. „Sehr angenehm, ich bin Michael Callaghan, oder auch Mike. Es freut mich, dich kennenzulernen, Candy."

Candy, ein Zuckerstückchen, oder auch ein Sahnebonbon - was für ein passend gekürzter Name!

„Und nun zu deinem Großvater, was hat er damals gemacht?"

„Das kann man nicht so schnell erzählen, angefangen hat es 1868, damals war er Marshall in Abilene, später Deputy in Laramie. Er hat bald seinen Job als Gunfighter aufgegeben, weil er eine wunderschöne Frau kennengelernt hat, meine Großmutter."

„Was für eine hübsche Geschichte, davon musst du mir unbedingt mehr erzählen!"

Mikes Blick fällt auf andere Fotografien, die etwas weiter entfernt hängen. „Was sind denn das für Bilder?"

„Das sind Fotos meiner Familie, die werden dich kaum interessieren."

Da täuscht sich die kleine Blonde, davon möchte er unbedingt mehr erfahren. Er zeigt auf ein Foto, das aus neuerer Zeit zu sein scheint, die beiden Personen darauf kommen ihm bekannt vor. „Wer zum Beispiel ist denn das?"

„Das ist ein Hochzeitsbild meiner Schwester Annie mit ihrem Mann, Ernest Millburgh."

Es hängen weitere interessante Bilder dort. Eines zeigt ihre Eltern und die beiden Mädchen, Annie ist etwa fünfzehn

Jahre alt und Candice ist gerade vier. Ein kleines Mädchen mit weißblonden Haaren an der Hand ihrer Mutter.

„Sind deine Eltern beide früh gestorben?", fragt Mike.

„Ja, leider, meine Mutter hat eine Leukämie-Erkrankung nicht überlebt. Mein Vater ist zwei Jahre später gestorben, warum weiß niemand. Er hat es wohl nie verwinden können, dass seine Gattin nicht mehr lebte." Die junge Frau blickt eine Weile ins Leere.

„Ich habe gehört, du hast einen Job in der Firma deines Vaters?"

„Nein, da hat man dich falsch informiert. Es war so vorgesehen, das stimmt, ich habe deshalb sogar ein abgeschlossenes Jurastudium hinter mir. Aber ich habe mich zunehmend gelangweilt, der ganze Geschäftskram liegt mir nicht. Bei meiner großen Schwester ist das anders, außerdem hat sie es mit ihrem Mann gut getroffen, der ist ein hervorragender Manager und nimmt ihr jetzt fast alles ab." Sie macht eine Pause und fragt. „Was für einen Beruf übst du denn aus?"

„Ich habe auch Jura studiert."

Candice Evans blickt ihn überrascht an. „Wie ein Advokat siehst du aber irgendwie nicht aus."

Mike muss jetzt grinsen. „Vielen Dank für das Kompliment. Ich führe seit kurzem eine kleine Detektei, dafür sind Jura-Kenntnisse sehr nützlich."

„Das hört sich ja aufregend an, erlebst du jetzt immer Abenteuer?"

Jetzt kann sich Mike ein Lachen nicht verkneifen. „Als Privatdetektiv zu arbeiten, ist nur selten aufregend, meistens sind es langweilige Routinearbeiten."

Sein Blick fällt auf ein anderes Bild an der Wand, es scheint die Yacht Paradise zu sein, wenn ihn seine Erinnerung an das Foto aus dem Schiffsarchiv nicht trügt. Er versucht nicht allzu interessiert zu wirken und fragt. „Wem gehört denn das schöne Schiff?“

„Das war die Yacht meines Vaters, wir haben sie vor ein paar Monaten verkauft“, erklärt Candice.

„Kennst du das Schiff näher?“

„Ja, früher, als meine Mutter noch lebte, waren wir gelegentlich damit unterwegs, ich kann mich noch an Vieles erinnern. Meine Schwester Annie und ich haben an Bord Verstecken gespielt, und taten, als wäre die Yacht ein Piratenschiff.“

Eine Frau kommt zur Tür herein. „Ach, da steckst du ja, Candice! Wir vermissen dich schon eine Weile.“

„Ich komm sofort, einen kleinen Moment noch!“

Wenn es nach Mike gehen würde, könnte dieses Gespräch ewig dauern, aber jetzt ist es vorbei. Candice Evans hebt ihr Gesicht und gibt ihm einen Kuss auf die Wange. „Es war sehr interessant, sich mit dir zu unterhalten. Wir sollten uns bald wiedersehen!“

Sie folgt der jungen Frau und verschwindet im Wohnzimmer. Mike sieht ihr hinterher, er kann seine Augen nicht von diesem süßen Geschöpf lösen. Ihre Nähe war nicht nur sehr angenehm, er hat auch einige Dinge über die Familie Evans erfahren. Das könnte ihm bei seinem aktuellen Fall möglicherweise von Nutzen sein.

Sein Misstrauen gegenüber schönen Mädchen ist durch die überaus sympathische Gastgeberin ins Wanken geraten. Sollte es etwa Ausnahmen geben? Er hat sich in jungen Jahren, wegen so manch schlechter Erfahrung mit den Schönheiten, einen Schutzwall gegen sie gebaut. Jetzt kommt es ihm so vor, als wenn das ehrliche Lächeln und die strahlenden blauen Augen von Candice Evans wie eine Horde Wühlmäuse diesen Schutzwall untergraben.

Nachdenklich geht Mike in den Wohnraum zurück, er verspürt Hunger und bedient sich ausgiebig am üppigen Buffet. Er kommt noch mit vielen anderen Gästen ins Gespräch, aber immer wieder sucht er mit den Augen die Gastgeberin, gelegentlich treffen sich ihre Blicke, sie zwinkert ihm dann mit ihren blauen Augen zu.

Es ist bereits Mitternacht vorbei, viele der Gäste haben die Party bereits verlassen, als Patrick, Andrew und Mike sich auch zur Heimfahrt rüsten. Sie verabschieden sich von Miss Evans, die Mike bei der Hand nimmt und ihn ansieht. „Vergiss mich nicht! Könntest du mich mal zu einem deiner Abenteuer mitnehmen?"

„Ich vergesse dich nie wieder. Ich nehme dich mit, wenn es interessant wird - versprochen!", antwortet er genauso leise. Er spürt, dass sein Schutzwall bereits an mehreren Stellen eingebrochen ist.

Im Fahrstuhl sieht Patrick Mike an. „Bei Miss Evans hast du jetzt einen Stein im Brett, uns hat sie noch nie so angesehen. Wie hast du das gemacht?"

Mike lacht, er freut sich, dass seine Begleiter offensichtlich neidisch sind, und behauptet. „Das ist eine Gabe, das kann man nicht erklären."

Nun lachen alle drei.

Zwei Tage später ist, wie jeden Montag, der Pokerabend im Grey Dog. Mike ist aufs Geratewohl sehr früh gekommen, weil er Eddie einige Fragen stellen will.

Er hat Glück, sein Freund ist schon da. Er ist dabei, sein Lokal aufzuräumen und zu putzen, seine kleine Frau hilft ihm dabei. Die Kinder, es sind zwei Mädchen und zwei Jungen, die über Stühle und Tische toben, niemand stört sie bei ihrem Spiel.

„Guten Tag, Marita!"

„Holà Mike, gibt es heute wieder eure Poker-Runde?"

Sie lacht ihn aus blitzenden schwarzen Augen an, sie hat mexikanische Wurzeln, ihr Teint ist wie Zimt mit Sahne.

„Ja, wie jeden Montag, ich will Eddie nur vorher ein bisschen ausfragen."

„Frage ihn nur, die Arbeit schaffe ich gut ohne ihn." Sie ruft ihre Kinder zur Ruhe und geht mit ihnen in die Küche. Mike setzt sich an die Bar. Nachdem Eddie die letzten Gläser in das Regal hinter der Theke gestellt hat, gesellt er sich zu ihm. „Hallo, mein Freund, was hast du auf dem Herzen?"

Mike zückt sein Notizbuch und blickt hinein. „Ich habe mir einige Namen notiert, vielleicht fällt dir dazu etwas ein."

„Lass mal hören, ich bin ganz Ohr."

„Abraham Jefferson?"

Eddie schüttelt den Kopf.

„Don Kalimero, Corleone oder so ähnlich? Es soll ein hässlicher Kerl sein."

„Hm, der Name kommt mir bekannt vor, ich werde mich mal umhören."

„Hat schon mal jemand eine Yacht mit Namen Paradise erwähnt?"

„Nein, Schiffe waren immer außerhalb meiner Gehaltsklasse."

„Und jetzt eine Testfrage: Kennst du Lieutenant Lucas Grumble?"

„Du willst mich auf den Arm nehmen, wie? Der ist Detective im 7. Bezirk, hier um die Ecke, der guckt hier jede zweite Woche mal rein."

Mike grinst. „Test bestanden. Wenn du ihn wieder sehen solltest, grüß ihn bitte von mir."

Eddie schüttelt den Kopf, greift zum Handtuch und trocknet Gläser ab. Er sieht mit einem Lächeln seinen Kindern beim Spielen zu.

Mike geht die hübsche Schwester seiner Auftraggeberin nicht aus dem Kopf. Er gibt Eddie ein Zeichen, der daraufhin zu ihm kommt.

„Was gibt es noch, Mike?"

„Weißt du, ich habe vor ein paar Tagen ein Mädchen kennengelernt, das geht mir nicht aus dem Kopf."

„Was ist mit dir los? In diesen Dingen brauchst du doch sonst nicht meinen Rat!"

Mike schüttelt den Kopf. „Nein, du hast recht, aber in diesem Fall ist es kompliziert, sie ist bildhübsch und dazu noch unvorstellbar reich."

„Da gibt es nur einen Rat: Dranbleiben!"

Mike seufzt, „So einfach ist es nicht. Du weißt doch, ich habe beinahe ein Trauma, was bildhübsche Mädchen angeht. Wir haben uns doch schon häufiger darüber unterhalten, was sollte ich deiner Meinung nach tun?"

„Tja", Eddie kratzt sich seinen kahlen Kopf. „Ist sie denn nett? Ich meine, ist sie irgendwie arrogant oder so?"

„Nein, nein, sie ist sehr nett!" Mike seufzt wieder hörbar.

„Bleib dran, aber hör auf deinen Verstand und nicht auf dein Herz!"

„Aber Eddie! Das ist doch das Problem, dass der Verstand bei solchen Mädchen aussetzt! Und wenn man dann feststellt, dass sie es gar nicht ernst gemeint hat, ist es zu spät."

„Das stimmt…", sagt Eddie langsam, „vielleicht solltest du diese üblen Geschichten aus deiner Vergangenheit endlich vergessen, das ist doch ewig her und du bist heute viel erfahrener. Du wirst schon das Richtige tun." Damit klopft er Mike auf den Rücken und wendet sich wieder seiner Arbeit zu.

Die Tür wird heftig aufgestoßen, Willy Murdoch stürmt herein. „Leute, das glaubt ihr nicht, was mir gestern passiert ist!“

„Erzähl schon, was war es denn dieses Mal?“

„Ja, wisst ihr, ich stehe hier am Chatham Square, da steigt eine entzückende junge Frau ein, sie wollte zum Bellevue Hospital Center an der York Avenue. Das ist kein Problem, je nach Verkehr vielleicht eine halbe Stunde Fahrt. So, und nun kommt das Beste.“

Willy macht eine Pause und sieht seine Freunde triumphierend an. „Was glaubt ihr, was dann passiert ist?“

„Sie hat dir ihre Telefonnummer gegeben?“, vermutet Mike.

Willy schüttelt den Kopf. „Nein, viel besser, also, passt auf! Ich will kassieren, da drucksst sie so herum, und erklärt mir, dass sie kein Geld bei sich hat. Sie sieht mich mit einem bezaubernden Lächeln an und fragt mich, ob ich ersatzweise mit einem Kuss zufrieden wäre. Ich sehe sie mir an, sie war wirklich eine süße Maus und ich entscheide mich für den Kuss, für eineinhalb Dollar laufe ich doch nicht zur Polizei! Oder was hättet ihr getan?“

Seine beiden Freunde grinsen. „Was für eine Frage!“, ist sich Eddie sicher.

„Na klar, das dachte ich auch. Und dann gab es einen Kuss, das könnt ihr euch nicht vorstellen! Der war bestimmt fünf Dollar wert! Bevor sie ging, habe ich ihr noch gesagt, dass sie mich in Zukunft immer so bezahlen kann.“

„Du hast uns jetzt aber keinen Bären aufgebunden?“, fragt Mike skeptisch.

Willy hebt zwei Finger. „Großes Ehrenwort!“

Dann wendet er sich an Mike. „Gibt es etwas Neues in deinem Beschattungsfall? Brauchst du vielleicht mein Taxi?“

„Vielen Dank für dein Angebot, es könnte sein, dass ich darauf ab morgen, für zwei bis drei Tage, zurückkommen werde."

„Fein!", Willy reibt sich die Hände, „dann machen wir uns ein paar vergnügte Tage."

„Stell dir das nicht so interessant vor, das Beobachten von Leuten ist bisweilen furchtbar öde, aber wenn wir zu zweit sind, wird es nicht ganz so langweilig."

Das Liebesnest im Paradies

Am nächsten Morgen geht es für Mike und Willy früh los, ein heller Schimmer im Osten kündigt den neuen Tag an.

Willy schimpft, von seinem Enthusiasmus vom Vortag ist nichts mehr zu merken. „Worauf habe ich mich bloß eingelassen, ich hätte heute ausschlafen können." Er gähnt ausgiebig, er hat Mühe, die Augen vollständig zu öffnen.

Das Wetter ist heute, wie in den letzten Tagen, trübe und regnerisch. Dabei ist es warm, die feuchte Luft drückt auf das Gemüt, brummelnd startet Willy den gelben Wagen.

Von Annie Millburgh hat Mike erfahren, dass ihr Mann direkt zur Filiale in der 33. Straße fahren wollte, deshalb parkt Willy mit seinem Taxi gegenüber vom Empire State Building. Mike lässt ihn in seinem Taxi zurück und geht in die Eingangshalle hinüber. Um diese Zeit ist noch wenig los, Mike fängt wieder ein Gespräch mit dem Pförtner an, es ist ein Kollege von dem freundlichen Schwarzen. Er erkundigt sich nach den Garagen.

„Die sind alle von der Nummer 27 der 31. Straße West zu erreichen, junger Mann. Von dort führt eine Treppe hierher in das Erdgeschoss." Er deutet mit der Hand in Richtung der anderen Seite der Eingangshalle. „Da hinten ist der Eingang zur Tiefgarage."

Mike bedankt sich und schlendert in die Nähe der betreffenden Tür. Er sieht sich unauffällig um. Ernest Millburgh wird, nach den Angaben seiner Frau, mit seinem Auto kommen. Das heißt, dass er aus der Garage in die Halle kommen muss.

Nach einer guten Stunde kommt er endlich aus dem Kellergeschoss. Er verschwindet sofort in einem der Fahrstühle. Mike geht zu Willy auf die Straße hinaus, der mit seinem Wagen gegenüber auf der 5th. Avenue in der Taxihaltespur steht.

„Alles klar, Mister Millburgh ist eingetrudelt, jetzt haben wir viel Zeit. Soll ich dir etwas zu essen bringen?"

„Auf jeden Fall einen Kaffee, etwas zum Beißen wäre auch schön."

Der Tag vergeht ohne irgendein Ereignis, Willy bekommt einen Eindruck davon, was sein Freund mit „öde" meinte, als er seinen Job beschrieb. Mike und Willy sitzen im Taxi und warten gelangweilt auf den Abend, ab und zu schläft einer von ihnen ein, dann hält der andere die Augen offen. Als endlich der Cadillac erscheint, wird Willy hektisch. Die Aufregung hat sich jedoch nicht gelohnt, der schwarze Wagen fährt nur ein kurzes Stück bis zur Ecke Broadway mit der 80. Straße, Ernest Millburgh besucht ein kleines Restaurant an der Ecke. Die beiden Freunde folgen unauffällig.

Das Restaurant ist klein, aber fein, Mister Millburgh bestellt sich etwas zu essen, Mike trinkt ein Bier und Willy ein Glas Sodawasser. Nach einem raschen Essen raucht Mister Millburgh noch eine Zigarette, um dann wieder das Lokal zu verlassen, die beiden eilen hinterher. Willy springt auf den Fahrersitz und startet seinen Wagen. Es ist wieder nur eine kurze Strecke, der Cadillac fährt in die Garage des Penthouses am Central Park. Mike geht in die Eingangshalle, um zu prüfen, ob Mister Millburgh tatsächlich in seine Wohnung geht.

Fünf Minuten später kommt er aus dem Haus heraus und setzt sich zu Willy.

„Es sieht so aus, als ob heute nichts mehr passiert. Unser Mann ist mit dem Lift nach oben in seine Wohnung gefahren.“

„Heißt das, dass wir jetzt aufhören können?“

„Nein, leider nicht, es kann heute noch alles Mögliche passieren. Vielleicht fährt er noch einmal fort, oder seine Geliebte kommt zu ihm.“

„Meinst du wirklich?

„Nein, es ist beides sehr unwahrscheinlich. Ich denke, es ist vorbei, du kannst nach Hause fahren, ich werde den Rest alleine erledigen.“

Willy schüttelt den Kopf. „Nein, das kommt nicht in Frage, ich lasse dich jetzt nicht alleine, auf mich wartet zu Hause sowieso niemand.“

Die beiden Freunde bleiben noch bis 11 am Abend an der Central Park West stehen, dann brechen sie die Bewachung ab und Willy fährt Mike nach Hause. Sie vereinbaren, die Observierung am nächsten Tag fortzusetzen.

Am nächsten Tag hat sich das Wetter geändert, der Himmel ist wolkenlos und erste Strahlen der Morgensonne beleuchten die Skyline. Um 6:30 Uhr fahren Mike und Willy wieder zum Central Park.

Nach einer Stunde taucht der Cadillac auf, Ernest Millburgh fährt zur Arbeit. Willy folgt ihm mit seinem Taxi, am Empire State Building verschwindet das Auto in der Tiefgarage. Mike steigt aus und eilt zur Eingangshalle, in der sich die Fahrstühle befinden, Ernest Millburgh erscheint mit seinem Köfferchen und fährt nach oben.

Willy kommt herein und gesellt sich zu Mike, der sich in der Nähe der Fahrstühle befindet. „Alles klar?", fragt er.

„Ja, es scheint so, ich lade dich zu einem Sandwich ein, was hältst du davon?"

„Das klingt gut, auf Dauer kann ich aber von einem Sandwich nicht leben." Er lacht.

Mike nickt untröstlich. „Wenn das hier vorbei ist, gehen wir zwei gut essen, ich bin ohnehin in deiner Schuld."

„Fang nicht so an, ich helfe einem Freund immer, ohne eine Gegenleistung zu erwarten", grollt Willy.

„Siehst du, und ich lade meine Freunde ein, wann immer es mir gefällt", kontert Mike.

Jetzt lachen beide und betreten einen kleinen Imbiss in der 31. Straße.

Nach dem Essen kauft Willy sich eine Zeitung und setzt sich damit in sein Taxi. Es steht schräg gegenüber dem Ausgang der Parkgarage. Mike lungert mehr oder weniger unauffällig vor den Fahrstühlen herum, er geht hin und her, sieht mal in die Auslage eines Schaufensters und spricht mal mit dem Pförtner.

Doch dann es soweit: Ernest Millburgh verlässt schon um 4 Uhr am Nachmittag mit seinem kleinen Koffer den Fahrstuhl und betritt die Tür zur Garage. Mike eilt hinaus und springt in Willys Taxi.

„Starte deine Karre, es geht los!"

Keine Sekunde zu früh. Der große schwarze Wagen erscheint im Ausgang der Tiefgarage und fährt zur 5th. Avenue, er biegt auf den East River Drive, fährt in den äußersten Süden von Manhattan und kommt in der Pearl Street zum Stehen.

„Heute passiert etwas, da bin ich ganz sicher", sagt Mike zu Willy. „Warum würde er sonst so weit nur zum Abendessen fahren?"

Willy sucht sich einen Parkplatz in der Nähe, Mike steigt aus und folgt der Zielperson in ein Restaurant. Porterhouse Taverne« ist auf dem Reklameschild über dem Eingang zu lesen.

Diese Taverne ist ein gutes Gasthaus. Mike liest in der Speisekarte und verhält sich wie jeder andere Gast. Er hat sich heute anders angezogen als gestern, denn wenn er Ernest Millburgh immer wieder über den Weg läuft, könnte der bald misstrauisch werden. Sein Platz im Lokal ist dieses Mal auch weit von Ernest Millburgh entfernt, so kann er einem möglichen Gespräch kaum folgen; die Gefahr als Verfolger bemerkt zu werden, ist jedoch deutlich geringer.

Eine halbe Stunde später kommt die hübsche Rothaarige, sie gibt Ernest Millburgh einen Kuss und setzt sich ihm gegenüber. Der Kellner kommt, sie bestellen offenbar etwas zu essen. Da es nun länger dauern wird, bezahlt Mike sein Bier, geht hinaus und setzt sich zu Willy in das Taxi.

„Was war denn das für eine atemberaubende Frau, die eben in das Lokal gegangen ist?"

„Ja, das ist sie, die unbekannte Schöne ist der Gast von Ernest Millburgh. Ist sie mit einem Taxi gekommen?"

„Ja, es ist eben wieder fortgefahren. Ich kenne den Fahrer, es war Brendan Murphy. Soll ich ihn mal fragen, wo er sie abgeholt hat?"

„Das wäre gut. Willy - du bist der geborene Detektiv."

„Sag ich ja. Ich bin ein Naturtalent", er greift nach dem Funkgerät.

Mike grübelt eine Weile, schließlich sagt er. „Ich spüre, dass heute etwas passieren wird, die beiden sind sehr früh dran, und sie benutzen sein Auto. Warte nur ab, heute wirst du was erleben."

Fast zwei Stunden später kommt das Paar aus der Gaststätte heraus. Die junge Frau hat sich bei dem Geschäftsmann eingehakt. Willy startet vorsorglich sein Taxi, schon bald folgt er dem schwarzen Wagen. Sie kreuzen den East River und befahren den Brooklyn-Queens Expressway in Richtung Brooklyn. Der Cadillac nimmt die erste Abfahrt, er fährt nun in Richtung Norden, die Straßen werden schmaler, der Verkehr nimmt ab. Willy hält einen größer werdenden Abstand, um nicht aufzufallen.

Der schwarze Wagen biegt in die India Street ein und fährt langsam bis zum Ende. Willy sucht sich vorsorglich zu Beginn der Straße einen Parkplatz, er stellt sein gelbes Auto so ab, dass er sofort starten kann, denn diese Straße ist eine Sackgasse.

Mike sieht sich um, hier ist es menschenleer, jeder der sich hier aufhält, würde auffallen.

„Was machen wir jetzt?", fragt Willy.

„Tja, das weiß ich auch nicht." Mike denkt einen Moment nach. „Ich steige hier aus und versuche von einer Parallelstraße aus, an das Ende der India Street zu kommen. Du bleibst hier und passt auf, ob sie zurückkommen, ich glaube das aber eher nicht." Er steigt aus und eilt zur nächsten Straße, es ist die Java Street, im leichten Trab läuft er bis ans Ende und erreicht den East River. Er folgt einem schmalen, betonierten Weg am Ufer entlang.

Zweihundert Schritte weiter sieht er eine Anlegebrücke. Eine weiß schimmernde Luxusyacht ist dort vertäut, Mike versucht, sich an das Bild der Paradise zu erinnern, das er auf Candice' Party gesehen hat. Sollte es dieses Schiff sein? Jetzt sieht er zwei Personen die Gangway hinaufgehen und darauf verschwinden.

Mike dreht sich um und läuft zu Willy zurück, der sieht ihn schon kommen und kurbelt die Scheibe herunter. Er beugt sich zu seinem Freund hinunter. „Sie sind eben auf ein großes Schiff gegangen, das möchte ich mir gerne näher ansehen, fahr du mit deinem Wagen an das Ende der India Street und warte dort auf mich.

Willy ist sichtbar aufgeregt, die Langeweile der letzten beiden Tage ist vergessen. „Was soll ich machen, wenn sie doch kommen?"

„Du musst sie verfolgen, falls es notwendig sein sollte. Um mich musst du dich nicht kümmern, ich werde in dem Fall mit der Subway nach Hause fahren."

Mike geht die Straße entlang, die zum Pier führt. Das Schiff ist eine zweihundert Fuß lange Luxusyacht, die Decks sind mit Mahagoni belegt, die Messingteile blinken im letzten Abendlicht. Mit schwarzer Schrift steht auf dem weißen Rumpf der Name: »Paradise«. Er hat sich also nicht getäuscht! Das ist *die* Paradise, das Schiff, das in der Beziehung zwischen Ernest Millburgh und Susan Dickinson eine bisher unklare Rolle spielt. Oder ist es nur das Liebesnest? Auf dem Schiff ist niemand zu erkennen, der Cadillac parkt verlassen an der Pier, das Liebespaar ist demnach an Bord. Links von ihm befindet sich die Anlegestelle für die East River Fähre, einige Fahrgäste warten dort, zwischen denen könnte man sich gut verbergen. Er geht zu Willy. „Hallo, alter Freund, du kannst aussteigen und dir die Beine vertreten."

„Werden wir nicht auffallen?"

„Nein, wir werden uns unter die Passagiere für die Fähre mischen."

Willy steigt aus, er reckt die Arme und folgt Mike zum Fähranleger.

Die schmutzige Fassade Brooklyns erstreckt sich hinter ihnen, sie sieht mit ihren ungepflegten Gewerbegebäuden abstoßend hässlich aus, dafür wird man mit dem Blick zur gegenüberliegenden Seite belohnt. Das Wasser des East River schimmert dunkel im letzten Abendlicht, dahinter ist die Skyline der Wolkenkratzer von Manhattan zu sehen, die vor dem roten Abendhimmel einen märchenhaften Kontrast abgeben.

„Was hältst du von unserem Pärchen?", fragt Willy.

„Kann ich noch nicht sagen, mich beschäftigt die Frage, warum unser Liebespaar den weiten Weg hierher gefahren ist. Gewiss, es ist bestimmt ganz nett auf dem Schiff, aber ein Hotelzimmer in der City hätte es auch getan."

„Du bist eben kein Romantiker, Mike."

Nach einigen Stunden, es wird bereits dunkel, schimmert ein schwaches Licht hinter einem der Fenster des Schiffes. So gegen 10 Uhr erlischt es und ein anderes leuchtet auf. Dann ist es hinter allen Fenstern dunkel, nur eine kleine Lampe auf dem Oberdeck wirft einen schwachen Schein auf das Wasser. Zwei Schatten verlassen das Schiff, sie sind gegen die hellen Aufbauten zu erkennen. Die Außenbeleuchtung wird abgeschaltet, dann herrscht völlige Dunkelheit.

„Sollen wir sie verfolgen?", fragt Willy.

„Nein, ich glaube, er bringt sie jetzt nur nach Hause, mich würde viel mehr das Schiff interessieren. Hast du eine Taschenlampe im Auto?"

„Äh, ich glaub schon? Warum?"

„Ich möchte das Schiff untersuchen, vielleicht findet sich ein Grund, warum sie ihr Schäferstündchen ausgerechnet hier abgehalten haben."

„Na, doch wegen Romantik und so, hast du gesagt."

„Gut aufgepasst, Watson. Die Taschenlampe?"

„Jetzt gleich? Okay, ich seh' mal nach."

Willy kommt nach einer Weile mit einer Taschenlampe zurück. „Tut mir leid, dass es so lange gedauert hat, ich musste sie erst suchen. Im Kofferraum ist es dunkel, und ich hatte keine Taschenlampe dabei ..."

„Scherzkeks. Es eilt ja nicht, das Schiff wird schon nicht abfahren."

Als sie zum Schiff gehen und gerade die Gangway erreichen, erhellt sich plötzlich ein Fenster.

„Scheiße, da ist noch jemand!", flüstert Willy aufgeregt und schaltet die Lampe aus, die beiden können sich gerade noch hinter einem parkenden Auto verstecken. Ein Mann kommt vom Schiff herunter, tastet sich im Dunkeln zum Pier zurück und verschwindet in der Huron Street, kurz danach hören sie einen Motor starten.

„Puh!", sagt Willy. „Das war knapp, was mag der an Bord gemacht haben? Drinks für das Liebespaar?"

„Keine Ahnung, das würde ich auch gerne wissen, für heute habe ich genug, vor der nächsten Untersuchung des Schiffes muss ich unbedingt sicherstellen, dass niemand an Bord ist."

Es ist kurz nach Mitternacht, als Mike in sein Bett sinkt. Ihm gehen die Beobachtungen des heutigen Abends durch den Kopf. Es wäre nicht das erste Mal, dass ein Mann wie Ernest Millburgh mit dem Wissen über eine außereheliche Liebschaft erpresst werden würde. Ein paar kompromittierende Fotos, und man war im Geschäft. Nur - wer steckt dahinter? Die junge Frau wird es kaum sein, sie ist ganz sicher nur der Köder. Aber es ist zu früh, um Schlüsse dieser Art zu ziehen, Mike muss mehr Fakten zusammentragen. Er nimmt sich vor, dass Umfeld des Schiffes und dessen Besitzer unter die Lupe zu nehmen.

Am nächsten Morgen besucht er seinen bevorzugten Drugstore, das Chelsea Inn, das seinem Büro schräg gegenüber liegt. Er isst ein Rührei mit Bacon, dazu gibt es Kaffee. Genussvoll steckt er sich nach dem Essen eine Players an, der Tag kann beginnen, womit sollte er anfangen?

Eine Möglichkeit wäre es, Candice Evans zu fragen, ob es evtl. im Hause ihrer Eltern Unterlagen über das Schiff gibt. Mike muss sich eingestehen, dass er das Mädchen nicht aus dem Kopf bekommt, bei dieser Befragung könnte er sie wiedersehen. Ja, die Idee gefällt ihm. Und wenn am Abend das Grey Dog öffnet, wird er Eddie fragen, ob der inzwischen etwas erfahren hat.

Er zahlt und sucht sich die nächste Zelle mit dem Telefonbuch von New York. Unter dem Namen Millburgh und der Adresse in der Central Park West, findet er ihre Nummer und notiert sie in seinem Notizbuch. Er ruft an, doch es meldet sich niemand, er wird es später noch einmal versuchen.

***

In der kleinen Konservenfabrik an der Huron Street wird mit ungewohnter Hast gearbeitet. Die letzte Charge Rohopium ist vollständig zu Heroin verarbeitet worden, das meiste davon wurde bereits an die Dealer verkauft. Das größte Problem ist die notwendige Geheimhaltung beim Transport, sie bringt den eigentlich schnellen Umsatz immer wieder zum Stocken.

Die Paradise soll in einer Woche in Richtung Havanna auslaufen, um neues Rohopium zu holen. Dafür ist noch einiges vorzubereiten. Das Schiff ist klar, dafür hat der neue Kapitän Alec Gunders schon gesorgt. Er hat sich als guter Griff erwiesen, er und seine kleine Mannschaft haben bis zur Abfahrt frei. Das Schiff muss nur noch vollgetankt werden, das wird erst direkt vor der Abfahrt geschehen. Die voraussichtliche

Fahrtdauer nach Havanna und zurück beträgt etwa fünf Tage, dazu kommt die Zeit für das Beladen mit dem Rohopium, was nur in der Nacht geschehen kann, insgesamt wird das Schiff etwa 7-8 Tage fort sein.

Das Versteck für das Opium ist entleert und wieder abgedeckt, so ist nichts zu erkennen. Es war eine Idee von Don Calogero gewesen, das Kabelgatt zu nutzen. Es ist so groß, dass davon ein zwei Kubikmeter großer Raum abgetrennt werden konnte. Jack Olson, der Leiter seiner Konservenabfüllung, hat die Idee des Dons umgesetzt und die Trennwand und den Einbau einer getarnten Klappe vorgenommen. In solchen Dingen ist Jack Olson sehr gut, von dem Vrsteck ist nichts zu sehen.

Don Calogero hat Besuch, es ist seine junge Geliebte, Susan Dickinson. Sie sieht heute wieder sehr verführerisch aus, zu ihren roten Haaren hat sie ein grünes Kleid mit einem knielangen Rock angezogen. Der Ausschnitt erlaubt einen tiefen Einblick. Don Calogero mag es so, er ist dann noch großzügiger, als er ihr gegenüber ohnehin ist. Sie sitzt bei ihm auf dem Schoß und schmiegt sich an ihn. „Donnilein, wann gehst du denn mal wieder mit mir einkaufen?" Sie knabbert an seinem Ohr und flüstert leise hinein.

Don Calogero genießt ihre Nähe. „Ich mache dir einen Vorschlag: Unser Schiff fährt bald wieder auf Kreuzfahrt, wenn es zurück ist, das wird ab jetzt in vierzehn Tagen sein, gibt es wieder etwas zu feiern. Du bringst wieder deine Freundinnen mit, wie beim letzten Mal, die Mädchen waren gut ausgewählt, anschließend werde ich mich sehr großzügig zeigen."

Das ist es, was das ehemalige Callgirl hören wollte, sie gibt ihrem Gönner einen dicken Kuss.

Don Calogero hat noch eine Frage an seine hübsche Freundin. „Ach ja, Dicki, wie weit bist du mit unserem Goldstück gekommen?" Susan rückt ein bisschen von ihm ab. Obwohl sie ziemlich abgebrüht ist, gibt es ihr immer einen kleinen Stich, dass es Don Calogero offenbar völlig gleichgültig zu sein scheint, mit wem sie es treibt.

Sie antwortet kühl. „Vor ein paar Tagen waren wir beide auf der Paradise, wie du es angeordnet hast. Hast du die Bilder von Guido noch nicht erhalten?"

„Nein, das dauert dieses Mal anscheinend länger - es hat also geklappt?"

„Falls nicht, hat es nicht an mir gelegen, ich habe Ernest Millburgh gut bedient", antwortet sie patzig, „Wie lange soll das denn noch dauern?"

„Gedulde dich noch bis zu unserer Feier in zwei Wochen, bis dahin weiß ich, ob er zahlt, oder ob wir die Schraube noch etwas anziehen müssen. So, nun lass mich alleine, ich muss noch arbeiten. Du kannst dich zur Abwechslung mal mit deinem Vater unterhalten, ich brauche ihn bei guter Laune."

„Na gut, wenn du es willst, es liegt mir nicht viel an ihm."

„Das interessiert mich nicht. Mach, was ich dir sage."

Sie steht auf, streicht sich ihr Kleid glatt und verlässt das Büro. Ihr Vater, Jack Olson, ist in der Maschinenhalle, sie geht dort ungern hinein, weil es in der Halle laut und schmutzig ist, deshalb bleibt sie an der Tür stehen und macht sich durch Zeichen bemerkbar. Ihr Vater verlässt seinen Arbeitsplatz und kommt zu ihr heraus.

„Guten Tag, Susan, was führt dich zu mir?"

Sie legt die Arme um ihren stämmigen Vater. „Mir war gerade danach. Wie geht es dir?"

„Danke, ich komme zurecht." Er mustert sie eindringlich. „Wie läufst du eigentlich herum? Dein Kleid sieht direkt unanständig aus!"

„Ach Daddy, was verstehst du denn davon."

„Deine Mutter ist nie so herumgelaufen."

„Das war noch vor dem Krieg, das waren ganz andere Zeiten, mir gefällt es so, und vor allem gefällt es Don Calogero."

Jack Olson brummt irgendetwas. „Dass du mit dem befreundet bist, gefällt mir auch nicht besonders."

„Du hast an allem etwas zu meckern, der Don beschenkt mich von vorne bis hinten, wer wäre sonst so großzügig?"

„Hast du gar keinen Wunsch nach einer richtigen Familie, nach Kindern?"

Jetzt muss Susan doch lachen. „Daddy, was soll ich denn mit Kindern? Du hast doch bloß Enkel im Sinn. Mach dir keine Sorgen, ich komme schon zurecht." Sie gibt ihm ein Küsschen auf die Wange und geht zu ihrem Auto. Jack Olson sieht ihr nach. Das Gespräch verlief nicht ganz in seinem Sinne, aber immerhin hat sie überhaupt mit ihm gesprochen.

***

Mike versucht zum wiederholten Mal im Penthouse der Millburghs, beziehungsweise Evans, jemand an das Telefon zu bekommen. Jetzt hat es endlich geklappt, eine Stimme wie von einem Engel kuschelt sich in sein Ohr. „Hallo, wer möchte mich sprechen?"

„Ich bin es, Mike Callaghan. Ich bin dir auf deiner Party vor ein paar Tagen begegnet."

„Natürlich! Es ist schön, von dir zu hören, was hast du auf dem Herzen?"

„Weißt du noch, dass wir uns über das Schiff unterhalten haben? Die Paradise?"

„Sicher. Ernie hat es vor ein paar Monaten verkauft."

„Mich würden Details des Schiffes interessieren, gibt es bei euch eventuell noch Zeichnungen oder Pläne?"

„Ich bin mir nicht sicher, ich vermute es aber. Daddy war in solchen Dingen sehr pedantisch und hat alles aufgehoben, was mit dem Schiff zu tun gehabt hat. Soll ich mal nachsehen?"

„Das wäre phantastisch, wie lange würde es dauern?"

„Hier sind solche Unterlagen nicht, das wüsste ich. In unserem Landsitz auf Long Island ist mit großer Wahrscheinlichkeit etwas zu finden." Sie macht eine Pause. „Ich fahre morgen sowieso hin, was hältst du davon, wenn du einfach mitkommst? Wir suchen dann gemeinsam."

Jetzt bleibt Mike für einen Moment die Spucke weg, das hätte er sich nie getraut vorzuschlagen. „Super, das würdest du für mich tun?"

Ein glockenhelles Lachen klingt an sein Ohr. „Warum denn nicht, vier Augen sehen mehr als zwei."

Mike denkt an die erste Begegnung mit Annie Millburgh zurück. Das mit dem »Typ« hat anscheinend doch funktioniert. Sie besprechen noch ein paar Details, Candy will ihn morgen Vormittag etwa um 10 vor seinem Büro abholen. „Ich habe einen roten Sportwagen, der ist nicht zu übersehen."

Mike verabschiedet sich und legt auf. Mannomann, seine Gefühle schlagen Purzelbäume, er muss sich erst einmal sammeln, um wieder klare Gedanken fassen zu können. Morgen wird er sie wiedersehen, er kann es kaum abwarten. Seine tief verwurzelte Abneigung gegenüber hübschen Mädchen meldet sich wieder, er nimmt sich fest vor, den Vorschlag von Eddie anzuwenden und sich korrekt und etwas reserviert zu verhalten.

Allmählich ist es spät genug, um ihn in seinem Lokal aufzusuchen. Er steckt sich sein Notizbuch und eine Schachtel Players ein und nimmt den Hut.

Das Lokal von Eduard Costein ist geöffnet, aber noch leer. Eddie kommt zu ihm. „Hallo, Mike, Willkommen im Grey Dog, dem besten Lokal in Chelsea. Dasselbe wie immer?"

Bei Eddie fühlt er sich wohl. Sein Freund lacht ihn an, es ist ansteckend, sodass er mitlachen muss. Er lacht auch gerne, gerade jetzt, wo alles so schön läuft und er morgen eine Verabredung mit dem süßesten Mädchen von Manhattan hat. Sein Unterbewusstsein hebt einen Finger und mahnt zur Vorsicht.

Eddie ergreift das Wort. „Ich habe etwas herausgefunden, dein Don Sowieso, das muss Don Calogero sein."

„Das sagt mir auch nicht mehr."

Eddie neigt sich zu ihm und spricht leise, aber deutlich. „Don Calogero gilt als der ungekrönte König der Unterwelt von New York. Und Abraham Jefferson, der als Besitzer dieses Schiffes eingetragen ist, ist ein enger Vertrauter von ihm, praktisch seine rechte Hand."

Mike erschrickt und hakt nach. „Meinst du, dass er mir gefährlich werden könnte?"

„So wie ich gehört habe, wird er jedem gefährlich, der ihm unbequem ist oder unbequem werden könnte."

„Mit anderen Worten - ich muss in seiner Nähe immer eine Waffe dabeihaben?"

„Eine Waffe ist das mindeste. Obwohl, es wird nicht wirklich helfen. Dieser Kerl hat seine Augen und Ohren überall. Da musst du hellwach sein!"

„Auf den Schreck muss ich unbedingt etwas trinken. Schenk mir bitte nach."

Die ersten Gäste trudeln ein und Eddie verschwindet immer wieder kurz, um sie zu bedienen. Mike raucht seine Players, er sieht aus dem Fenster den vorbeieilenden Passanten nach und denkt über die weitere Vorgehensweise nach. Das Schiff, die Paradise, gehört also diesem Gangsterboss. Ein Grund mehr, es sich näher anzusehen. Morgen wird er wahrscheinlich Pläne des Schiffes zu sehen bekommen. Er sollte nicht zögern, es so schnell wie möglich zu untersuchen.

Eddie kommt zu ihm und lehnt sich an die Theke. „Was ist, habe ich dich jetzt abgeschreckt? Ist dir der Job zu heiß?“

Mike lächelt und sieht seinen Freund an. „Da müssen ganz andere Dinge passieren, um meine Pläne umzustoßen.“

Eddie nickt, so kennt er seinen Freund. Mike arbeitet umso verbissener, je höher sich die Probleme auftürmen. Nur hat dieser Fall eine ganz andere Dimension. „Unterschätze die Gangster von Brooklyn nicht. Du stehst ganz alleine da, und plötzlich stehst du gar nicht mehr, sondern liegst am Grunde des East River.“

„Das ist es, was ich so an dir schätze, diese Fähigkeit, einen aufzumuntern“, bemerkt Mike trocken.

Eddie fährt fort, als hätte er nichts gesagt. „Ich weiß, du hast viel Erfahrung in heiklen Situationen. Aber sei bitte noch vorsichtiger, als du sowieso schon bist. Du kannst auch jederzeit mit meiner Hilfe rechnen. Mit einem von denen, Nick Costa, habe ich ohnehin noch eine Rechnung offen.“

„Gibt es noch andere Figuren, auf die ich achten sollte?“

Eddie schüttelt seinen fast haarlosen Kopf. „Nein, das ist alles, was ich in Erfahrung bringen konnte.“

„Danke, mein Freund, in der Kürze der Zeit war das eine Superleistung!“

Die Paradise

Nachdenklich schlendert Mike nach Hause. Er muss nachher noch seinen Munitionsvorrat überprüfen, für einen späteren Besuch auf der Paradise sollte er ausreichend bewaffnet sein. Ihm fällt das kleine Dietrichbesteck ein. Während seiner Ausbildung zum Agenten in Schottland hat er gelernt, Schlösser zu öffnen, das kommt ihm nun zugute.

Bei seiner Entlassung hat ein ehemaliger Kamerad es ihm mit den Worten: „Du kannst ohnehin besser damit umgehen als ich, ich will es nie wieder in die Hand nehmen", geschenkt. Nun liegt es irgendwo in einer seiner Schreibtischschubladen, morgen wird er danach suchen. Und eine Taschenlampe braucht er. Die will er sich morgen, bevor ihn die Schwester seiner Auftraggeberin abholt, besorgen. Ein Detektiv ohne Taschenlampe ist ein Unding.

Am nächsten Morgen ist Mike früh unterwegs, er kauft sich eine Taschenlampe und einen Rucksack. Die Anschaffungen kann er sich jetzt leisten, denn ausnahmsweise weist sein Konto endlich einmal ein Plus auf. Wieder zu Hause zieht er sich sein Schulterholster über und steckt die 38er hinein. Zwei Schachteln Munition werden im Rucksack untergebracht. Er zieht sein Jackett an und prüft im fleckigen Spiegel im Flur, ob man die Waffe ahnen kann. Nein, nichts zu sehen. Viel zu früh geht er hinunter auf die Straße; er will Candice Evans nicht warten lassen. Ungeduldig geht er vor dem Haus hin und her. Die Sonne zwängt sich zwischen grauen Wolken hindurch und erzeugt unruhige Schatten auf dem Bürgersteig.

Jetzt hört er das tiefe Brummen eines starken Motors, das die Häuserwände zurückwerfen. Ein roter Sportwagen kommt angeschossen und bleibt nach einem forschen Bremsvorgang am Straßenrand vor ihm stehen. Von innen wird die kleine Tür des Roadsters aufgestoßen. Ein blonder Schopf dreht sich zu ihm und ruft mit heller Stimme. „Steig ein! Nimm deinen Rucksack in die Hand, der Kofferraum ist dafür zu klein!"

Mike muss sich tief bücken und sich durch eine kleine Tür zwängen. Er hat seine langen Beine noch nicht ganz verstaut, da saust seine hübsche Fahrerin schon los. Ohrenbetäubend dringt der Lärm der Maschine in den engen Fahrgastraum. Als sie an einer Ampel halten müssen und das infernalische Dröhnen in ein lautes Brabbeln übergegangen ist, fragt Mike. „Was fährst du denn für einen heißen Wagen?"

„Da staunst du, was? Ein Alfa Romeo Supersport. Den habe ich von meinem Vater übernommen. Er hat ihn vor acht Jahren gekauft und nur wenig benutzt, war ihm wohl zu ..."

Sie wollte noch etwas hinzufügen, da springt die Ampel auf Grün, sie legt den Gang ein und weiter geht die flotte Fahrt. Sie fährt schnell und sicher, routiniert schaltet sie die Gänge. Die Fahrt führt hinunter in den Queens Midtown Tunnel, der unter dem East River hindurchführt, dessen vier Röhren sind fast eineinhalb Meilen lang. Weiter geht es ein kurzes Stück auf dem Interstate 495. Candice macht es Spaß, den schnellen Wagen zu fordern. Bald ist die ausgebaute Straße zu Ende, die Fahrt geht über kurvige und teilweise unebene Landstraßen weiter. Nach vierzig Minuten steuert sie den Wagen in die Auffahrt zu einem riesigen Anwesen. Sie lässt Mike aussteigen und fährt den Wagen in eine Remise.

Er sieht sich um und vergisst beinahe, den Mund wieder zu schließen. Das Haus hat drei Stockwerke, das bewohnbare Dachgeschoss eingerechnet. Die Grundfläche muss riesig sein, Mike schätzt sie auf über 5000 Quadratfuß (450 m2). Eine

Fassade aus rotem Backstein ist mit weißen Säulen geschmückt. Hinter dem Haus kann er durch die Bäume das blaue Wasser des Long Island Sundes erkennen.

Candy bemerkt sein Erstaunen. „Hast du das nicht gewusst? Das Haus hat mein Vater vor vierzehn Jahren bauen lassen, jetzt gehört es meiner Schwester und mir."

„Ja, ich meine nein…ich wusste schon, ein Haus auf Long Island, irgendwo müsst ihr ja wohnen. Ich dachte nur nicht…" Mike folgt ihr zum Eingangsportal. Die gesamte Einrichtung und Ausstattung ist nur vom Feinsten. Die Fußböden und die Treppe nach oben sind aus Marmor, edle Möbel aus dunklem Holz erzeugen eine gemütliche Atmosphäre. Er stellt seinen Rucksack in der Eingangshalle ab und folgt ihr durch das Haus. Kristallleuchter stehen überall, auf den Marmorböden liegen dicke Teppiche und dämpfen ihre Schritte.

„Huhu, Annie!", ruft Candice. „Ich bin es!"

Oha, Mike sieht Verwicklungen auf sich zu kommen. Er ist so ein Idiot! Damit musste er doch rechnen! Soll er Candy jetzt sagen, dass er nicht nur wegen ihr und der Paradise hier ist, sondern eigentlich im Auftrag ihrer Schwester?

Annie Millburgh kommt aus einem Arbeitszimmer auf sie zu. Candy stellt ihren Begleiter vor. „Annie, das ist Mike Callaghan, ein Privat-Detektiv aus Manhattan."

Mike ergreift die angebotene Hand und beschließt, nicht zu zögern und sofort das Problem anzusprechen. „Guten Tag, Mrs. Millburgh!" Dann wendet er sich an Candice, die nun folgende Erklärung bereitet ihm Unbehagen. Es muss sein, je rascher er das hinter sich bringt, umso besser ist es. „Ich bin von deiner Schwester für einen Auftrag engagiert worden. Dieser Auftrag hat mich eigentlich hierhergeführt."

Das Lächeln auf dem Gesicht von Candy verlöscht und weicht einer reservierten Kühle. „So, Sie kennen meine Schwester also schon?"

Die mischt sich jetzt ein. „Hör mal, Candy, Mr. Callaghan konnte dir ja nichts sagen, ich bin schließlich seine Klientin, da gibt es sowas wie Schweigepflicht."

Candys Verstimmung war vorauszusehen, und Mike muss das sofort gerade biegen. „Ich bin glücklich, dass mich der Fall mit dir zusammen gebracht hat, wirklich! Und was meinen Großvater betrifft - der war wirklich Marshall in Abilene! Versetz dich mal in meine Lage, wie hättest du dich verhalten?"

Candy ist noch beleidigt, weil er sie nicht von Anfang an eingeweiht hat. Sie blickt Mike eine Weile nachdenklich an, schließlich sagt sie. „Gut, Mike, ich kann dich verstehen. Aber ab jetzt will ich immer einbezogen werden."

Annie Millburgh macht Anstalten, etwas zu sagen, aber ihre Schwester lässt sie nicht zu Wort kommen.

„Was ist das denn für ein Auftrag, den du für meine Schwester durchführen sollst?", fragt sie Mike.

Er beschließt, die Beantwortung dieser Frage ihrer Schwester zu überlassen. „Mrs. Millburgh, ich denke, das ist ein Punkt, den Sie erklären sollten. Ich fühle mich nicht dazu befugt."

„Sie haben recht, Mister Callaghan", sie wendet sich an ihre Schwester. „Du gibst ja doch keine Ruhe. Ich habe den Detektiv beauftragt, Ernest zu beschatten. Ich habe vermutet, dass er mich betrügt, was die Nachforschungen jetzt auch bestätigt haben, zufrieden?"

Mike fühlt, dass er diesen Vorwurf abmildern sollte. „Sie haben recht, Mrs. Millburgh, es gibt eine Geliebte. Ich möchte aber zu bedenken geben, dass ihr Mann von einem sehr attraktiven Mädchen mit der Absicht verführt worden ist, ihn zu erpressen, und *nur* zu diesem Zweck. Ich kann das im Moment noch nicht vollständig beweisen, ich denke aber, dass mich die nähere Untersuchung der Paradise ein Stück weiter bringt."

Candice Evans sieht ihn mit immer größeren Augen an. „Das hast du alles herausgefunden?"

Mike wiegelt ab. „Ich bin noch nicht fertig, ein paar Tage wird es noch dauern. Aber was ich bis jetzt weiß, reicht aus, um den Gaunern die Suppe zu versalzen; erpressen kann man nur den, der etwas zu verbergen hat. Wenn Sie, Mrs. Millburgh, die Fakten bereits kennen, kann man ihren Mann nicht mehr unter Druck setzen. Den Verbrechern bleibt nur, die Information an die Öffentlichkeit weiterzugeben, wovon sie keinen Vorteil hätten. Aber bis jetzt spekuliere ich nur, ich werde die Sache aber hoffentlich bald klären können."

Candy sieht ihn erstaunt an. „Und mich hast du dabei zufällig kennen gelernt?"

„Ja, genau, das war der pure Zufall. Aber ich gebe gerne zu, dass ich dem Zufall dankbar bin."

Jetzt lächelt sie wieder, greift nach seiner Hand und sagt. „So, jetzt werden wir in Vaters Unterlagen stöbern, hoffentlich finden wir etwas, das du gebrauchen kannst."

Mrs. Millburgh bemerkt mit Erleichterung, dass das Missverständnis geklärt werden konnte. „Esst ihr beide mit mir zu Mittag? In dem Fall muss ich unsere Köchin informieren!", ruft sie den beiden hinterher.

„Jaaaa!", hört sie zwei Stimmen von der Treppe.

Candy führt Mike in das frühere Arbeitszimmer ihres Vaters. Es ist ein großer Raum, das beherrschende Möbel ist ein riesiger Schreibtisch. Er steht so, dass man von ihm aus durch ein großes Fenster auf den Sund hinaussehen kann. Mike kann sich nicht sattsehen an dem schönen Ausblick und an der edlen Ausstattung des Raumes.

Candy räuspert sich, um ihn auf sich aufmerksam zu machen. „Ja, hier hat mein Vater immer gerne gesessen und bei der Arbeit hinausgesehen. Übrigens, ich denke, es war richtig, dass du mich nicht über den wahren Grund für dein Erscheinen informiert hast. Die Sache mit Ernest ist doch sehr intim, ich hätte an Annies Stelle auch nicht gewollt, dass das bekannt wird." Sie überlegt kurz. „Bei mir ist es natürlich etwas anderes," setzt sie rasch hinzu, „ich bin schließlich Annies Schwester."

Mike fällt ein Stein vom Herzen. Candy sieht ihn an und lächelt mit ihrem süßesten Lächeln. „So, jetzt aber los, damit wir bis zum Mittag fertig sind!" Sie geht auf einen der Schränke zu und öffnet ihn. „Mein Vater hat immer penible Ordnung in seiner Ablage gehabt, die Unterlagen sollten bald zu finden sein."

Im zweiten Schrank werden sie bereits fündig. Zwei Ordner sind mit »Paradise« beschriftet. Candy holt sie heraus und stellt sie auf dem Schreibtisch ab. Je einer von ihnen öffnet einen Ordner und blättert darin herum.

„Hier, ich habe etwas gefunden!", ruft sie aufgeregt.

Mike blickt auf die Zeichnung, die sie auseinanderfaltet. Es ist ein großer Plan, übersät mit Skizzen. Es ist eine Übersicht, die Decks und die Kabinen sind darauf dargestellt. „Mensch, Candy, das ist genau das, was ich gesucht habe."

Sie strahlt ihn an, sie ist glücklich, dass sie ihm helfen konnte.

„Kann ich die Zeichnung für ein paar Tage mitnehmen?"

„Sicher, für uns ist sie jetzt nicht mehr von Nutzen." Sie gibt ihm einen großen Umschlag, in dem er die Zeichnung unterbringen kann.

In der Küche wird inzwischen fleißig gekocht. Candy geht mit Mike hinaus auf die Terrasse, um ihm den gepflegten Garten und die wundervolle Aussicht auf den Sund zu zeigen.

Mike ist immer wieder aufs Neue beeindruckt. „Durch das Erbe meines Großvaters sind meine Tanten recht vermögend, aber dieses Anwesen lässt sich mit nichts vergleichen - naja, mit dem Buckingham Palast in London vielleicht, oder mit dem Capitol in Washington…"

„Ach! Du willst mich veralbern, Mike!" Sie boxt ihn in die Seite. „Aber ja, es ist wirklich sehr schön. Ich finde es unnötig groß, aber mein Vater hat es für die Familien von Annie und mir vorgesehen, da ist seine Planung bisher ins Leere gelaufen. Übrigens, jetzt ist die beste Gelegenheit, dass du mir etwas von deinem Großvater erzählst."

Dem kommt Mike nur zu gerne nach. Er erzählt alles, was er von ihm weiß und Candice hört gespannt zu, sie scheint sich wirklich für die Zeit, in der sein Großvater gelebt hat, zu interessieren. Er verspricht, bei der nächsten Gelegenheit seinen Vater zu fragen, ob nicht irgendwo Fotos von seinem Großvater und dessen Familie existieren.

Nach dem Mittagessen bespricht Mike mit Annie Millburgh die nächsten Schritte seiner Ermittlungen. „Als nächstes werde ich mir das Schiff genauer ansehen. Auch die Leute, die mit der Yacht zu tun haben, möchte ich genauer durchleuchten. Ich will die Drahtzieher hinter der Erpressung – sollte es soweit kommen - ermitteln, möglicherweise steckt noch mehr dahinter."

Um sie nicht zu beunruhigen, erzählt er ihr nicht, dass der neue Besitzer der Paradise ein Gangsterboss ist. Genau deshalb will er jedoch die Nachforschungen durchführen. Einen Moment durchzuckt ihn ein eisiger Schreck. Wächst ihm dieser Auftrag nicht schon über den Kopf? Er begibt sich in Gefahr, wenn er dem Calogero und dessen Leuten zu nahe kommt, mit einer einfachen Beschattung hat der Fall nichts mehr zu tun. Aber jetzt aufgeben? Nein, er muss weitermachen, wie sähe es aus, wenn er in dieser entscheidenden Phase das Handtuch werfen würde? Was würde Mrs. Millburgh denken? Und, noch wichtiger – wie kann er es sich selbst gegenüber erklären?

„Ich möchte mir für ein bis zwei Wochen eine Unterkunft in der Nähe des Liegeplatzes besorgen, um die Paradise im Auge zu behalten. Sehen, wer kommt und geht, was so passiert. Die Beobachtung Ihres Mannes ist, meines Erachtens, abgeschlossen, wir werden keine neuen Erkenntnisse gewinnen.“

Annie Millburgh nickt. „Ich bin überzeugt, dass Sie das Richtige tun werden. Sie können mit meiner Unterstützung rechnen. Ich werde Ihnen, bevor Sie uns verlassen, etwas Geld für Ihre Auslagen mitgeben.“

„Madam, ich fühle mich durch Ihr Vertrauen in meine Fähigkeiten geehrt.“

Mrs. Millburgh beugt sich zu ihm hinüber und spricht leise. „Wie stehen Sie zu meiner Schwester? Ich habe den Eindruck, als wenn sie Gefallen an Ihnen gefunden hat. Darauf können Sie sich etwas einbilden, sie ist sonst sehr zurückhaltend mit ihrer Zuneigung zu Männern. Aus gutem Grund! Klar, die Herren sind schnell von Candys Aussehen beeindruckt, aber ihr Vermögen bringt sie dann komplett aus dem Lot. Candy ist für manche wie ein Lottogewinn. Meine Schwester durchschaut das schnell. Sie hat noch nie einen Mann nach so kurzer Bekanntschaft, hierher zu unserem Anwesen gebracht.“

Michael Callaghan freut sich. Das zeigt ihm, dass er Candice richtig eingeschätzt hat. Es ist nicht nur reine Höflichkeit von ihr, sondern Zuneigung. Er beobachtet sie seit heute Morgen sehr genau, bisher scheint sein Misstrauen, schöne Mädchen betreffend, bei Candice nicht begründet zu sein.

Nach dem Abendessen fahren Mike und Candy wieder nach Manhattan zurück. Es beginnt dunkel zu werden, die Scheinwerfer des Alfas fressen das graue Band der Straße in sich hinein.

„Wo soll ich dich absetzen?"

„In Brooklyn an der Ecke McGuinness Boulevard - Huron Street. Den Rest gehe ich zu Fuß."

„Kann es gefährlich werden? Ich habe gesehen, dass du eine Waffe dabei hast."

„Nein, das ist nur aus alter Gewohnheit, man kann ja nie wissen."

Candy konzentriert sich wieder auf die Straße, offenbar hat sie seine Ausrede geschluckt. Bald erreichen sie die Kreuzung in Brooklyn. Candice hält und stellt den lauten Motor ab. „Versprich mir, dass du vorsichtig sein wirst!"

„Versprochen."

„Wie kommst du wieder nach Hause?" Sie hat ihren Kopf an seine Schulter gelehnt, Mike genießt ihre Nähe.

„Das ist nicht schwierig, an der Hauptstraße bekomme ich leicht ein Taxi."

„Du musst dich morgen gleich bei mir melden, ja?"

Mike ist glücklich. Das hübsche und zarte Wesen an seiner Seite scheint sich um ihn zu sorgen, er genießt ihre Fürsorge. „Versprochen, ich werde mich melden und dir ausführlich berichten."

Sie lächelt in der Dunkelheit, zieht seinen Kopf zu sich herüber und gibt ihm einen zarten Kuss. „Damit du mich nicht vergisst!"

Mike fühlt sich wie im siebten Himmel. Sie mag ihn offenbar wirklich. Sie, die reiche und schöne Tochter des Industriemagnaten Evans. Sie hat sich ausgerechnet ihn ausgesucht, den unbedeutenden Privatdetektiv Michael Callaghan.

„Ich vergesse dich garantiert nicht", er lächelt, „jetzt erst recht nicht mehr."

Candy knufft ihn auf seinen Arm. „Vergiss nicht, mich morgen anzurufen."

Mike steigt aus, sie startet den Wagen und fährt davon. Er blickt ihm hinterher, bis die roten Lichter in der Dunkelheit verschwinden.

Es ist stockfinster, er holt die neue Taschenlampe aus dem Rucksack. Es ist acht Uhr abends, kein Mensch ist in dieser auch tagsüber verlassenen Gegend unterwegs.

Das Schiff liegt immer noch am Anlegeplatz. Ein paar Fenster sind erleuchtet, Schatten sind dahinter zu sehen. Mike stellt sich auf eine längere Wartezeit ein und lehnt sich an eine Hauswand. So kann er es eine Weile aushalten.

Es dauert über zwei Stunden, bis endlich das Licht hinter den Fenstern verlöscht und drei Gestalten das Schiff verlassen. Mike wartet noch eine Weile, es rührt sich nichts mehr. Vorsichtig geht er zu dem Schiff hinüber. Wie er vermutet hat, ist an der Gangway ein Vorhängeschloss. Es dauert nur ein paar Sekunden, dann hat er es mit einem seiner Dietriche geöffnet. Auch das Schloss am Eingang zum Schiff ist kein Problem. Die alte Konstruktion hat seiner guten Ausbildung nichts entgegenzusetzen. Mike betritt das Schiff und nimmt die Konstruktionszeichnung des Schiffes aus dem Rucksack. Er leuchtet mit der Taschenlampe darauf und immer wieder in die Räume hinein. Nach einer Weile hat er gelernt, sich zu orientieren. Er untersucht jeden der Räume sorgfältig, immer wieder blickt er auf den Plan.

Eine Kabine ist größer als die anderen. Ein großes Doppelbett steht darin, eine kleine Waschkabine mit Dusche und Toilette ist vorhanden, an der Trennwand zum Nachbarraum befindet sich ein großer Spiegel mit einem Schminktischchen davor.

Nun ist der nächste Raum an der Reihe, er zieht wieder seinen Plan zu Rate. Hier befindet sich eine Tür, die im Plan nicht eingezeichnet ist. Sie ist mit »Rescue Devices« beschriftet, Rettungseinrichtungen sollten also dahinter sein. Sie ist abgeschlossen - warum ist ein Raum mit Rettungseinrichtungen verschlossen? Wieder kommt seine Sammlung Dietriche mit den Lockpicking Werkzeugen zum Einsatz. Es gelingt ihm, sie zu öffnen, sie führt in einen schmalen Raum, knapp fünf Fuß breit. Es stehen ein paar leere Eimer und mehrere Stühle darin, Rettungseinrichtungen sind das jedenfalls nicht. An der Seitenwand zum Nachbarraum befindet sich eine große Klappe. Er öffnet sie und traut seinen Augen nicht.

Hinter der Klappe ist ein Fenster, durch das man in den Nebenraum blicken kann. Nein, es ist kein Fenster, es ist der Spiegel neben dem Schminktisch nebenan, der von dieser Seite durchsichtig ist, wie eine Glasscheibe. Sehr interessant. Er sucht mit dem Licht seiner Taschenlampe jeden Zoll des Raumes ab – es ist nichts Auffälliges zu erkennen. In einem der Eimer liegt lediglich eine kleine Schachtel, vielleicht doppelt so groß wie eine Streichholzschachtel. Sie ist leer und mit »Kodak 320« beschriftet. Es scheint die Schachtel für einen Film zu sein, sie landet in seiner Jackentasche.

Jetzt lassen sich die losen Enden zusammenfügen. Die beiden Räume dienen offenbar dazu, kompromittierende Bilder von - wem auch immer – anzufertigen, und diese dann zu Geld zu machen, indem man dem Betreffenden klar macht, dass er zahlt, andernfalls würden die Fotos an die Ehefrau gelangen. Jetzt hat Ernest Millburgh daran glauben müssen, außer ihm vielleicht noch andere Herren. Während sich in dem großen Raum mit dem bequemen Bett die Liebespaare vergnügten, wurde vom Nachbarraum aus fotografiert. Jetzt hat

Mike eine wichtige Nachricht für Mrs. Millburgh, denn das ist der letzte Beweis für eine geplante Erpressung. Nun muss er noch den Auftraggeber ausfindig machen. Mit großer Wahrscheinlichkeit wird es der dubiose Eigentümer der Paradise sein, da ist er sich sicher.

Mike packt die Zeichnung ein und verlässt das Schiff. Um keine Spuren zu hinterlassen, verschließt er die vorher geöffneten Türen wieder mit den Dietrichen. Es ist fast Mitternacht, als er den Anleger verlässt.

Die Fähre ist zu seiner Freude noch im Dienst. Sie fährt stundenweise, sodass er noch eine Weile warten muss. Als das Fahrgastschiff anlegt, geht Mike an Bord. Jetzt in der Nacht ist wenig Betrieb, eine Gruppe Arbeiter, die missmutig beisammen sitzen, und zwei Männer mit einem Fahrrad sind außer ihm an Bord. Dunkel schimmert das Wasser des East River, gelegentlich blinkt kurz das Licht des Mondes auf einer der schwarzen Wellen. Die Bugwelle schäumt, das Schiff zieht eine lange, glitzernde Schleppe hinter sich her. Vor der Fähre erhebt sich die Skyline von Manhattan, die hohen Gebäude des Financial Districts ragen in den Nachthimmel. Trotz der tiefen Nacht sind noch tausende Fenster erleuchtet.

Zwei Stunden später öffnet er die Tür zu seinem Büro. Zum Essen hat er nun keine Lust mehr, seine Vorräte sind ohnehin eher knapp. So geht Mike bald ins Bett und verbringt eine unruhige Nacht. Es gehen ihm viele Gedanken durch den Kopf. Das hübsche Mädchen, das er kennengelernt hat und die Entdeckungen auf dem Schiff, lassen ihn nur allmählich zur Ruhe kommen.

Am nächsten Morgen gönnt Mike sich als Erstes ein Frühstück im Chelsea Inn, er hat einen Bärenhunger. Er genießt den heißen Kaffee in kleinen Schlucken und überlegt, wie er heute vorgehen wird. Auf jeden Fall muss er Mrs. Millburgh anrufen und Sie von dem Versteck auf der Paradise für die heimlichen Aufnahmen unterrichten. Das wird ihr nicht gefallen, schließlich ist es das Schiff ihres Vaters gewesen, und nun haben sich Verbrecher auf der edlen Yacht breit gemacht, die zudem noch ihren Mann erpressen. Außerdem muss er sich heute um eine Unterkunft kümmern, möglichst in der Nähe des Piers in Brooklyn, von der er das Schiff im Auge behalten kann. Dabei könnte ihm Willy mit seinem Taxi helfen. Dank des großzügigen Honorars von Mrs. Millburgh kann Mike den Freund entlohnen.

Von seinem Büro aus ruft er zuerst auf dem Landsitz in Long Island an. Jetzt hat er Glück, seine Auftraggeberin ist sofort am Telefon. Er erzählt ihr von seiner Entdeckung auf dem Schiff. Wie erwartet, ist Annie Millburgh alles andere als begeistert. „Diese Ganoven! Wo hat Ernie denn diese Käufer aufgetrieben? Unser schönes Schiff!"

Mike wartet einen Moment. „Meiner Einschätzung nach ist jetzt der Zeitpunkt erreicht, an dem Sie Ihren Mann von Ihren Verdächtigungen und meinen Ergebnissen berichten sollten."

Daraufhin ist es erst einmal still in der Leitung.

„Mrs. Millburgh?"

„Ja, ich bin noch da. Mein Mann wird zum Wochenende aufs Anwesen kommen, dann werde ich mich mit ihm aussprechen."

Mike erzählt von seinem Plan, den Drahtzieher der Erpressung ausfindig zu machen. „Ich bin mir sicher, dass man demnächst auf ihren Mann zugehen wird, um ihm die Fotos zu zeigen und Geld zu verlangen. Ich habe jedoch das Gefühl, als wenn mehr dahintersteckt. Wissen Sie, wenn so ein wunderbares Schiff vor der hässlichen Fassade des Gewerbegebiets von Brooklyn liegt, dann bin ich skeptisch."

„Wenn Sie das für richtig halten, tun Sie das. Mit meiner Unterstützung können Sie auf jeden Fall rechnen.“

Sein nächster Telefonanruf gilt Checker Cab, der Taxifirma, bei der Willy angestellt ist. Von der Zentrale hört er, dass Willy eine lange Tour nach New Jersey durchführt und erst nach Mittag zurückerwartet wird. Mike wägt verschiedene Möglichkeiten ab, dann ruft er bei Candice Evans an.

Er erreicht sie sofort. Was für eine nette Stimme! Sie zaubert sofort die Erinnerung an den zarten Kuss von gestern Abend hervor.

„Du lebst! Hast du etwas herausgefunden?“

Sie ist ganz aufgeregt und er hört mit Freude Sorge in ihrer Stimme. Er erzählt ihr von dem Fund des halbseitig durchlässigen Spiegels auf dem Schiff.

„Ich fasse es nicht! Du meinst, es ist nicht nur bei Ernest, sondern vielleicht auch bei anderen angewendet worden?“

„Natürlich, ich bin mir ganz sicher. Wegen nur einer Person, macht man nicht den Aufwand mit dem Spiegel und dem Umbau des Nebenraumes für den Fotografen, die Sache muss sich ja lohnen“, bemerkt Mike sarkastisch.

Candy ist ehrlich empört. „Wie hinterlistig! Wer denkt sich sowas bloß aus?“, schimpft sie.

„Die Idee ist nicht neu“, erwidert Mike, „das Erpressen von Ehemännern auf Freiersfüßen war schon immer ein lukratives Geschäft. Die Männer zahlen meistens, um ihr Ansehen nicht zu ruinieren.“

„Was hast du als Nächstes vor?“

„Ich will mir eine Unterkunft in der Nähe der Anlegestelle suchen und mich dort für eine Weile einnisten.“

„Sei bloß vorsichtig und pass auf, dass dir nichts passiert!“

„Sei ohne Sorge. Ich werde mich melden, sobald ich etwas gefunden habe.“

Sie schickt noch einen Kuss durch das Telefon, dann legen beide auf.

Die Konservenfabrik

Mike packt wieder seinen Rucksack. Das Notizbuch, das Fernglas, die Sammlung Dietriche, die Taschenlampe, Zigaretten und sein Revolver kommen hinein. Die Verbindung mit der Fähre ist zwar nicht schnell, aber günstig, sodass er mit dem Bus zu der Anlegestelle am East River fährt.

In Brooklyn geht er am Ufer entlang. Es ist mehr ein Trampelpfad als ein richtiger Weg, der ihn oberhalb des Flusses an den hässlichen Gebäuden des Gewerbegebietes entlangführt. Leise plätschern die Wellen an das mit großen Felsen bedeckte Ufer, zwischen dem Weg und den Steinen wuchert kniehoch das Unkraut.

Er nähert sich dem Schiff und sucht die Umgebung nach einer guten Position für die geplante Beobachtung ab. Am Ende der Huron Street steht ein großes Gebäude. »Kings Cannery« - Kings Konservenfabrik - steht über dem Tor. Es sieht genauso heruntergekommen aus, wie die anderen Häuser in der Straße. Die nächste ist die India Street. Es sind ausschließlich Gewerbegebäude, die hier stehen, ob er hier überhaupt etwas finden wird? Und wen könnte er fragen? Vielleicht war es mit dem Anmieten eines Raumes doch eine blöde Idee?

In der Green Street, die gar nicht so grün aussieht wie sie heißt, sondern noch hässlicher ist, als ihre Nachbarstraßen, findet er die Zufahrt zu einem Betriebshof. Er sieht durch das Tor hinein. Vorne an der Straße steht ein braunes Holzhäuschen, es kommt ein älterer Mann heraus, ein Schwarzer. Er hat offensichtlich Langeweile und ist zu einem Schwätzchen aufgelegt. „Hallo, Mister, kann ich Ihnen helfen?"

„Möglicherweise. Ich bin Fotograf und will Aufnahmen von der Skyline von Manhattan machen. Und nun suche ich für ein paar Tage einen Raum, der zum East River hinauszeigt, von dem aus ich meine Arbeiten durchführen kann."

Der Alte sieht ihn mit großen Augen an, er überlegt. „Ich glaube, da kann man etwas machen. Hier stehen manche Räume leer, ich könnte meinen Chef fragen."

Mike bietet dem Schwarzen eine von seinen Zigaretten an, dann qualmen sie beide. „Es würde sich gut machen, wenn das schöne Schiff, das dort liegt, mit auf die Bilder kommen würde."

Der Alte nickt, dann sagt er. „Kommen Sie mit zu meinem Chef, der hat bestimmt etwas für Sie."

Mike folgt dem Schwarzen zu einem Steinhaus. Sie betreten ein ordentliches, aber ziemlich dunkles Büro. Ein älterer, sehr dicker Mann sitzt hinter einem Schreibtisch und raucht im Schein einer Schreibtischlampe eine Zigarre. Die Luft ist rauchgeschwängert, der Mann ist kaum zu erkennen.

„Ey, Boss, hier möchte jemand einen…äh… Raum mieten."

Der Mann richtet sich auf und streckt Mike eine Hand entgegen. „Ich bin James Flinch. Was suchen Sie denn?"

Mike erzählt wieder seine Geschichte. James Flinch sieht ihn skeptisch an. „Sie haben doch gar keinen Fotoapparat dabei?"

„Nein, nur heute nicht, ich will nicht so viel mit mir herumschleppen. Sobald ich eine Unterkunft gefunden habe, hole ich meine Ausrüstung."

„Dann kommen Sie mal mit, es gibt zum East River hin ein paar unbenutzte Räume."

Mike folgt dem Dicken, der keuchend und schwitzend vor ihm her geht. „So wie ich das verstehe, wäre ein Raum im Obergeschoss optimal, oder?"

„Ja, wenn Sie so etwas haben, das wäre genau das Richtige.“

Mister Flinch schließt eine Tür auf und geht voraus. Mike folgt ihm durch einen Raum voller Gerümpel zu einer Treppe. Oben sieht es kaum besser aus. Es geht um zwei Ecken durch einen langen Flur, dann betritt der Dicke einen Raum durch eine halb geöffnete Tür. Der Raum ist völlig leer, der Boden ist schmutzig. Das Beste ist jedoch das Fenster. Es zeigt direkt zum East River hinaus - genau vor ihm liegt die Paradise.

Mister Flinch sieht zu ihm hoch. „Das kann ich Ihnen anbieten. Sind 15 Dollar die Woche annehmbar für Sie?“

Mike schluckt. Für so ein Dreckloch ist es viel zu viel, aber Flinch hat sofort erkannt, dass Mike den Raum unbedingt mieten will - wer die Ware hat, bestimmt den Preis. „Ich hätte gerne noch einen Tisch, einen Stuhl und etwas Ähnliches wie ein Bett. Dann ist das in Ordnung.“

„Sie können sich unten mal umsehen. In dem Durcheinander finden Sie vielleicht was Passendes.“

Mike ergreift die fleischige Hand des Dicken und drückt sie. „In Ordnung. Ich zahle gleich eine Woche im Voraus.“

Mike sucht im Erdgeschoss nach Tisch und Bett, er findet alles, was er braucht. Die Sachen sind in einem schlimmen Zustand, aber für die kurze Zeit wird es reichen. Er betritt das stark verräucherte Büro und bezahlt die geforderten 15 Dollar. „Wenn es länger dauern sollte, bezahle ich mehr. Jetzt werde ich meine Ausrüstung holen.“

Der Dicke sieht sich die Geldscheine mit leuchtenden Augen an. „Machen Sie sich keine Gedanken, Sie können so lange bleiben, wie Sie möchten.“ Er wischt sich mit einem schmutzigen Taschentuch den Schweiß von der Stirn. „Ach ja, bevor ich es vergesse, ich habe hier einen Schlüssel für Sie.

Er ist für das Tor an der Straße, die anderen Türen sind nicht abgeschlossen."

Mike bedankt sich und trottet davon. Nun muss er sehen, dass er sich einen Fotoapparat und eventuell ein Stativ besorgt, um seine Tarnung zu vervollständigen. Doch wen könnte er fragen? Zuerst muss er nach Manhattan zurück. Um eine andere Verkehrsverbindung auszuprobieren, begibt er sich auf einen langen Fußmarsch. Nach einer Dreiviertelstunde hat er die Subway-Station der Canarsie Line an der Bedford Avenue erreicht, die ihn in einer guten halben Stunde in die Nähe seiner Wohnung bringt. An der Ecke 14. Straße/6th. Avenue steigt er aus und ist bald darauf in seinem Büro.

Während der Fahrt hat er überlegt, vom wem er einen Fotoapparat leihen könnte, der zudem noch professionell aussieht. Er könnte Patrick Mulligan nach dem Fotografen, Andy Jenkins, fragen. Er hat vielleicht leihweise eine Fotoausrüstung für ihn. Er nimmt Kontakt mit dem Redakteur auf.

„Mike! Schön, dass du anrufst. Hast du Neuigkeiten für mich?"

„Allerdings. Der Auftrag für Mrs. Millburgh ist praktisch erledigt. Er hat ein sehr interessantes Ergebnis zu Tage gefördert. Es handelt sich um eine systematische Methode zur Erpressung. Leider lässt sich das bis jetzt nicht für einen Bericht verwerten, da ich die Hintermänner noch nicht kenne und ich die Betroffenen nicht preisgeben will, um sie nicht aufzuscheuchen."

„Klingt aber trotzdem interessant. Können wir uns heute Abend treffen? Ich möchte gerne mehr davon hören."

„Das lässt sich machen. Aber ich habe noch eine Bitte, ich brauche für meine Tarnung eine Fotoausrüstung, dabei fällt mir Andy ein. Meinst du, dass er mir helfen kann?"

„Da bin ich mir sicher. Pass auf, ich habe eine Idee. Ich werde ihn gleich fragen, ob er zu unserem Treffen kommen kann. Vielleicht kann er schon einen Fotoapparat mitbringen. Hast du bestimmte Vorstellungen?"

„Ich glaube, das ist ganz egal, es muss nur halbwegs professionell aussehen."

„Sehr gut, ich hake gleich nach und melde mich in ein paar Minuten bei dir!"

Knapp zehn Minuten später klingelt das Telefon. „Ich bin's, Patrick. Hast du heute Abend um 8:00 Zeit? Wir wollen uns im Martinique Café treffen, das ist 1266 Broadway."

„In Ordnung. Danke für deine Mühe, wir sehen uns nachher!"

Mike legt zufrieden den Hörer auf. Das lässt sich gut an. Nun kann er zwar erst morgen wieder zu seinem neuen Beobachtungsposten, aber das macht nichts, die Paradise wird schon nicht so plötzlich auslaufen. Die Kamera ist für die Tarnung unabdingbar.

Mike sieht sich die leere Schachtel an, die er in dem Eimer auf der Paradise gefunden hat. Sie ist gelb und mit »Kodak 320« beschriftet. Andrew Jenkins kann ihm sicher mehr dazu sagen. Da klebt doch noch etwas darauf? Wenn man genau hinsieht, erkennt man den Rest eines Etikettes. »Photo Ja…« ist zu sehen. Er steckt die leere Schachtel in seine Jacke, zusammen mit dem Notizbuch.

Die Subway in der 6th. Avenue hält nur zweimal, dann ist er in der Nähe des 1266 Broadway. Das Café liegt am Greeley Square, es ist klein, aber fein. Fast alle Tische sind besetzt, trotzdem ist das Stimmengewirr nur gedämpft. Mike kommt als letzter, Pat und Andy sind schon da. Sie sitzen beide vor ihrem Bier und unterhalten sich. „Hallo, ihr zwei. Entschuldigt, dass ich zu spät komme."

„Keine Ursache, wir waren zu früh!"

Mike bestellt sich ein Bier und eine Pizza dazu, denn sein Magen macht sich inzwischen bemerkbar und teilt ihm mit einem dumpfen Knurren mit, dass er heute Morgen zuletzt etwas gegessen hat.

Seine Kollegen, insbesondere Patrick, sehen ihn neugierig an. Aber Mike macht sich erst einmal über die Pizza her, die gerade gebracht worden ist. „Habt einen Moment Geduld, ich habe einen ziemlichen Hunger, ich bin gleich fertig!"

Nachdem er satt ist, lehnt er sich zurück, zündet sich eine Players an und berichtet von seinen Erkenntnissen. „In den Fall ist ein Verwandter meines Auftraggebers verwickelt, deshalb werde ich euch nur einige Bruchstücke mitteilen. Ein Geschäftsmann ist von einem hübschen jungen Mädchen verführt worden. Er ahnt nicht, dass die Kleine ein Köder ist. Sie bringt ihn an einen Ort für eine Liebesnacht. Die – äh - Örtlichkeit ist so gewählt, dass von dem Techtelmechtel heimlich Fotos angefertigt worden konnten. Das Besondere daran ist sicher, dass die Sache von vorne bis hinten durchgeplant worden ist, und die bewusste Örtlichkeit extra für diesen Zweck präpariert wurde."

Patrick sieht ihn mit großen Augen an. „Und mehr willst du uns nicht erzählen?"

Mike schüttelt den Kopf. „Nein, geht nicht, sorry, das bin ich meinem Auftraggeber schuldig. Außerdem scheint ein gefährlicher Verbrecher daran beteiligt zu sein. Schon auf Grund meiner eigenen Sicherheit, darf ich jetzt nicht mehr sagen."

„Das wird ja immer besser, wann können wir denn mehr von dir erfahren?"

„Das ist noch unklar, ich verspreche euch aber, dass ich euch auf jeden Fall rechtzeitig mit Informationen versorgen werde."

Er holt die leere Filmschachtel aus seiner Jackentasche. „Andy, sagt dir das etwas?"

Der Fotograf sieht sich die Schachtel an, er dreht sie hin und her. „Da war einmal ein Film im Format 135 drin."

„Und was heißt das?"

„Diese kleinen Filmspulen passen nur in eine ausländische Kamera, eine Leica. Das ist zum Beispiel so eine, wie ich sie benutze." Er sieht sich die Schachtel noch genauer an. „Hm, Kodak 320, den benutzen eigentlich nur Profis, wenn sie bei schwachem Licht fotografieren wollen. Und hier klebt noch der Rest von einem Etikett. »Photo Ja…«, das muss Photo Jacob sein, der hat sein Geschäft an der Ecke 42. Straße/5th. Avenue. Das ist ein seltener Film, davon werden nicht viele verkauft."

Das ist ein interessanter Hinweis, Mike macht sich Notizen. „Wie sieht es mit einem Fotoapparat aus?", fragt er den Fotographen. „Nur leihweise natürlich."

„Ich habe eine Reserve-Leica, die kann ich dir mitgeben. Das ist ein teures Gerät, du musst mir hoch und heilig versprechen, ordentlich damit umzugehen. Ich gebe dir noch ein paar Filme und ein Stativ mit, das sieht besonders professionell aus. Was für ein Objektiv brauchst du denn?"

„Das ist nicht mein Fachgebiet. Wie meinst du das?"

„Na ja, ist dein Objekt weit entfernt, oder mehr in der Nähe?"

„Ach so. Eigentlich will ich gar nicht fotografieren, falls ich es doch verwende, soll es für Personen in etwa 100 Schritt Entfernung geeignet sein."

„Aha, ich würde eine Brennweite mit etwa 200 Millimeter verwenden. Damit du richtig damit umgehen kannst, schlage ich vor, du holst alles morgen früh bei mir ab, dann verpasse ich dir noch einen Schnellkurs in Sachen Fotografie." Er blickt Mike ernst an. „Fotografie mit Andys teurer Kamera.“ Die Drei lachen.

Der Rest des Abends wird immer lustiger, ein Bier folgt dem anderen.

„Hast Du Miss Evans schon mal wiedergesehen?“, fragt Andrew.

Mike muss lächeln, als die Gedanken auf seine neue Freundin gelenkt werden. „Ja, ich bin am Montag auf ihrem Landsitz auf Long Island gewesen.“

Die beiden Männer sitzen plötzlich ganz gerade da. „Wo bist du gewesen?“

„Tja, das ergab sich so.“

„Ergab sich so, ergab sich so“, plappert Patrick, „ich muss zugeben, dass ich neidisch bin, aber ich freue mich trotzdem für dich.“

Die beiden Männer klopfen ihm auf die Schulter. „Viel Erfolg weiterhin und falls sie genug von dir hat, schick' sie doch bitte zu uns.“

Am nächsten Morgen, ganz früh um 8:00 Uhr, steht Mike bei Patrick auf der Matte.

„Komm rein, mein Freund, ich habe dir schon einige Sachen zusammengestellt.“

Mike folgt Patrick in dessen Küche. Auf dem Tisch liegen ein paar Fotogeräte. Ein Fotoapparat mit Objektiv, ein Belichtungsmesser, eine Ledertasche für alles, am Tisch lehnt ein Stativ aus Holz. Als Mike zwei Stunden später Patricks Apartment verlässt, schwirrt ihm der Kopf. Worte wie Blende, Verschlusszeit und Entfernung purzeln darin umher. Hoffentlich vergisst er in den nächsten Tagen nicht, was Andrew ihm mit viel Mühe beigebracht hat.

Er hängt sich die Ledertasche mit dem Fotoapparat um, das Stativ klemmt unter dem Arm und geht damit zur Subway. In seinem Rucksack hat er einen Rasierapparat, Zahnbürste und etwas Waschzeug untergebracht, dazu ein Fernglas und seinen Revolver.

Die Canarsie Line bringt ihn rasch zur Bedford Avenue in Brooklyn.

Bald hat er die Ecke Green Street/West Street erreicht. Die Tasche und das Stativ sind auf Dauer doch recht schwer, das nächste Mal wird er sich ein Taxi nehmen oder mit der Fähre fahren. Die benötigt zwar mehr Zeit, der Fußweg ist dafür deutlich kürzer. Er betritt durch das offene Tor das Gelände. Vor dem kleinen Häuschen sitzt der schwarze Pförtner und raucht eine Zigarette. Als er in Mike den neuen Mieter erkennt, empfängt er ihn überschwänglich winkend.

Mike grüßt zurück und geht den Hof entlang zu der mit Gerümpel gefüllten Halle. Er öffnet die Tür zu dem Raum, der für die nächsten Tage sein Zuhause werden soll. Im ersten Moment erschrickt er, als er sich umsieht. So herunter gekommen hat er den Zustand des Raumes nicht in Erinnerung gehabt.

Was soll's, er will hier nicht einziehen. Er stellt die Tasche und das Stativ ab und sieht durch das Fenster. Die Paradise liegt vor ihm, wie auf dem Präsentierteller, kaum mehr als einhundert Schritt entfernt. Ein Lastkraftwagen steht am Pier und Männer tragen Kisten auf das Schiff. Mike ergreift das Fernglas und sieht zum Schiff hinüber. Es sind mehrere Männer, die das Schiff beladen, es scheint Proviant zu sein. Da fällt ihm der Fotoapparat ein, das ist die Gelegenheit, ihn zu benutzen. Er stellt das Stativ auf und schraubt, wie Andrew es ihm gezeigt hat, die Kamera darauf. Ein Blick durch den Sucher hilft ihm die Kamera auszurichten, eine Orientierung sind ihm dabei die Markierungen für das 200 Millimeter Objektiv. Mit dem Messsucher stellt er die Entfernung ein, so wie es ihm Andrew beigebracht hat. Er zückt den Belichtungsmesser, die Filmempfindlichkeit hat Andrew schon eingestellt. Auf einer Skala liest er die Blende und die Verschlussgeschwindigkeit ab. „Klick!", fertig ist das erste Bild. Hoffentlich ist es in Ordnung, ändern kann er es nicht mehr.

Mike beobachtet weiterhin den Betrieb am Schiff. Ab und zu gehen ein paar Männer vom Schiff in die Konservenfabrik in der Huron Street #1. Besteht zwischen dem Schiff und der unansehnlichen Fabrik etwa eine Verbindung? Das will er bei nächster Gelegenheit untersuchen. Ein weiterer Lastkraftwagen hält am Pier, und wieder werden Karren zum Schiff geschoben. Es sieht so aus, als wenn die Paradise in See stechen will. Das passt ja wunderbar, jetzt wo er hier Stellung bezogen hat!

Als der Betrieb am Schiff zur Ruhe kommt, ist es 7:30 am Abend. Mike stellt das Stativ mit der Kamera in einen dunklen Nebenraum und verbirgt es unter einer Decke, dann verlässt er seinen Beobachtungsposten.

Von dem schwarzen Pförtner weiß er, dass es in der Nähe ein paar Imbisse und Cafés gibt. Eine Stunde später kehrt er gesättigt wieder zurück, im Mundwinkel eine Players. Nachschub an Zigaretten ist auch gesichert, das hat er eben überprüft. Wenn er schon in dieser Bruchbude aushalten muss, sollen die wenigstens nicht zur Neige gehen.

Es ist fast dunkel, als er in seinem Beobachtungszimmer angekommen ist. Es gibt kein Licht, oder es ist defekt. Nach einer Toilette oder Waschmöglichkeit hat er vergessen zu fragen. Wenn er jetzt nicht noch jemanden findet, wird er auf eigene Faust etwas suchen müssen. Er nimmt seine Taschenlampe und geht zum Büro des Firmeninhabers. Er hat Glück, er erwischt James Flinch gerade, als er sein Büro verlassen will.

„Hallo, Chef! Gibt es hier eine Möglichkeit, sich zu waschen, sowie eine Toilette?"

Der dicke Mann sieht ihn etwas skeptisch an. „Ein Hotel ist das hier natürlich nicht, Sie müssen mit dem Waschraum der Arbeiter vorliebnehmen. Der ist in dem großen Lagerraum, die zweite Tür auf der linken Seite."

Mike fällt noch etwas ein. „Sagen Sie mal, das Schiff hier vorne, die Paradise, wird die demnächst auslaufen? Das wäre schade, die macht sich auf den Bildern sehr gut."

James Flinch überlegt eine Weile. „Das wäre möglich. Die verschwindet alle paar Wochen für eine Woche. Die machen Charterfahrten in die Karibik, habe ich gehört."

Er winkt Mike zu. „Tut mir leid, ich werde erwartet!" Und schnauft davon.

Unvermittelt steht Mike im Dunkeln. Das Licht über dem Tor ist abgeschaltet worden, es ist völlig finster. Er schaltet seine Taschenlampe ein und sucht den Waschraum der Arbeiter. Nachdem er eine Weile herumgeirrt ist, hat er ihn gefunden. Im Licht der Taschenlampe erscheint der Raum sehr schmutzig und verwahrlost, wie wird das erst am Tage aussehen? Macht hier nie jemand sauber? Mike schüttelt sich unwillkürlich, tröstet sich aber mit dem Gedanken, dass es nur für kurze Zeit sein soll. In der Nacht schläft er auf einer klumpigen Matratze und unter einer Decke mit Löchern.

Früh am Morgen wird er durch das Tageslicht geweckt, das durch das gardinenlose Fenster schimmert. Sein erster Blick gilt der Paradise. Der Pier ist leer und verwaist. Verdammt! Sie ist nicht mehr da! Offensichtlich hat sie in der Nacht abgelegt und den East River verlassen. Verdammt! Verdammt! Er besucht den Waschraum und bringt sein Äußeres in Ordnung. Er ist froh, dass er den heruntergekommenen Raum bald wieder verlassen kann. Er geht wieder zur Franklin Street und lässt sich ein Frühstück schmecken. Der Wirt hat nicht viel zu tun und Mike verwickelt ihn in ein Gespräch. „Was wird in der Konservenfabrik in der Huron Street hergestellt, wissen Sie das?"

Der alte Wirt legt seine Stirn in Falten. „Ich weiß kaum etwas über die Fabrik. Die füllen, glaube ich, Gemüse in Dosen ab. Ich habe einen Nachbarn, der arbeitet da. Der könnte heute Abend hier auftauchen, dann müssen Sie es noch einmal versuchen."

Mike bedankt sich und gibt dem Mann eine von seinen Zigaretten. Ein Thema nach dem anderen wird bewegt, einige Gäste kommen in das kleine Lokal, sodass sie ihr Gespräch beenden und Mike das Café verlässt.

Er geht zu seiner Bruchbude zurück, holt den Fotoapparat mit dem Stativ heraus und spaziert damit zur Anlegebrücke der Fähre. Er baut es auf und visiert die Skyline von Manhattan an, die jetzt von der Morgensonne beschienen wird. Die Sonne bricht sich in Millionen Fensterscheiben, es scheint so, als wenn hinter jedem Fenster eine eigene kleine Sonne leuchtet.

Hinter seinem Rücken ist die Konservenfabrik, er nutzt jede Gelegenheit, einen Blick darauf zu werfen. Das Gebäude ist älter und ungepflegt, so wie alles hier. Die Fensterscheiben sind schmutzig, der Anbau hat gar keine Fenster. Die stählernen Verstärkungen im Mauerwerk sind rostig und Unkraut schaut aus den Regenrinnen heraus.

Ein Lastwagen steht vor dem Tor und mehrere Paletten mit Konservendosen werden aufgeladen. Anscheinend wird in dem Werk produziert, obwohl es fast verlassen aussieht. Er ist schon gespannt, was ihm der Mitarbeiter, von dem der Wirt im Frühstückscafé berichtet hat, heute Abend erzählen wird. Er muss sich noch einen guten Grund für sein Interesse einfallen lassen.

Er geht auf die Palette mit den Dosen zu und sieht sich eine an. »Kings Vegetables - Fine Indian Corn«, also Mais in Dosen, steht auf dem Etikett. Auf den ersten Blick wirkt das völlig normal.

Er steht noch einen Moment da und sieht scheinbar sinnend auf den East River hinaus, da öffnet sich die Tür des Einganges, eine junge Frau mit roten Haaren kommt heraus. Beinahe hätte er sie angestarrt, im letzten Moment reißt er sich zusammen und sieht wie bisher gelangweilt zu dem breiten Fluss hinüber. Das ist doch die Gespielin von Ernest Millburgh! Unauffällig sieht er ihr hinterher. Er legt sich sein Stativ über die Schulter und folgt der Rothaarigen wie zufällig in einiger Entfernung. Die junge Frau steigt in ein weißes Coupé und fährt davon. Er notiert sich das Kennzeichen, bevor das Auto hinter einer Straßenecke verschwindet.

Verdammt, seine Untersuchungen fangen an, Gestalt anzunehmen. Das Schiff, die Konservenfabrik und die rothaarige Schönheit, es hängt alles irgendwie zusammen, aber wie?

Er schnappt sich sein Stativ und geht wieder zu seiner Behausung zurück. Den Rest des Tages macht er sich mit den Straßen und den Geschäften in der Umgebung vertraut.

Zum Abend taucht er wieder im Corner Café, der Gaststätte an der Ecke, auf.

Als der Wirt ihn erkennt, winkt er ihm zu. „Mister, mein Nachbar ist jetzt zu Hause. Er heißt José Santos und wohnt gleich im nächsten Haus in der Huron Street.“

Mike bedankt sich, verlässt das Gasthaus und klingelt an der Tür des Hauses, das mit grau gestrichenem Holz verkleidet ist. Der Anstrich benötigt unbedingt eine Auffrischung, unter der Sonne sind viele Risse entstanden, stellenweise blättert die mausgraue Farbe ab. Die Tür wird von einem dunkelhäutigen Mann geöffnet.

„Guten Tag, mein Name ist Jeff Miller. Sind Sie José Santos?"

Der Mann, er ist etwa vierzig Jahre alt und schlank, nickt. „Was wollen Sie von mir?", fragt er mit starkem Akzent.

Mike räuspert sich. „Ich vertrete die Firma Jonathan Calide & Sons. Wir stellen Bleche für Konservendosen her. Bevor ich mich nun mit unseren Produkten bei der Firma Kings Vegetables vorstelle, möchte ich mich vorher etwas über das Unternehmen informieren." Das war raus, ob es der Mann schlucken würde? Er fügt noch hinzu. „Wenn Sie mögen, kann ich Sie auf ein Bier oder einen Kaffee in das Eck-Café einladen."

Der Latino nickt. „Esta bien, ich wollte sowieso gerade hinübergehen."

Mike erfährt einige Dinge über die kleine Fabrik. José Santos hat noch sechs Kollegen, hört er. Sein Vorarbeiter ist Jack Olson. Der Betrieb verkauft etwa 50.000 Dosen pro Jahr. Das sei wichtig für die Menge an benötigtem Blech, hat Mike versichert.

„Ich habe dort heute eine hübsche Frau mit roten Haaren herauskommen sehen, haben Sie die auch schon mal gesehen? So eine Schöne sieht man nicht alle Tage."

Santos grinst. „Si, es muy bonito, pero…. sie ist schon vergeben. Sie ist die Tochter unseres Vorarbeiters, Jack Olson, und außerdem ist sie die Freundin des Firmenbesitzers, el Patron. Wie man so hört, lässt der nicht mit sich spaßen."

„Kennen Sie seinen Namen?", fragt Mike ungeduldig und versucht, seine Aufregung zu verbergen.

Der Farbige überlegt. „Wissen Sie, wir bekommen ihn nur selten zu sehen. Ist ein ziemlich kleiner Mann mit vielen Pockennarben im Gesicht. Ich habe gehört, dass er mit »Don« angeredet wird.“

Mike bekommt fast einen Herzschlag - das Puzzle fügt sich zusammen. Ist damit die Geschichte aufgeklärt? Es scheint fast so. Etwas merkwürdig kommt ihm vor, dass man sich mit einer Firma, die lediglich 50.000 Konservendosen im Jahr herstellt, eine Yacht für mehrere Millionen leisten kann. Nein, jetzt wird es erst richtig interessant! Seine Jagdlust ist geweckt, sein Herz schlägt vor Aufregung bis zum Hals. Die Lösung des Falles ist in greifbare Nähe gerückt. Vor seinem inneren Auge sieht er bereits, wie sich die losen Enden zusammenfügen.

Inzwischen ist es 8:30 am Abend. Mike hat sich zum Abendessen einen Hamburger genehmigt. Er sitzt vor seinem leeren Teller und grübelt über die weitere Vorgehensweise nach, seine John Player leisten ihm dabei Gesellschaft. Wie könnte es weitergehen? Hier am East River ist das Wichtigste getan. Solange die Paradise unterwegs ist, kann er nichts ausrichten. Ein noch zu klärender Punkt ist der Name des unbekannten Fotografen. Von wem ist er beauftragt worden? Wird er ihm bereitwillig Auskunft geben? Wohl kaum – Mike muss in die Trickkiste greifen, um die Information zu bekommen, das ist klar. Auf jeden Fall ist seine Anwesenheit hier in Brooklyn vorerst nicht erforderlich. Die Rückkehr der Paradise kann er auch von Manhattan aus mit dem Fernglas überprüfen.

Er schnallt sich seinen Rucksack um, packt die Kameratasche und nimmt das Stativ auf die Schulter. Dann kehrt er für ein paar Tage seinem tristen Beobachtungsposten den Rücken. An der Franklin Street findet er ein Taxi. Es ist spät geworden, deshalb gönnt er sich den Luxus, sich bis vor seine Wohnung in der 17. Straße fahren zu lassen.

In seinem Briefkasten steckt eine weiße Karte: »Wo steckst du? Ich vermisse dich! «

Als Absender ist ein roter Lippenabdruck zu sehen. Mike lächelt vor sich hin. Er kann es immer noch nicht glauben, dass sich eine der schönsten und reichsten jungen Frauen von Manhattan ausgerechnet für ihn interessiert. Gleich morgen früh wird er sich bei ihr melden!

Die schöne Gehilfin

Am frühen Morgen geht er zuerst an sein Telefon und ruft im Penthouse der Familie Millburgh/Evans am Central Park an. Er lässt es einige Male klingeln, er will gerade wieder auflegen, da hört er ein verschlafenes „Hallo?"

„Du Arme, habe ich dich geweckt?"

„Mike! Du bist es!"

Plötzlich ist Candy hellwach. „Wie schön, dass du dich meldest. Ich fange an, dich zu vermissen. Ich bin in einer Stunde bei dir, ja?"

„Natürlich, ich kann es kaum erwarten, dich wiederzusehen!"

Jetzt muss er sich beeilen. Er zieht sich ein frisches Hemd an, steckt sich sein Notizbuch ein und wartet auf seine Freundin. Falls Candy Lust hat, könnte sie zu seinen Nachforschungen mitkommen. Es sind zwei Fragen zu klären, das ist einfache Ermittlungsarbeit. Bei der Gelegenheit könnte sie sehen, wie er seine Zeit verbringt.

Vom Fenster aus sieht er ihren roten Wagen. Mit quietschenden Reifen hält er vor dem Haus, in dem sich sein Büro befindet. Sie hat sich gerade aus dem engen Innenraum geschält, da steht Mike schon auf dem Bürgersteig.

Sie sieht heute besonders hübsch aus, vielleicht kommt es ihm auch nur so vor. Sie trägt ein schwarzes Kostüm mit einem weiten Rock, und eine grüne Bluse aus Seide. Ihre blonden Haare sind offensichtlich mühevoll gebürstet worden und fallen in einer weichen Welle auf ihre Schultern. Er kann sich gar nicht sattsehen an ihr. Sie stürzt auf ihn zu und gibt ihm einen innigen Kuss. Warm und etwas elektrisierend fühlt er ihren schlanken Körper an seinem.

Sie lösen sich voneinander, sie mustert ihn mit einem Lächeln. „Was hast du heute vor, Mike? Ich mache alles mit!"

„Hast du schon gefrühstückt? Falls nein, essen wir beide etwas und ich erzähle dir von meinen bisherigen Ergebnissen und meinen Plänen für heute."

„Ja, das klingt gut", sie sieht sich um. „Wo nimmst du denn dein Frühstück ein?"

Mike zeigt auf das »Chelsea Inn« auf der anderen Straßenseite.

„Ich gehe meistens dort hin, es ist nichts Besonderes, aber das Essen ist gut."

Candy hakt sich bei ihm unter und er führt sie in den kleinen Drugstore. Nach einem guten Frühstück, während einer Zigarette, erzählt er Candice von seinen gestrigen Ermittlungen. Mit großen Augen lauscht sie seinem Bericht. Dass es sich bei diesem Don Calogero um einen Verbrecher handelt, verschweigt er, um sie nicht zu beunruhigen. Sie ist begeistert von seinem »Abenteuer«, wie sie es nennt, er kann gar nicht oft genug davon erzählen.

„Mit Abenteuer hat es nicht viel zu tun, es ist mehr oder weniger langweilige Ermittlungsarbeit. Für heute habe ich noch zwei Nachforschungen auf dem Zettel, wenn du Lust hast, kannst du mich begleiten."

Candice fasst nach seiner Hand, ihre blauen Augen strahlen ihn an. „Nichts würde ich lieber tun!“

Ihr erstes Ziel ist Photo Jacob, Ecke 42. Straße/5th. Avenue, ein ziemlich großes Geschäft, mindestens vier Verkäufer kann man erkennen. Einer von ihnen kommt auf sie zu und spricht mit ihm, blickt aber dabei die ganze Zeit unauffällig zu Candy hinüber.

Mike zieht die leere Filmschachtel aus seiner Brieftasche. „Ist dieser Film möglicherweise bei Ihnen gekauft worden?“

Der Mann löst seine Blicke mühsam von der hübschen Begleiterin und sieht sich das Schächtelchen an. „Ja, der ist von uns. Diese Filme werden allerdings nur selten verkauft.“

„Wissen Sie vielleicht, wer ihn bei Ihnen gekauft hat?“

„Warum wollen Sie das wissen? Informationen über unsere Kunden geben wir in der Regel nicht weiter.“

Mike öffnet seine Brieftasche und zeigt seine Lizenz. „Ich ermittle in einem Erpressungsfall. Der Käufer dieses Filmes hat möglicherweise etwas fotografiert, das von großem Interesse für meinen Auftraggeber sein könnte.“

„Okay, ich werde meinen Chef fragen, einen kleinen Moment bitte.“ Er nimmt die leere Filmschachtel und geht in den hinteren Teil des Ladens. Kurz darauf kommt einer der anderen Herren zu ihnen. Es ist ein etwas dicklicher Mann Ende vierzig. Er trägt eine Brille, die wenigen Haare sind glatt nach hinten gekämmt.

„Gestatten Sie, dass ich mich vorstelle, mein Name ist Hank Jacob. Ich bin der Eigentümer dieses Geschäftes.“

Mike stellt sich und seine Begleiterin vor und erklärt den Grund seines Besuches. Candy lächelt den Mann währenddessen verführerisch an. Ganz offensichtlich bleibt ihr Blick nicht ohne Wirkung, denn plötzlich ist nicht mehr von privaten Daten die Rede, er berichtet gut gelaunt von seinem Kunden.

„Der Käufer heißt Guido Pasetti. Ich weiß das deshalb so genau, weil wir diese Filme extra für ihn bestellt haben."

Mike macht sich Notizen und hakt nach. „Kennen Sie vielleicht seine Adresse?"

Mister Jacob überlegt. „Warten Sie bitte, ich glaube, ich habe etwas für Sie." Er verschwindet und kommt nach ein paar Minuten zurück. „Mister Pasetti hat einmal seine Visitenkarte hiergelassen, die können Sie gerne mitnehmen."

Candy greift nach der Karte und bedankt sich mit einem entzückenden Augenaufschlag. „Vielen Dank, Mr. Jacob, Sie haben uns sehr geholfen." Der Inhaber räuspert sich unsicher.

Mike fällt noch etwas ein. „Entwickeln Sie die Filme für Herrn Pasetti oder wie läuft das ab?"

„Was…?" Er sammelt sich. „Nein, das macht Herr Pasetti, wie fast alle Profis, selbst. Er kauft lediglich seine Chemikalien bei uns."

Mister Jacob sieht in Candys blaue Augen. „Kann ich sonst noch etwas für Sie tun?"

Mike schüttelt den Kopf. „Nein, vielen Dank. Ich könnte eines Tages eine eigene Kamera gebrauchen, das muss aber noch warten."

Er sieht auf die Visitenkarte, die ihm Candy zusteckt. »Guido Pasetti, Photographer« steht dort gedruckt. Darunter steht die Adresse, es ist eine Straße in Greenwich Village. Mike steckt die Karte ein und bedankt sich bei Mister Jacob.

Draußen vor dem Geschäft sieht ihn Candy an. „Ich könnte dir eine Kamera schenken!"

Mike schüttelt den Kopf. „Das ist nett von dir, ich möchte aber nicht, dass du so viel Geld für mich ausgibst. Ich werde bei dem Gedanken das Gefühl nicht los, dass du mich aushältst, wie man so sagt. Es hinterlässt bei mir ein Gefühl der Minderwertigkeit."

Candy sieht ihn betrübt an. „Das tut mir leid, ehrlich, das wollte ich nicht. Obwohl das natürlich Unsinn ist, dann kann ich von Dir ja auch keine Geschenke annehmen, oder? Aber bitte, wenn es wichtig für dich ist, werde ich in Zukunft darauf achten." Sie macht eine Pause und blickt ihn mit leuchtenden Augen an. „Was machen wir jetzt?"

Mike drückt sie vergnügt an sich. Ja, so gefällt ihm die Ermittlungsarbeit! Schönes Mädchen hin oder her, sie ist auf jeden Fall eine nette Person und bereichert seine bisher einsamen Tage.

„Ich wollte zum 7. Bezirk. Dort kenne ich einen Sergeant Cramer. Ich wollte ihn dazu überreden, mir den Halter zu einem Autokennzeichen zu verraten."

„Na, prächtig, da fahren wir jetzt hin."

Während der Fahrt fragt Mike. „Ist nicht Lieutenant Grumble auch im 7. Bezirk? Der war neulich auch auf deiner Party."

„Du meinst Lucas Grumble? Ja, das ist ein guter Bekannter von mir. Das Polizeirevier ist in der Lower East Side."

Im 7. Polizeirevier an der Pitt Street geht es hoch her. Candy kennt sich hier besser aus und geht voraus. Mike stellt sich vor, dass es anstrengend sein muss, in diesem Chaos jeden Tag seinen Dienst zu versehen. Das Gewirr macht einen verrückt und der Lärmpegel ist hoch, doch dann treten sie in ein Büro und der zermürbende Krach ist nur noch dumpf zu hören. »Lt. Lucas Grumble« steht an der Tür. Der Detective ist anwesend, er kommt hinter seinem Schreibtisch hervor und Candy begrüßt ihn mit einem Kuss auf die Wange.

„Guten Tag, meine Liebe!", sagt er, dann wendet er sich an Michael Callaghan. „Habe ich Sie nicht neulich bei Candice auf der Party gesehen? Sie haben Interesse für unsere Rauschgiftfahndung bekundet."

„Ja, genau der bin ich. Heute haben wir eine einfache Nachfrage." Er zückt sein Notizbuch und blättert darin. „Es geht mir um den Halter für ein Kennzeichen in New York, NZH 1163. Es ist ein weißes Chevrolet Coupé."

„Und warum wollt ihr das wissen?", fragt der Detective reserviert.

Candy setzt sich auf seinen Schreibtisch und blickt zu ihm hinunter. „Komm, Lucas, zier dich nicht so!" Ein Lächeln, ein Augenaufschlag von ihr, und der Widerstand des Lieutenants ist wie weggeblasen. Lucas Grumble greift nach dem Telefon. „Gut, ich will mal nicht so sein." Es folgt ein kurzes Gespräch und er notiert sich etwas auf einen Zettel. Er bedankt sich, legt auf und wendet sich an Mike. „Hier bitte, das ist der Halter, beziehungsweise die Halterin."

»Susan Dickinson, 339 W 71. Street«, steht auf dem Zettel. Mike blickt kurz darauf und steckt ihn ein. Er sieht in das freundliche Gesicht des Detectives und fragt. „Sagt Ihnen der Name »Don Calogero« etwas?"

„Das ist kein Unbekannter für uns. Wie kommen Sie darauf, Mike?"

„Ich habe Grund zu der Annahme, dass das Auto, mit dem Susan Dickinson herumfährt, von ihm bezahlt wird."

Lucas Grumble zieht seine Stirn in Falten. „Wir versuchen schon lange, diesem Mann beizukommen, wir konnten ihm noch nie etwas nachweisen. Wenn Sie etwas wissen, rücken Sie besser damit raus."

„Gut, abgemacht. Im Moment sind meine Erkenntnisse noch zu vage. Wer ist übrigens ihr Kollege in Brooklyn?"

„Der Leiter des 94. Reviers ist Captain Peter Rose. Sein Chefermittler ist Detective Howard Brown. Die Wache ist in der Meserole Avenue in Brooklyn. Grüßen Sie ihn von mir, wenn Sie ihn sehen."

Candy verabschiedet sich wieder mit einem Küsschen auf die Wange des Lieutenant. „Danke Luc', du bist ein Schatz!"

Draußen auf der Straße lächelt Mike sie an. „Du führst deine Erkundigungen durch, indem du deine Opfer verwirrst, oder?"

Sie lachen beide.

„Du musst zugeben, dass es geklappt hat."

„Ja, das stimmt. Das war so einfach, dass es mir fast ein bisschen unheimlich war. Nur eines: Wenn du mal jemanden beschatten solltest, ist ein süßer Blick völlig ungeeignet. So wie du aussiehst, kann sich jeder Mann noch nach Jahren erinnern, dich gesehen zu haben."

„Ist das jetzt ein Lob oder Kritik?"

Mike nimmt sie in den Arm und gibt ihr einen Kuss. „Das ist ein Kompliment. Wenn du wirklich mal jemanden beschatten solltest, musst du dich irgendwie verkleiden. Deine tollen Haare müssten unter einem Hut verschwinden und der Rest müsste irgendwie grau sein."

Candy hängt sich in seinen Arm und überlegt. „Wenn du das sagst - du bist der Profi."

Sie quälen sich mit dem Alfa durch den dichten Verkehr. Während der Fahrt erzählt er Candy, dass der Fotograf Pasetti wahrscheinlich kompromittierende Bilder von Ernest und seiner Geliebten aufgenommen hat. Er hat das Gefühl, dass es besser ist, sie weiß, um was es hier geht. Was, wenn sie die Bilder ihres Schwagers in verfänglicher Situation völlig unvorbereitet zu Gesicht bekommt? Darauf will er es lieber nicht ankommen lassen. „Gesehen habe ich die Aufnahmen nicht, aber es ist die einzige mögliche Erklärung für das, was ich bisher herausbekommen habe. Vielleicht nennt uns der Fotograf seinen Auftraggeber. Obwohl, viel Hoffnung habe ich nicht."

„Du meinst, ich soll wieder meinen Charme einsetzen?"

„Ich fürchte, der wird nicht ausreichen. Wenn es so ist, wie ich vermute, muss der Mann unter massiven Druck gesetzt werden. Auf andere Weise werden wir kaum etwas erreichen."

Nach zwanzig Minuten im dichten Verkehr haben sie Mikes Geschäftsstelle erreicht.

„Ich möchte gerne dein Büro sehen!"

„Da ist nicht viel zu sehen, das ist mir auch ein wenig peinlich."

„Ich möchte es aber sehen, es ist schließlich ein Teil von dir."

Etwas widerstrebend führt er sie in sein kleines Reich. Heute ist es leidlich ordentlich, er ist in den letzten Tagen kaum hier gewesen und konnte keine Unordnung hinterlassen.

„So arbeitest und wohnst du also!"

„Krasser könnte der Unterschied zu dem Anwesen auf Long Island, und dem Stil, in dem du wohnst, nicht sein."

„Du musst das nicht sagen. Noch bis vor kurzem wurden wir von unserem Vater sehr kurz gehalten. Erst jetzt, nach seinem Tode, verfüge ich über mehr Geld als die meisten anderen. Nagle mich nicht auf mein Geld fest, ich bin ein Mensch wie alle anderen."

Mike schießt eine Idee durch den Kopf, er sieht seine Begleiterin an. „Hast du morgen schon etwas vor?"

„Nein, nicht direkt, jedenfalls nichts, was ich nicht verschieben könnte. Wieso?"

„Ich habe für morgen noch keine Pläne. Die Paradise wird noch nicht zurück sein, und das Wetter soll morgen so schön sein wie heute. Ich schlage deshalb vor, dass wir uns auf Coney Island einen schönen Tag machen."

Candy strahlt ihn an und lächelt. „Ich soll mich also unter das gemeine Volk mischen?" Sie lacht ihn an, zieht seinen Kopf zu sich herab und küsst ihn. Der Kuss wird lang und intensiv. Sie flüstert in sein Ohr. „Mike, ich liebe dich."

Mike traut seinen Ohren kaum. Er räuspert sich und antwortet. „Ich dich auch - und wie!" Der letzte Rest seiner Abneigung gegenüber schönen Mädchen ist eben fast hörbar zusammengebrochen.

Am nächsten Morgen steht Mike früh auf. Heute kommt sein Liebling wieder zu ihm, da will er gut vorbereitet sein. Er duscht und zieht sich frische Kleidung an. Er ist kaum unten auf der Straße, da kommt sie auch schon angebraust. Er öffnet die Beifahrertür und steigt ein. Bevor sie losfährt, gibt es den lange vermissten Kuss. Der starke Wagen fährt mit dröhnender Maschine über die Brooklyn Bridge, hinein in den sonnigen Süden von Long Island.

Es ist ein schöner Tag im späten September. Die Sonne scheint von einem blauen Himmel, der Wind weht nur schwach. Heute ist Donnerstag. Trotz des Arbeitstages ist der Strand von Coney Island von tausenden sonnenhungrigen Besuchern belegt, die Promenaden sind gut besucht.

„Ich bin noch nie hier gewesen. Mein Vater hat es immer vermieden, sich unter das »Volk« zu mischen, wie er sagte. Es ist schön hier."

„An manchen Wochenenden sind bis zu einer halben Million New Yorker hier", erklärt Mike. „Wenn man es einmal gesehen hat, kann man es gut verstehen."

Er hält sie an der Hand und sie schlendern auf der Promenade entlang. Hunderte von Imbissbuden und Fahrgeschäften säumen den breiten Weg, den »Riegelmann Boardwalk«. Es wird beiden nicht langweilig, den vielen Menschen zuzusehen. Sie essen in einer Würstchenbude, »Nathans Famous«, einen Hotdog. Außer ihnen sind noch mindestens dreißig andere hier, die auf ein Würstchen warten. Für 10 Cent pro Hotdog ist das ein preiswertes Vergnügen. Candy steht mit Mike in der langen Warteschlange und freut sich an den gut gelaunten Gästen um sie herum. Auf Zureden von Mike fahren sie eine Runde in der Achterbahn, was Candy bereut, es geht ihr zu schnell. Anschließend entschließen sie sich für eine Fahrt mit dem Riesenrad. Die Sicht ist leider nicht besonders gut, es ist dunstig, wie häufig an so schönen, sonnigen Tagen. Am Abend setzt Candy Mike vor seinem Büro ab. Nur widerwillig löst er sich aus ihren Armen und steigt die Treppe zu seinem Büro hinauf. Er freut sich schon auf den nächsten Tag, seine neue Freundin hat ihn gedrängt, wieder dabei sein zu dürfen.

Der Morgen beginnt mit einem Frühstück in einem Café in der 8. Straße. Candy hat sich auf Anraten von Mike anders als üblich angezogen. Sie trägt eine schwarze Hose und eine dunkelgrüne Jacke. Ihr üppiges blondes Haar hat sie zu einem Kranz geflochten. Darüber hat sie ein braunes Kopftuch gebunden, das sie jetzt abgenommen hat. Make-up hat sie nicht aufgelegt. „Wie gefalle ich dir so, als graue Maus?“

„Ich bin immer noch hingerissen von dir! Das kannst du durch dein Aussehen nicht ändern.“

„Das hast du schön gesagt - was haben wir denn heute vor?“

„Ich wollte dem Fotografen auf den Zahn fühlen. Es ist ein Versuchsballon, ich glaube nicht, dass dabei etwas herauskommt.“

„Warum denn nicht?“

„Würdest du an seiner Stelle deinen Auftraggeber verraten? Bei so einer Art von Aufnahmen?"

Sie schüttelt den Kopf. „Nein, wahrscheinlich nicht."

„Siehst du. Vielleicht kann man ihn in ein Gespräch verwickeln und ihm irgendeine Information entlocken."

Über Candys hübsches Gesicht zieht ein Leuchten. „Ich könnte mich als Modell von ihm fotografieren lassen und du durchsuchst hinter ihm sein Archiv."

Mike schüttelt den Kopf und grinst sie an. „Das ist keine schlechte Idee, aber wie willst du dich fotografieren lassen? Etwa so, wie auf den Bildern, die wir bei ihm vermuten?"

Candy streckt ihm ihre Zunge raus. „Pfff!"

Mit dem Taxi geht es zur Wohnung des Fotografen. Es ist ein graues Gebäude mit trauriger Fassade. Mike steht an der Tür und blickt auf die Klingelschilder. Neben einem Knopf steckt ein Kärtchen. »Pasetti, Photographer«, steht dort. Im Treppenhaus herrscht Dämmerlicht, es riecht muffig. Mike und Candy steigen in den ersten Stock, am Ende des Ganges ist die Tür zu der Wohnung von Guido Pasetti. Er klingelt. Einmal. Zweimal. Keine Reaktion. Er klopft, wieder nichts. Er nimmt Candy an die Hand und will gerade wieder gehen, da öffnet sich neben ihnen eine Tür. Eine alte Frau sieht heraus, sie trägt einen lila Morgenmantel und hat Lockenwickler im Haar. „Da ist niemand zu Hause!", sagt sie unfreundlich.

Beinahe hätte Mike geantwortet, dass sie das auch schon bemerkt hätten, doch er hakt nach. „Wissen Sie, wann der Fotograf zurückkommen wird?"

„Was wollen Sie denn von Herrn Pasetti?"

Jetzt meldet sich Candy zu Wort. „Ich wollte mich von ihm fotografieren lassen."

Die alte Frau mustert sie skeptisch, als wäre Candice »so Eine«. Anscheinend sind ihr diese Mädchen, die sich für Geld fotografieren lassen, alle verdächtig. Doch dann sagt sie. „Er wird noch bis Donnerstag fort sein. Ich gieße die Blumen während seiner Abwesenheit."

„Vielen Dank, wir werden uns bei ihm melden, wenn er wieder da ist." Mike nimmt seine Freundin an die Hand und geht mit ihr nach draußen.

„Weißt du, was wir machen werden?", fragt er sie.

Candy sieht ihn neugierig an und schüttelt den Kopf.

„Wir werden in seine Wohnung einbrechen und dort herumschnüffeln. Du kannst mitkommen, aber nur, wenn du mir versprichst, dich ganz leise zu verhalten."

Candy bekommt leuchtende Augen. „Ja, ich möchte gerne mitkommen. Jetzt wird es richtig spannend!"

Mike dämpft ihren Eifer etwas. „Wir müssen zuerst zu mir, ich brauche meine Dietriche, um in die Wohnung zu kommen."

Candy hängt sich mit leuchtenden Augen an seinen Arm. Während der Fahrt stellt sie dutzende Fragen. Wieso hat er Dietriche, warum kann er damit umgehen, wo hat er das Ausspähen gelernt. Mike beantwortet jede ihrer neugierigen Fragen, sie hängt dabei an seinen Lippen. Viele seiner Kenntnisse sind ihm in Schottland bei dem Training für den Geheimdienst in Frankreich eingedrillt worden.

Mit den Dietrichen kehren sie zu der Wohnung des Fotografen zurück. Mike hat sich außerdem seinen Holster umgeschnallt und den Revolver eingesteckt. Er erklärt seiner Freundin einige seiner Überlegungen. „Ich sehe für unsere kommende Aktion zwei Probleme. Erstens könnte es sein, dass er hier nur wohnt und sein Atelier irgendwo anders ist, zweitens müssen wir darauf achten, von der neugierigen Nachbarin nicht bemerkt zu werden."

„Was können wir dagegen tun?"

„Eigentlich gar nichts. Perfekt wäre es, wenn sie sich zu einem Mittagsschlaf hinlegt, oder noch besser, die Wohnung verlassen würde. Wir werden das Haus beobachten, bevor wir in die Wohnung eindringen.“

Zwei Häuser neben der Wohnung des Fotografen, an der Ecke zur 4.Street West, ist ein kleines Café, in das sie sich setzen. Sie bestellen sich Kaffee. Mike zieht seine Schachtel Players heraus und raucht gemütlich eine Zigarette. Candy ist aufgeregt, immer wieder späht sie zum Fenster hinaus.

Mike amüsiert sich über ihren Eifer. „Zappele nicht rum, das fällt nur auf.“

„Tut mir leid - okay!“

Zwei Minuten lang sitzt Candy scheinbar entspannt da und rührt gelangweilt in ihrem Kaffee, dann dreht sie sich plötzlich um und sieht wieder angestrengt durch die Gardine nach draußen.

„Da!“, und dann etwas leiser „da“, sie zeigt mit dem Finger zum Fenster. Die alte Nachbarin kommt aus dem Haus, mit einer Einkaufstasche in der Hand. Sie bleibt auf dem Bürgersteig stehen und sieht auf einen Zettel. Eine andere Nachbarin kommt dazu, sie unterhalten sich eine Weile, schließlich gehen sie miteinander schwatzend den Bürgersteig hinunter.

Candy springt auf, ihre Augen leuchten.

„Hallo, Süße, immer mit der Ruhe“, Mike folgt langsam und scheinbar entspannt. „Du musst viel gelassener werden“, ermahnt er sie. Sie überqueren die Straße, betreten den Hausflur und gehen möglichst leise in den ersten Stock hinauf. Mike zieht sein Einbruchwerkzeug heraus und zwei Minuten später sind sie in der Wohnung. Die Gardinen sind zugezogen, sodass in der Wohnung ein trübes Zwielicht herrscht. Die Räume sind merkwürdig steril, nichts liegt herum. In dem Zimmer zur Straße hin, mit einem großen Fenster, stehen drei prächtige Zimmerpflanzen, etwa drei Fuß hoch, und einige Scheinwerfer, das scheint das Atelier zu sein. Das sind sicher die Pflanzen, die von der Nachbarin gegossen werden, es sind die einzigen Gewächse in der Wohnung. Sie dienen offenbar zur Dekoration bei den Aufnahmen. Es ist ein typischer Junggesellenhaushalt - ordentlich, aber schmucklos.

„Wir müssen uns zuerst einen Überblick verschaffen. Das heißt, zuerst werfen wir nur einen schnellen Blick in jeden Raum und prüfen, ob sich dort Aktenschränke oder Schreibtische befinden."

Candy nickt eifrig, ihre Augen leuchten vor Aufregung. Schon hinter der zweiten Tür findet Mike eine Dunkelkammer. Es ist ein fensterloser Raum, in dem neben einem Vergrößerungsgerät und Schalen für die Chemikalien über zwanzig Filme mit Klammern an Leinen hängen. Er verlässt den Raum und sieht nach Candy. Sie hat eine Art Büro gefunden, eine Wand ist zur Hälfte mit Aktenschränken vollgestellt.

„Das ist interessant. Ich schlage vor, du suchst hier und ich konzentriere mich auf die Dunkelkammer."

„Wonach suchen wir überhaupt?"

„Es sind zwei Dinge. Erstens hoffe ich, ein Bild von deinem Schwager zu finden, zweitens vielleicht einen Hinweis auf seine Auftraggeber, wie zum Beispiel eine Notiz oder eine Visitenkarte."

Candy stöbert in den Aktenschränken, derweil geht Mike in die Dunkelkammer. Er schaltet das Licht ein und sieht sich um. In einer Ecke steht der Vergrößerungsapparat, mehrere Schalen mit Flüssigkeit stehen daneben. Mike wirft einen Blick auf die Negative an der Wäscheleine. Die Gesichter sind schlecht zu erkennen. Die Augenhöhlen und das Haar sind fast weiß, die Gesichter fast schwarz. Nein, das hat keinen Sinn.

An der Wand steht ein Schrank mit vielen flachen Schubladen, er zieht eine von ihnen auf. Aha, das ist schon besser! Hier liegen die entwickelten Bilder, überwiegend stecken sie in Hüllen, einige liegen lose umher. Es wirkt für ihn etwas unübersichtlich und passt nicht zu der sonst herrschenden Ordnung. Er schiebt die Bilder hin und her und versucht ein bekanntes Gesicht zu entdecken. In der dritten Schublade von oben, liegt ein einzelnes Foto. Es ist Ernest Millburgh, das Mädchen bei ihm ist ganz eindeutig Susan Dickinson, die Stellung der beiden ist noch eindeutiger. Es gibt sicher irgendwo noch mehr Bilder von den beiden, deshalb nimmt Mike dieses eine und steckt es ein.

Die Tür geht auf und Candy kommt herein. „Von Ernest habe ich nichts gefunden, aber einige Bilder von Leuten, die ich kenne. Auf einem war der Leiter der Polizeidienststelle vom 90. Bezirk. Und du, warst du erfolgreich?"

Gerade als Mike antworten will, hören sie ein Geräusch an der Wohnungstür. Rasch zieht er Candy zu sich in die Dunkelkammer und schließt die Tür. Jemand betritt den Flur und geht mit raschen Schritten umher. Candy klammert sich an Mikes Arm und hält den Atem an. Die Schritte verharren vor der Tür zur Dunkelkammer. Candy blickt mit aufgerissenen Augen zu Mike hinauf.

Die Tür wird geöffnet!

Mike spürt, wie sich ihre kleine Hand in seinen Arm krallt. Auch er ist hochgespannt. Eine Hand liegt am Griff seines Smith & Wesson, beruhigt fühlt er den gefährlichen Stahl unter seinen Fingern. Candy drängt sich dicht an ihn, ein leichtes Parfüm steigt von ihrem Haar in seine Nase.

Es erscheint nur ganz kurz eine Hand in der halb geöffneten Tür. Sie legt eine Schachtel auf einen niedrigen Schrank neben der Tür, dann verschwindet sie wieder und die Tür wird geschlossen.

Candy atmet hörbar aus. Einen Moment später klappt die Wohnungstür und es ist wieder still. Mike flüstert. „Lass uns schnell verschwinden, bevor noch mal jemand kommt."

Candy nickt, sie ist sehr blass. An der Wohnungstür horchen die beiden in das Treppenhaus, es ist kein Geräusch zu hören. Sie laufen rasch die Treppe hinunter, aus der Tür hinaus, sie kreuzen die Straße und gehen wieder in das Café an der Ecke - nur weg von der Straße.

„War das jetzt Aufregung genug?", fragt Mike lächelnd.

„Hör bloß auf, ich bin fast gestorben vor Angst!"

Mike grinst sie an.

„Was gibt es da zu lachen?"

„Ich sehe schon die Schlagzeile vor mir. »Millionärin bei Einbruch erwischt. Komplize war angeblich Privatdetektiv«."

Jetzt muss sie auch lachen und sagt. „Ich habe bisher eigentlich nie Langeweile gehabt. Aber so richtig schön spannend ist es erst, seitdem ich dich kenne. Was wäre passiert, wenn er uns erwischt hätte?"

Nicht viel. Ich hätte ihn wahrscheinlich überrumpelt."

Sie beugt sich vor und gibt ihm einen Kuss. „Du bist mein Held!"

Am nächsten Tag verbringt Mike viel Zeit vor seiner Schreibmaschine. Er hat sein Notizbuch aufgeschlagen und tippt einen Bericht für Annie Millburgh. Die Beschattung ihres Mannes konnte mit sehr gut belegten Ergebnissen abgeschlossen werden. Ende der Woche wollte ihr Mann aus Buffalo zurückkommen, bis dahin sollte sie den Bericht als Unterstützung für die Aussprache erhalten.

Jeden Tag nimmt er sein Fernglas und fährt morgens und abends mit dem Bus zum East River, um nach der Paradise zu sehen. Sie ist jetzt sieben Tage fort, wenn seine Informationen stimmen, sollte sie morgen oder übermorgen zurückkehren.

Das Nesthäkchen

Mike telefoniert wieder mit Candy. „Hast du dich inzwischen von unserem Abenteuer in der Wohnung des Fotografen erholt?"

Sie lacht mit einer glockenhellen Stimme. Ihm ist, als lache ein Engel zu ihm.

„Wenn es nach mir ginge, könnten wir sofort wieder etwas anstellen!"

Mike schmunzelt. „Nein, noch nicht, du kannst mir aber helfen. Deine Schwester soll den Bericht von mir über die Beschattung ihres Mannes erhalten, auf dem Rückweg kannst du mich in Brooklyn absetzen, damit ich die Beobachtung der Paradise wieder aufnehmen kann."

„Na klar - kann ich nicht mitkommen?"

„Nein, es tut mir leid, so gerne ich dich dabei hätte. Es könnte sein, dass es gefährlich wird." Er bereut sofort, dass er das gesagt hat. Und richtig!

„Gefährlich?"

„Naja, für mich alleine nicht so sehr, aber die Verantwortung für dich könnte mich ablenken"

Mike kann förmlich hören, wie seine Freundin ihr Gesicht verzieht, darum fügt er noch hinzu. „Wir machen uns heute noch einen schönen Tag, was hältst du davon?"

Er hört ihr Lachen am anderen Ende und freut sich jetzt noch mehr auf den Nachmittag.

***

Leise plätschert die Bugwelle vor dem elegant geschwungenen, weißen Rumpf. Die Paradise wird in wenigen Minuten Miami in Florida erreichen. Kapitän Alec Gunders steht auf der Brücke neben seinem Steuermann Dan Brown. Außer ihnen beiden ist noch der Rest der Mannschaft, bestehend aus

Jaymar Bucod und Niceas Garte, den beiden Puerto-Ricanern, an Bord. Don Calogero und seine Freundin Susan Dickinson, sowie die beiden Helfershelfer Jimmy Baldwin und
Joey Death sind auch auf dem Schiff.

Don Calogero erscheint auf der Brücke. Er trägt eine
weiße Hose und ein leichtes Hemd, eine dunkle Sonnenbrille
verdeckt einen Teil seines Gesichtes, er ist bester Laune. „Ist
es derselbe Hafen wie letztes Mal, Alec?"

Der Kapitän nickt entspannt. „Ja, es ist wieder am
Bayfront Park. Es ist besser, wenn wir immer dieselben Anle-
gepunkte verwenden, so werden wir ein Teil der Normalität.
Ich habe schon Kontakt mit der Coast Guard aufgenommen,
die werden gleich an Bord kommen und unsere Papiere überprüfen."

„Das hast du gut gemacht. Ich werde nach dem Anlegen
mit Dicki ein bisschen bummeln gehen. Wann werden wir
wieder ablegen?"

„Wir werden nur die Kontrolle über uns ergehen lassen
und Treibstoff übernehmen, wird nicht länger als drei Stunden dauern."

Don Calogero sieht auf die Uhr. „Sehr schön, ich werde
den Besuch der Küstenwache abwarten und mir danach an
Land etwas die Zeit vertreiben."

Er lächelt vor sich hin. „Das wird von Touristen erwartet,
die mit einer Yacht hier anlegen, wir wollen uns so normal
wie möglich verhalten."

Im Hafen an der Bayfront sind einige schöne Schiffe fest-
gemacht. Keines ist jedoch so exklusiv wie die Paradise, Don
Calogero nimmt es mit Genugtuung wahr. Kurz denkt er an
seine frühen Jahre in Brooklyn zurück. Im Alter von neun
Jahren war er mit seinen Eltern und Geschwistern aus Sizilien
gekommen. Es waren harte Jahre, Amerika war nicht das

Land, wo Milch und Honig flossen. Nach den ersten Jahren in Manhattan waren sie nach Brooklyn übergesiedelt. Er war immer der kleine, hässliche Salvatore gewesen, die Haut im Gesicht vernarbt von einer schlimmen Akne während der Pubertät, aber dank seiner Fäuste und seines scharfen Verstandes, gepaart mit einer grenzenlosen Skrupellosigkeit, hat er sich auch gegenüber Stärkeren durchgesetzt. Und nun hat er seinen bisherigen Höhepunkt erreicht, das schönste Schiff in diesem Teil von Amerika gehört ihm. Sein Blick fällt auf Susan Dickinson, die gerade mit Alec die ankommenden Polizisten der Küstenwache empfängt. Und, ja, auch eine schöne Frau gehört ihm.

Susan Dickinson steht nicht ohne Absicht am Eingang zur Paradise. Der eine der beiden Polizisten hat nur noch Augen für sie, der andere nimmt es mit der Kontrolle des Schiffes etwas genauer.

„Wir wollen das Schiff inspizieren, lassen Sie uns bitte einen Blick in ihre Laderäume und die Kabinen werfen!"

Don Calogero ist dazu getreten und begrüßt die beiden Beamten. Er lächelt freundlich und gönnerhaft, wie es sich für den wohlhabenden Besitzer einer Yacht gehört.

Er gibt Joey Death ein Zeichen. Der unauffällige Mann weiß, was er zu tun hat. Er folgt dem Polizisten wie ein Schatten durch das Schiff. In einem Schulterholster trägt er eine kleinkalibrige Waffe mit Schalldämpfer. Sollte der Polizist ihr Opium-Versteck entdecken, wird er dafür sorgen, dass er keine Gelegenheit mehr hat, es jemandem zu erzählen. Aber damit ist nicht zu rechnen, das Versteck im umgebauten Kabelgatt ist auch für geübte Augen nicht zu erkennen. Der andere Polizist sitzt am Tisch auf dem Sonnendeck und füllt mit Unterstützung des Kapitäns ein Formular aus. Sein Hauptaugenmerk gilt jedoch nicht dem Papier, sondern der Oberweite von Susan Dickinson. Sie hat ein Glas mit Martini in der

Hand und hat sich dazu gesetzt. Ihre hübschen Rundungen werden von einem knappen Badeanzug nur unzureichend bedeckt.

Der erste Polizist kehrt aus dem Schiff zurück, gefolgt von Joey Death. Er nickt seinem Kollegen zu. „Bist du fertig, Aaron? Von meiner Seite aus ist alles in Ordnung."

Sein Kollege löst seinen Blick nur ungern von Susan Dickinson und erhebt sich von dem bequemen Stuhl. Freundlich lächelnd verabschieden sich die beiden Polizisten.

Don Calogero lächelt siegesgewiss und sieht sich im Kreise seiner Kumpane um. „Gute Arbeit! Das hat ja vorzüglich geklappt."

Susan Dickinson hat sich inzwischen etwas gesitteter angezogen. Sie hakt sich bei dem Mafiaboss unter und sie verlassen gemeinsam das Schiff. Einen Moment später gehen Jimmy Baldwin und Joey Death von Bord, sie wollen sich auf dem Markt am Hafen Getränke kaufen.

Don Calogero liebt diesen Hafen an der Westküste Floridas. Die weißen Häuser leuchten in der hellen Sonne, die hier fast immer scheint. Palmen säumen das Ufer, ein leichter, warmer Wind bewegt die Wedel. Der Hafen ist mit einer Reihe von Geschäften zur Versorgung der Schiffe versehen, es gibt mehrere Cafés und Gasstätten. Don Calogero setzt sich mit Dicki an einen der Tische in den Schatten eines Sonnenschirmes. „In zwei Tagen sind wir wieder zu Hause, eine Woche später möchte ich wieder eine Feier veranstalten. Kannst du deine Freundinnen wieder mitbringen?"

Susan Dickinson zieht an einem Strohhalm ein rotes Getränk in sich hinein. Sie nickt, macht aber kein erfreutes Gesicht. „Muss das sein? Deine Geschäftsfreunde sind immer so zudringlich!"

Don Calogero nickt. „Doch, das muss sein, ich habe wieder einige wichtige Leute aus der Stadt eingeladen."

Guido Pasetti wird auch kommen und seine Kamera mitbringen, aber das muss niemand wissen. Vor ein paar Tagen in Brooklyn hat er von ihm endlich die Fotos mit Ernest Millburgh erhalten. Nun ist der richtige Zeitpunkt gekommen, den Herrn davon in Kenntnis zu setzen, dass seine Affäre nicht unbemerkt geblieben ist. Calogero kann ein Grinsen kaum unterdrücken, die Sache macht ihm Spaß.

„Dicki, bei deinem nächsten Treffen mit diesem Millburgh werde ich dazu kommen. Sagst du mir vorher Bescheid?"

„Was willst du denn von dem?"

„Du kannst wirklich blöde Fragen stellen. Ich will ihm die schönen Bilder von euch beiden verkaufen."

Ja, es läuft alles, wie er es geplant hat. Der Besuch in Havanna war nötig gewesen, es war gut, dass er dieses Mal mitgekommen ist. Sein Kontaktmann in Puerto del Mariel wollte auffällig viel Geld haben, angeblich, weil die Behörden in La Boca mehr Schmiergeld haben wollten. Mit etwas Unterstützung von Joey Death und Jimmy Baldwin bestätigte sich seine Vermutung, dass der Mann nur noch mehr in seine eigene Tasche stecken wollte. Wenn man nicht aufpasst, wird man überall reingelegt.

„Wann sind wir denn endlich wieder zu Hause, Donni?"

Er tätschelt ihren Arm. „Das habe ich doch schon gesagt. Übermorgen, Kindchen. Genieße den schönen Tag."

Zwei Tage später trifft die Paradise am East River ein. Es ist später Abend, die Skyline von Manhattan ist wieder ein beeindruckender Anblick, aber die Passagiere auf der Paradise haben dafür keinen Blick. Noch in der Nacht wird das Rohopium entladen. Zuständig dafür ist Jack Olson, er weiß am besten, wie die Öffnung des Versteckes zu öffnen und zu schließen ist, ohne dass Spuren zurückbleiben. Es sind über 180 Eimer, die hinausgetragen werden, jeder ist mit fast zwanzig Pfund der grauen Masse gefüllt.

Der Chemiker Mister Phelps hat inzwischen die notwendigen Reagenzien besorgt. Jimmy Baldwin und Joey Death sind auch bei ihm sehr geschickte Helfer. Die Bonuszahlung des Chefs wird auch dieses Mal sehr großzügig ausfallen, das ist ein guter Grund, sich Mühe zu geben.

***

Der rote Sportwagen hält in der 17. Straße. Mike steht schon am Bürgersteig, mit dem Bericht für Annie Millburgh in der Hand. Außerdem hat er einen gut gefüllten Rucksack dabei, sowie den Fotoapparat von Andrew Jenkins mit dem Stativ. Candy steigt aus und läuft ihm entgegen.

„Hallo, Liebling!", begrüßt er seine Freundin, sie sinkt warm in seine Arme.

Etwas skeptisch blickt sie auf sein Gepäck. „Willst du verreisen? In meinem Auto ist nicht viel Platz."

Sie öffnet die Klappe für das kleine Gepäckfach am Heck. Es passt gerade der Rucksack hinein, das Stativ zwängt Mike hinter die Sitze.

„Wir fahren erst zu euch nach Long Island, was meinst du?"

„Das ist gut. Meine Schwester ist heute zu Hause, dann können wir gemeinsam Kaffee trinken. Wir haben bei uns einen schmalen Strand, dort verbringen wir anschließend den Rest des Tages, ja?"

„Das klingt wirklich gut!"

„Wann fährst du wieder nach Brooklyn?", fragt sie ihn, als sie an einer Ampel halten.

„Am späten Abend wollte ich wieder zurück, ich würde mich freuen, wenn du mich fahren könntest." Mike ist glücklich in ihrer Nähe und er vertraut ihr inzwischen völlig. Ihre strahlenden Augen bringen seinen Verstand auf angenehme Weise durcheinander. Er sitzt neben ihr und sieht ihr zu, wie sie den schnellen Wagen geschickt durch den dichten Verkehr zum Midtown Tunnel lenkt. Nach einer schnellen Fahrt über den Highway und einer halsbrecherisch erscheinenden Fahrt über die Landstraße, erreichen sie das Anwesen der Evans, beziehungsweise Millburghs. Als Mike aussteigt, hängt noch eine Staubwolke hinter ihnen in der Luft.

Zuerst will er mit Annie Millburgh sprechen. Sie begrüßt ihn und sagt. „Sie haben Glück, dass ich heute hier bin. Ich wollte an einer Aufsichtsratssitzung teilnehmen, die aber verschoben wurde."

Mike nickt und gibt ihr Recht. „Candy hat es schon angedeutet. Wenn Sie nicht hier gewesen wären, hätte ich den Bericht hiergelassen und wir hätten später miteinander telefonieren können, so ist es natürlich besser."

Annie Millburgh schmunzelt. „So, bei »Candy« sind Sie schon angekommen!"

Mike lächelt glücklich. „Ja, ich bin sicher, dass sie mich liebt. Ich jedenfalls bin von ihr hingerissen."

„Von Candice ist jeder hingerissen, das ist kein Kunststück."

Mike meint, eine Spur Bitterkeit herauszuhören.

„Ich hoffe, Sie erwidern ihre Zuneigung?"

„Natürlich. So habe ich es gemeint, tut mir leid, wenn ich mich missverständlich ausgedrückt haben sollte."

Annie Millburgh nickt zustimmend und erwidert mit heftiger werdender Stimme. „Über eines sollten Sie sich im Klaren sein: Wenn Sie meiner Schwester Leid zufügen, werde ich mein ganzes Geld einsetzen, um Sie zu vernichten!" Dann leiser, mit einem Lächeln. „Das wollen wir aber beide nicht, nicht wahr, Mr. Callaghan?"

„Seien Sie versichert, Mrs. Millburgh, ich könnte Ihre kleine Schwester niemals unglücklich machen - niemals."

Seine Auftraggeberin murmelt eine Zustimmung. „Ich bin geneigt, Ihnen zu glauben, jetzt kommen Sie bitte mit in mein Arbeitszimmer."

Das Zimmer erweist sich als großer, heller Raum mit einer verglasten Tür in den Garten. An der Wand hängt das Hochzeitsbild der Millburghs, es ist ein Abzug desselben Bildes, das Mike schon in der Stadtwohnung gesehen hat.

„So, nun lassen Sie mal sehen, was sie mitgebracht haben."

Mike greift nach seinem Bericht und überreicht ihn ihr. „Das kompromittierende Bild mit ihrem Mann habe ich noch nicht beigefügt. Möchten Sie es sehen oder soll ich es lieber bei mir behalten?"

„Kann man die Frau darauf erkennen?"

„Ja, sie ist sehr gut zu sehen."

„Okay, ich möchte es sehen. Ich möchte wissen, wie die Frau aussieht, auf die Ernest hereingefallen ist."

Mike holt das Foto aus seiner Brieftasche. „Hier, bitte. Es sieht so aus, als wenn sich die beiden bei ihrem Akt im Spiegel beobachtet haben."

Susan Dickinson ist im Vierfüßlerstand auf dem Bett und blickt direkt in den Spiegel. Ernest Millburgh hockt völlig nackt auf den Knien hinter ihr und gibt ebenfalls ein vorzügliches Bild ab. Annie Millburgh kraust ihre Stirn und sieht mit Abscheu auf das Foto. Mike glaubt deshalb, noch eine Erklärung hinzufügen zu müssen. „Die junge Frau ist sehr attraktiv. Ich kann mir keinen Mann vorstellen, der einem Annäherungsversuch von ihr widerstehen würde."

„Sie mögen recht haben, die meisten Männer sind angesichts so einer – Dame - wehrlos. Trotzdem, ich werde ihm den Kopf waschen, wenn er übermorgen nach Hause kommt." Sie fügt hinzu: „Unser schönes Schiff! Gut, dass mein Vater das nicht mehr erleben muss, er würde sich im Grabe umdrehen!" Sie zögert und mustert Mike eine Weile nachdenklich. „Mr. Callaghan, da sich zwischen Ihnen und meiner Schwester etwas anzubahnen scheint, möchte ich Ihnen einige Dinge über unser Nesthäkchen erzählen. Ich wünsche mir, dass Sie gut zuhören und meine Hinweise beherzigen."

Mike erfährt die Geschichte eines Mädchens, das behütet in einer wohlhabenden Umgebung aufgewachsen ist. Sie hat als Kind schwerreicher Eltern an der Eliteuniversität Harvard Jura studiert. „Kurz nach dem Tode unseres Vaters hat sie begonnen, als Volontärin in seiner Firma zu arbeiten. Sie ist immer behütet gewesen, sie hat sich nie um irgendetwas sorgen müssen. Der Tod unseres Vaters, schon zwei Jahre nach dem schrecklichen Tod unserer Mutter, hat sie sehr erschüttert. Sie hat keine Energie gehabt und hat bald die Lust verloren, sich weiter als künftige Geschäftsführerin zu engagieren."

Mike hängt an Annies Lippen und saugt jedes Wort in sich auf. „Das habe ich nicht gewusst. Sie meinen damit, dass Candice viel Zuwendung benötigt, da sie sich im wirklichen Leben kaum zurechtfindet?"

„Genau das meine ich. Obwohl »kaum zurechtfindet« übertrieben ist. Sie ist eine patente, junge Frau, die immerhin studiert hat, nur vom »wirklichen« Leben nicht viel mitbekommen hat. Der frühe Tod unserer Eltern hat ihr schwer zugesetzt. Mitunter verhält sie sich wie ein Backfisch." Sie macht eine Pause, als ob sie sich die nächsten Worte genau zurechtlegen muss. „Das ist der eine Punkt. Da ist noch etwas, das mir durch den Kopf geht. Versetzen sie sich einmal in ihre Lage. Bildschön, klug und außerordentlich wohlhabend, die Männer reißen sich um sie. Sie hat praktisch eine beliebige Auswahl interessanter, gutaussehender und netter Männer. Sie hat nun das Problem, den herauszufinden, der wirklich an ihr interessiert ist - nicht nur an ihrem hübschen Gesicht oder an ihrem dicken Bankkonto!"

Mike nickt betroffen. „Das habe ich mir nicht klargemacht."

Annie nickt und spricht weiter. „Sie hat einige Freunde und auch Liebschaften hinter sich und jede hat bisher mit einem Drama geendet. Ich musste mich jedes Mal einschalten und einmal gar einen Rechtsanwalt bemühen. Darum achte ich auch bei Ihnen sehr darauf, ob meine Schwester nicht wieder einem Mitgiftjäger in die Hände fällt. Sie ist vertrauensselig und hat ein unbeschwertes Gemüt. Deshalb bemühe ich mich ständig, eine schützende Hand über sie zu halten."

„Aber, ist sie nach den schlechten Erfahrungen denn nicht…wie soll ich sagen…. vorsichtiger geworden, misstrauischer?"

„Ja und nein. Nach einer missglückten Beziehung schwor sie zuerst allen »Kerlen«, wie sie es sagte, ab, und zog sich zurück. Aber nach erstaunlich kurzer Zeit tauchte sie auf und ging wieder unter die Leute. Sie war und ist ja noch sehr jung. Es gefällt ihr, dass ihr die Männer zu Füßen liegen, aber nicht bis in die letzte Instanz. Sie will, wie jeder, einen verlässlichen Partner, der sie nicht nur wegen ihrer Schönheit oder ihres Geldes wegen anhimmelt."

Mike sitzt da und verarbeitet das Gehörte. Jetzt versteht er die schroffe Zurechtweisung zu Beginn. Er denkt einen Moment nach und antwortet zögernd. „Vielen Dank, dass Sie mir gegenüber so offen sind, ich weiß das zu schätzen. Ich kann ihnen nicht versprechen, Candice immer zu lieben. Wer vermag das überhaupt? Ich beginne ihre Schwester zu lieben und schätze sie als kluges und empfindsames Wesen, genauso werde ich sie behandeln und ihr niemals" – Mike hält zwei Finger zum Schwur hoch – „Leid zufügen."

Annie nickt, ein Lächeln spielt um ihre Mundwinkel. „So habe ich Sie von Anfang an eingeschätzt. Denken Sie an den »Typ«, den ich zu Beginn des Auftrages erwähnte. Bis jetzt bin ich sehr angetan von ihrer Leistung als Detektiv. Wenn Sie sich als Freund und Beschützer genauso bewähren, werde ich sehr zufrieden sein." Sie reicht ihm ihre Hand. „Mein lieber Mike, ich denke, nach dieser langen Aussprache und in Anbetracht ihrer Freundschaft mit meiner Schwester, sollten wir ab jetzt »du« zueinander sagen."

Immer noch aufgewühlt drückt Mike die angebotene Hand. „Ich bedanke mich für diese Wertschätzung, Annie. Ich versichere dir, dass ich dich nicht enttäuschen werde."

Der Rest des Tages ist für Mike wie ein schöner Traum. Es gibt Kaffee und Kuchen, den sie auf der Terrasse zu sich nehmen. Das Wetter ist noch gut, am Westhimmel zeigen sich jedoch erste dunkle Wolken. Candy zeigt ihm das ganze riesige Grundstück, die Seite nach Nordwesten grenzt an die Meerenge, die Long Island vom Festland im Norden trennt. Das Wasser ist ruhig, erste Wellen mit Schaumkronen sind zu sehen, die Vorboten des heranziehenden schlechten Wetters. Der Strand ist hier nur schmal und durchsetzt mit Steinen. Mike sitzt neben Candy auf einer Bank, die hier steht. „Meine Eltern haben hier auch schon gesessen, das ist mir manchmal ein Trost."

Er hat einen Arm um ihre Schulter gelegt und atmet ihre Nähe.

„Wie lange wirst du deine Beobachtungen in Brooklyn durchführen?", fragt sie.

„Wenn ich das wüsste. Es hängt davon ab, was ich entdecke. Aber nach längstens einer Woche werde ich die Aktion abbrechen.“

Candy lehnt sich an ihn und fragt. „Kann ich dir gar nicht helfen? Es hat mir bisher viel Spaß gemacht.“

Mike schüttelt den Kopf. Der Gedanke, dass er auf die wahrscheinlich gefährlichen Verbrecher trifft und Candy dabei hat, mag er nicht zu Ende denken, aber das wird er ihr nicht sagen. „Nein, das ist nicht notwendig. Es ist auch schrecklich schmutzig in dem Raum, in dem ich hause. Für jemand, der normalerweise in seidenem Nachtzeug schläft, ist das schon gar nichts.“ Er lacht und Candy knufft ihn in die Seite.

„Ich bin nicht so verwöhnt, wie du zu glauben scheinst!“

Der Abend naht rascher, als es sich Mike gewünscht hat. Nach dem Abendessen steigen sie in ihren roten Flitzer, dann startet Candy in Richtung Brooklyn. Er erklärt ihr, wie sie in Brooklyn fahren muss. „Ich zeige dir, wo ich meinen Beobachtungsposten habe, du kannst mich ja mal am Tage besuchen. Frage am Tor einfach nach dem Fotografen. Der Wagen ist zu auffällig, um ihn an der Straße stehen zu lassen, den parkst du am besten auf dem Hof – falls du mich besuchen kommst.“

Vor dem Werkstor gibt es zum Abschied einen langen Kuss, dann saust seine Schönheit mit ihrem Sportwagen davon. Das Tor zum Werksgelände ist abgeschlossen. Mike öffnet es mit dem Schlüssel, nimmt seine Siebensachen und steigt hinauf zu dem Zimmer, das er gemietet hat. Hier hat sich nichts verändert, es riecht sehr muffig, sodass er das Fenster öffnet. Er blickt in die Dunkelheit hinaus. Ein schwaches Licht ist zu sehen, es ist ein Licht auf dem Vordeck eines Schiffes – die Paradise ist wieder da! Sie muss im Laufe der letzten Stunden eingetroffen sein, er hätte es nicht besser treffen können. Er nimmt das Fernglas und blickt zu dem Schiff hinüber. Trotz der Dunkelheit gehen dort Menschen ein und aus. Er beschließt, sich die Aktivitäten aus der Nähe anzusehen, und verlässt sein Zimmer. Den Revolver hat er bei sich, für alle Fälle.

Es ist völlig dunkel, lediglich der Mond gibt etwas Licht, wenn er nicht gerade von einer Wolke verdeckt wird. Im Schutz der Häuser erreicht er das Ende der Huron Street. In dem schwachen Licht kann er erkennen, dass Eimer aus dem Schiff getragen und in den Anbau der Konservenfabrik gebracht werden. Kaum hat er angefangen, die Eimer zu zählen, ist der Transport auch schon beendet. Auf dem Schiff wird das Licht gelöscht, dann kehrt Ruhe ein. Mike wartet noch eine halbe Stunde, aber es passiert nichts mehr.

Er geht langsam wieder zu seinem Beobachtungsposten zurück. Der Transport der Eimer geht ihm immer wieder durch den Kopf. Er muss irgendwie versuchen, den Anbau der Konservenfabrik unter die Lupe zu nehmen. Was mag in den Eimern sein? Warum wurde der Transport im Dunkeln durchgeführt? Es gibt einige Fragen, auf die er Antworten finden muss.

Der nächste Tag ist völlig verregnet. Nach einem Frühstück im Corner-Café zieht er sich auf seinen schmuddeligen Beobachtungsposten zurück. Er baut das Stativ mit der Kamera auf und wartet ab. Das Fenster ist geöffnet, weil die schmutzige Scheibe das Fotografieren erschwert. Mike ist nun froh, dass er die Kamera nicht nur zur Tarnung mitgenommen hat, sondern Fotos machen kann. Das Objektiv ist ein leichtes Tele, sodass er die Personen in der Nähe des Piers ausreichend groß auf den Film bekommt. Er fotografiert jeden, der das Schiff betritt oder verlässt. Im Laufe des Tages kann er schon einige auseinanderhalten. Sechs verschiedene Personen sind ihm bisher vor die Linse gekommen. Der Eine von ihnen scheint der Kapitän zu sein, erkenntlich an seiner uniform-ähnlichen Mütze.

Am Nachmittag geht er in den Stadtteil Brooklyn, von einem Münzfernsprecher ruft er Candy in Manhattan an. Sie ist jedoch nicht am Telefon zu erreichen, sodass er sich noch ein wenig die Zeit vertreiben muss. Wegen des schlechten Wetters sucht er eine Gaststätte auf. Er bestellt sich ein Bier und raucht eine Zigarette dazu. „Haben Sie ein Telefon?", fragt er den farbigen Gastwirt.

„Yes, Sir. Es ist auf dem Weg zu den Toiletten. Haben Sie ausreichend Kleingeld?"

„Nein - gute Idee, Sie können mir für einen Dollar Dime-Stücke geben."

Er betritt den düsteren Gang und wirft einige Münzen in den Telefonapparat, der an der Wand hängt. Nun hat er seine Maus endlich am Telefon.

„Mike, wie geht es dir?"

„Ich habe Langweile, außerdem ist das Wetter mies."

„Du Armer! Weißt du was, ich werde dich morgen besuchen. Was hältst du davon?"

„Darüber würde ich mich sehr freuen. Aber nicht vergessen: Verstecke deinen Wagen!"

„Ja, Sir! Soll ich etwas mitbringen?"

„Danke, ich habe alles, was ich benötige. Das Einzige, was mir fehlt, bist du!"

Er hört noch einen Kuss im Hörer, dann legt er auf. Es beginnt zu dämmern, als er für eine erste Untersuchung zu der Konservenfabrik hinübergeht. Es hat inzwischen aufgehört zu regnen. Sein Interesse gilt dem verdächtigen Anbau, in dem gestern die Eimer verschwunden sind.

Das Gebäude ist fensterlos, wahrscheinlich sind auf dem Dach ein paar Lichtöffnungen. Es gibt ein großes Tor, das mit einem kräftigen Zylinderschloss gesichert ist. Bei dieser Art Schloss versagen seine Kenntnisse, dafür besitzt er auch kein Werkzeug. Möglicherweise befindet sich in der Fabrik noch eine Durchgangstür zu dem Anbau, sonst muss er wohl vorerst auf eine Untersuchung verzichten. Enttäuscht kehrt er zu seiner Bleibe zurück.

Am nächsten Morgen herrscht immer noch schlechtes Wetter. Regen peitscht über den East River, und lässt die eindrucksvolle Kulisse der Hochhäuser von Manhattan hinter grauem Dunst verschwinden. Wind weht gegen das undichte Fenster seines Zimmers und lässt spürbar kalte Luft herein. Die Paradise liegt verlassen am Pier, heute geht niemand ein und aus. Candy wollte heute kommen. Schade, das Wetter hätte etwas besser sein können, er kann doch nicht mit ihr in dieser Bruchbude bleiben!

Er hört Schritte unten in der Halle und bald darauf knarrt eine Diele im Flur. Er kennt diese Diele schon. Wenn er dort entlanggeht, macht er sich einen Sport daraus, sie nicht zu betreten. Sie knarrt ein zweites Mal - aha, zwei Personen. Und wieder knarrt eine Diele. Das war die zweite der beiden, die er sich als »Knarrdielen« gemerkt hat. Zwei Personen sind auf dem Weg zu seinem Zimmer, die eine von beiden müsste Candy sein. Er drückt seine Zigarette aus und geht zur Tür.

Es ist der dicke James Flinch, er geht voraus, hinter ihm folgt Candy. Als sie ihn sieht, läuft sie an dem Dicken vorbei und stürzt in seine Arme.

James Flinch blickt mit kaum verhohlener Gier auf Candy, Mike blickt ihn frostig an. „Vielen Dank, dass Sie meiner Freundin den Weg gezeigt haben."

Dem dicken Kerl scheinen bei Candys Anblick die Augen aus den Höhlen treten zu wollen.

„Kann ich noch etwas für Sie tun?", fragt Mike ungehalten. James Flinch schüttelt den Kopf und stapft wortlos zurück. Erst knarrt die eine Diele, fünf Schritte später die andere.

Candy tritt in sein kleines Zimmer und ist entsetzt. Sie schlägt die Hände vor das Gesicht. „Hier magst du leben?"

„Natürlich nicht, was denkst du denn? Aber es ist nur für ein paar Tage, das halte ich schon aus."

„Ich möchte hier keine Sekunde bleiben!"

„Siehst du, darum wollte ich dich auch nicht mitnehmen!"

„Ich habe einen Korb mit Gebäck und Kaffee im Auto, ich wollte es uns gemütlich machen." Mit gerümpfter Nase sieht sie sich um. „Hier sieht es leider nicht sehr einladend aus."

„Wir könnten uns in ein Café in der Nähe setzen."

„Dann habe ich den Kuchen ganz umsonst mitgebracht", erwidert Candy enttäuscht."

Mike nimmt sie in den Arm und tröstet sie. „Lass ihn doch hier, dann habe ich morgen gleich ein Frühstück!"

Sie lächelt ihn an, mit einem Lächeln, das selbst bei diesem schlechten Wetter Sonne in sein Herz zaubert.

Kurz darauf sitzen sie in einem Café in der Manhattan Avenue. Obwohl das Gasthaus nur ein paar hundert Meter entfernt ist, fahren sie wegen des Regens mit ihrem Wagen. Der wird beim Parken sorgfältig versteckt.

Der Gastraum ist fast leer, seine Maus wirkt neben den wenigen Gästen wie ein Paradiesvogel unter grauen Spatzen, hell leuchtet ihr blondes Haar auf dem rosa Pullover.

„Den Pullover hast du auch getragen, als ich dich kennengelernt habe, stimmt´s?"

„Ja, ich habe bemerkt, wie gut ich dir darin gefallen habe." Sie lächelt ihn unwiderstehlich an.

Mike hat wieder einen Kloß im Hals und muss schlucken. Die Kaschmirwolle des Pullovers schmiegt sich wie eine zweite Haut um ihre netten Rundungen. Er schüttelt unmerklich seinen Kopf, er muss sich jetzt auf seinen Auftrag konzentrieren. „Gibt es etwas Neues von deiner Schwester? Weißt du, ob sie schon die Aussprache mit ihrem Mann gehabt hat?"

Candy nickt und antwortet. „Ja, hatte sie, schon gestern Abend, gleich, nachdem Ernest aus Buffalo heimgekehrt war. Es ging gestern Abend noch hoch her. Ich war zu Hause und bin jetzt direkt von dort gekommen, da war heute Morgen noch dicke Luft."

„Das war zu erwarten. Weißt du, ob man wegen der Erpressung schon an deinen Schwager herangetreten ist?"

„Anscheinend noch nicht. So wie ich hörte, soll nächste Woche Dienstag wieder ein Treffen mit dem Mädchen irgendwo in Manhattan stattfinden. Annie will natürlich, dass Ernest sich nicht mehr mit ihr trifft."

Mike ist jedoch anderer Meinung. „Jetzt muss es bald zur Erpressung kommen. Ich bin mir fast sicher, dass genau dafür das Treffen vorgesehen ist. Ich kann deine Schwester verstehen, schlage aber vor, dass Ernest das Treffen trotzdem wahrnimmt. Ihr könntet vorher die Polizei informieren, dann können die Cops den Erpresser gleich festnehmen."

„Gut, ich werde mit Annie sprechen, sie sieht sicher ein, dass der Mann gefasst werden muss." Sie blickt ihn neugierig an. „Wie kommst du mit deinen Beobachtungen voran?"

„Ich bin ganz zufrieden, es ist aber ziemlich langweilig. Ich werde noch bis Sonntagmorgen bleiben und dann Schluss machen."

„Oh, ja, darauf freue ich mich! Soll ich dich am Sonntagmorgen abholen?"

Mike gibt ihr einen Kuss. „Das wäre lieb von dir, ich kann mir nichts Schöneres vorstellen."

Am frühen Abend saust Candy zurück zu ihrer Schwester in Kings Point.

***

Am späten Nachmittag sitzt Don Calogero mit seinen Vertrauten im großen Besprechungszimmer. Das Rohopium ist zur Hälfte zu Heroin umgearbeitet worden, ab morgen soll die Abfüllung in die Konservendosen über die Bühne gehen. Seine Kumpane an dem großen Tisch sind Thomas Furbic - seine rechte Hand, und Nick Costa - sein Reisender. Außerdem sind Mister Phelps - der Heroin-Chemiker, sowie Jack Olson und Joey Death bei ihm. Don Calogero und seine Ratgeber rauchen Zigarren aus Havanna, zusammen mit dem Rauch aus den Zigaretten entsteht ein undurchdringlicher Qualm, man kann kaum die Hand vor Augen sehen.

Don Calogero blickt auf die dunkle Zigarre in seiner Hand und muss unwillkürlich grinsen. „Alles Gute kommt aus Havanna!" Er lacht und seine Kollegen stimmen mit ein, dann wird der Boss wieder ernst. „Apropos Havanna, was ist mit den Dosen für das Heroin? Jack, du wolltest das doch in die Hand nehmen?"

Jack Olson, sein Leiter in der Maschinenhalle, nickt dazu. „Das Problem ist, dass die Dosen zu leicht sind. Die steigen in der Maschine, die die Deckel bördelt, immer wieder aus der Führung."

„Hast du eine Lösung für das Problem?"

Jack säße nicht hier, wenn er das nicht könnte. „Ich hätte die Zuführung zu der Maschine ändern können. Das Problem besteht in dem geringen Gewicht, so leichte Konservendosen fallen ohnehin auf, deshalb habe ich mir folgendes einfallen lassen: Wir füllen die Tütchen mit dem Heroin in kleine Dosen. Die wiederum stellen wir in eine normale Konservendose und füllen sie mit unserem Gemüse auf. Dann verschließen wir die große Dose ganz normal. Und schon ist das Problem gelöst und unsere Tarnung ist noch perfekter als vorher." Er strahlt Don Calogero an.

Der ist sichtlich beeindruckt. „Erinnere mich nachher daran, dass ich dir für diese wirklich gute Idee noch eine dicke Sonderzahlung gebe."

Thomas Furbic stellt sein Glas hin. „Die Party am Sonnabendabend ist auch klar, wir werden noch von drei Mitgliedern der Stadt begleitet. Mit Dicki habe ich auch schon gesprochen, die bringt die Girls mit, die das letzte Mal auch dabei waren."

Die Männer grinsen dazu, damit schlagen sie zwei Fliegen mit einer Klappe. Sie können sich auch mit den Mädchen vergnügen und die Herren von der Verwaltung werden später keine dummen Fragen stellen, weil sie selbst dabei waren. Don Calogero nickt dazu und denkt an seinen Fotografen. Guido wird schon dafür sorgen, dass diese Nacht für einige unvergesslich werden wird.

Don Calogero steht auf und öffnet ein Fenster, die Luft im Zimmer ist kaum zu ertragen. Als sein Blick auf den Pier und das Schiff fällt, kommt ihm ein Gedanke. „Sagt mal, da läuft doch die letzten Tage so ein komischer Fotograf herum. Weiß jemand, was der hier will?"

Tommy meldet sich zu Wort. „Mir wurde gesagt, dass er Bilder von der Skyline von Manhattan aufnimmt."

„Hm", Don Calogero kraust die Stirn. „Braucht man so lange dafür? Der Vogel kommt mir seltsam vor. Wir können es nicht riskieren, dass er unsere Gäste morgen Abend zu sehen bekommt, oder schlimmer noch, sie sogar fotografiert. Wer weiß, was er hier sonst noch so treibt." Er wendet sich an Joey Death. „Kümmere du dich um den Mann. Was macht er, was will er und so weiter. Du weißt, was du zu tun hast." Joey Death sagt kein Wort, er nickt mit unbewegtem Gesicht.

Festgenommen

Am darauffolgenden Tag ist das Wetter wieder freundlicher. Ein starker Wind treibt letzte dunkle Wolken vom Atlantik über die Wolkenkratzer, zwischendurch zeigt sich immer häufiger die Sonne. Heute Abend will Mike versuchen, in den Anbau der Konservenfabrik zu gelangen. Er wird bis Feierabend warten, bis niemand mehr im Gebäude ist und es dunkel wird, das sollte etwa um 7:00 Uhr am Abend der Fall sein.

Um acht Uhr geht er mit seiner Taschenlampe und dem Satz Hakenschlüssel zu der Konservenfabrik hinüber, unter seiner Jacke steckt der Revolver. Immer wieder hält er inne und lauscht. Es ist still, kein Mensch ist auf der Straße.

Hinter den Fenstern der Fabrik ist es dunkel. Er legt seinen Kopf an die Tür und horcht, auch von innen dringt kein Geräusch an sein Ohr. Die Eingangstür hat er schnell geöffnet, er tritt leise ein und schließt die Tür wieder. Mike schaltet die Taschenlampe ein und dunkelt den hellen Strahl mit der Hand ab, sodass er gerade noch etwas erkennen kann. Schnell findet er den Weg in den Maschinenraum, er geht leise in das hintere Ende und sucht nach einer Tür in der

Wand. Er findet eine, aber die ist, wie schon die äußere Tür am Anbau, mit einem kräftigen Zylinderschloss versehen.

Hier kommt er leider nicht weiter. Er wird sich erst einmal die Maschinenhalle ansehen. Angeblich werden hier Konservendosen gefüllt, verschlossen und pasteurisiert. Von der Technik versteht er kaum etwas, die Maschinen, die hier stehen, machen auf ihn jedoch einen sinnvollen Eindruck. Am Ende des Fließbandes sieht er ein paar Dosendeckel auf dem Boden liegen. Hier werden die Dosen wohl verschlossen. Oben erblickt er eine Zuführung für die Deckel, darunter rutschen auf einer Rollenbahn die Dosen heran. Er will sich gerade abwenden, da fällt sein Blick auf eine schmutzige Kiste, die hinter der Maschine steht. Es liegen einige verbeulte Dosen darin, das sieht nach Ausschuss aus. Er beugt sich in die Box und holt eine von den verbeulten Dosen heraus.

»Kings Vegetables - Fine Fresh Peas« kann er auf dem Etikett lesen. Aha, junge Erbsen waren dieses Mal dran. Er will die Dose wieder zurücklegen, da fällt sein Blick hinein. Er leuchtet mit der Taschenlampe hinein, es liegt ein kleines, gefaltetes Tütchen darin. Er nimmt es heraus und hält es an seine Nase, es riecht nach nichts. Dann schüttelt er es, es scheint Pulver zu enthalten.

Eine Tüte in einer Konservendose für Gemüse? Das kommt ihm seltsam vor, er steckt sie ein und nimmt sich die anderen Dosen vor. Sie sind alle leer und trocken, er findet aber auch keine Spuren von Gemüseresten.

Mike verlässt die Fabrik genauso unbemerkt, wie er gekommen ist.

Am nächsten Morgen scheint endlich wieder die Sonne. Es ist hell in seinem kleinen Zimmer, was den Zustand auch deutlicher hervortreten lässt. Er sieht sich das Tütchen bei Tageslicht an. Es lässt sich auseinanderfalten, ein weißes Pulver ist darin, es ist etwa ein halber Teelöffel voll. Er riecht wieder daran, es ist nicht ganz geruchlos, er meint eine schwache Ausdünstung von Essig wahrzunehmen. Er faltet das Tütchen sorgfältig zusammen und steckt es in seinen Rucksack. Dann sendet er einen letzten prüfenden Blick zum Pier - das weiße Schiff leuchtet in der morgendlichen Sonne. Er steckt seine Brieftasche und sein Portemonnaie ein und geht in das Corner-Café. Es ist kein Spitzen-Café, es ist aber von allen das nächste.

Nach dem Frühstück raucht er noch eine John Player, setzt seinen Hut auf, verlässt das Café und geht zurück zu seinem Beobachtungsposten. Er bemerkt nicht, dass ihm ein unscheinbarer Mann folgt.

In seinem Zimmer sieht es aus wie immer. Er wirft einen Blick aus dem Fenster. Auf der Anlegestelle ist etwas Bewegung, ein kleiner Lastwagen wird gerade entladen. Mike blickt durch das Fernglas hinüber. Es sind Kisten mit Getränken, Wein, Sekt, oder so, die dort entladen werden, es sieht so aus, als wenn auf der Paradise wieder eine Party steigen soll. Zwei Stunden später ist die Lieferung der Getränke und der Lebensmittel erledigt, es kehrt wieder Ruhe am Pier ein.

Er sieht einen einzelnen Mann die Gangway betreten. Es ist niemand, den er kennt. Er trägt eine braune Ledertasche über der Schulter, die fast so aussieht, wie die, die er von Andrew Jenkins erhalten hat. Das muss der Fotograf Guido Pasetti sein. Das ist sehr interessant!

Spät am Abend halten einige Taxis am Pier. Männer steigen aus, ein anderes Mal trifft ein Taxi mit Frauen ein. Er kennt niemanden, er kann es in der Dämmerung lediglich an der Kleidung ausmachen, ob es ein Mann oder eine Frau ist.

In der Nacht geht es hoch her, das Schiff ist hell erleuchtet, mit dem Fernglas kann er Gäste auf dem Oberdeck erkennen. Die Feier dauert bis weit nach Mitternacht, es ist etwa 2:00 Uhr am Morgen, als die ersten das Schiff verlassen. Wieder sind es Taxis, die die Männer und Frauen abholen. Eine Stunde später ist wieder alles still, die Lichter sind gelöscht und es ist dunkel auf dem Schiff.

Ein einzelner Schatten kommt vom Schiff und verschwindet in der Huron Street. War das der Fotograf? Mike kann ihn leider nicht verfolgen - schade, das hätte aufschlussreich sein können.

***

Früher Sonntagmorgen, es ist beinahe noch Nacht. Im Büro der Konservenfabrik »Kings Vegetables« herrscht große Aufregung. Don Calogero hat seine Leute zusammengerufen und gibt jetzt energisch Befehle. „Das muss jetzt ganz schnell gehen! Ihr schafft jeden Krümel Opium und Heroin fort, den ihr noch finden könnt. Ihr macht alles sauber, ihr fegt und wischt den Boden!" Er wendet sich an den Chemiker. „Phelps, du schaffst alle Chemikalien fort. Die Rührbehälter müssen völlig sauber werden oder du musst sie entfernen. Überprüft auch den Trockenschrank, es darf nirgends etwas zurückbleiben!"

Abe Jefferson fragt. „Was ist eigentlich mit Dicki, war sie letzte Nacht völlig betrunken? Das ist doch sonst nicht ihre Art, sich so gehen zu lassen."

„Dicki ist tot", sagt Don Calogero mit tonloser Stimme.

„Was soll das heißen, tot?"

Jetzt sind seine Kumpane in Aufruhr. „Wir haben gedacht, sie ist nur betrunken!"

„Was denkt ihr, warum ich so einen Aufstand mache!", zischt Don Calogero. „Es dauert nicht mehr lange, dann wird die Polizei kommen. Dann soll es hier keine Spuren mehr geben! Los, beeilt Euch!"

Jack Olson ist auch unter ihnen, er sitzt da, wie gelähmt. Seine Tochter soll tot sein? Sein Liebling ist tot! Die Nachricht dringt nur stockend in sein Bewusstsein ein. Sie war ihm nie gewogen gewesen, aber sie war alles, was er noch hatte. „Warum ist sie denn tot?", fragt er entsetzt.

„Keine Ahnung" sagt der Don unwirsch, „sie ist wohl irgendwie unglücklich gestürzt. Wer weiß das denn jetzt noch? Wir waren doch alle viel zu blau, um uns noch an etwas erinnern zu können."

Jack Olson sitzt wie benommen auf dem Stuhl. Das kann doch nicht sein! Er erhebt sich müde. „Ich muss mal raus, ich bin gleich zurück."

Don Calogero wendet sich an Joey Death, der am Ende des Tisches sitzt. „Hast du etwas über diesen Fotografen herausbekommen?"

Der unscheinbare Mann beugt sich etwas vor, zündet sich eine Zigarette an und beginnt zu erzählen. „Gestern hat er überwiegend Bilder über den East River hinweg gemacht. Ich habe herausbekommen, dass er seit einer Woche einen Raum in dem alten Zementwerk mit Blick auf die Paradise gemietet hat. Das finde ich sehr merkwürdig, vorsichtig ausgedrückt."

Auf der Stirn von Don Calogero befindet sich eine tiefe Falte, die nun noch tiefer geworden ist. „Okay, ich denke, das genügt. Er hat möglicherweise mehr mitbekommen, als wir zulassen können. Du weißt, was du zu tun hast?"

Joey Death nickt. Er steht auf und verlässt unauffällig die Runde.

Es ist noch dunkel. Jack Olson holt sich eine Taschenlampe aus der Werkstatt und geht zur Paradise hinüber. Bald hat er seine Tochter gefunden, sie liegt unter dem Tisch im großen Salon. Entsetzt richtet er seine Lampe auf sie. Der Kopf ist unnatürlich abgeknickt. Sie ist fast nackt, lediglich ihr Oberkörper ist mit einer Bluse bedeckt. Auch die ist teilweise zerrissen, ihr Büstenhalter ist halb heruntergezogen. Sie haben sie hier liegen lassen, wie den restlichen Unrat, der den Boden bedeckt. Tränen rinnen über Jack Olsons zerfurchtes Gesicht. Diese Schweine! denkt er. Sie alle sind schuld, dass seine Tochter jetzt tot ist, alle diese merkwürdigen Kumpane von Don Calogero haben dazu beigetragen. Er hat es schon von Anfang an nicht gewollt, dass sie sich von diesem Gangster hat kaufen lassen. Bei jeder der Partys hat er ein Gefühl der Hilflosigkeit gehabt, und nun haben sich seine düstersten Ahnungen bewahrheitet. Er wirft im Strahl der Taschenlampe noch einen letzten Blick auf seine tote Tochter, dann wendet er sich verzweifelt ab.

In seinem Kopf rumort es. Er muss etwas tun, um den Tod seines Kindes zu rächen, diese Gauner dürfen nicht ungeschoren davonkommen. Er könnte zur Polizei gehen und dabei seine eigene Verhaftung in Kauf nehmen. Den dann folgenden Ablauf kennt er jedoch zur Genüge, es werden ein paar von Don Calogero gekaufte Rechtsverdreher auftauchen und etwas von „Unfall" und „Verfahrensfehlern" faseln, und bald wären alle wieder frei. Der Tod seiner Tochter sieht ohnehin nach einem Unfall aus, und außerdem kann sich wahrscheinlich niemand an Einzelheiten erinnern. Sie sollen alle sterben! Aber wie kann er das erreichen? Ein paar unklare Ideen schwirren durch seinen Kopf. Dem harten Mann laufen erneut Tränen das Gesicht hinunter, als er das Schiff verlässt.

***

Mike schläft unruhig auf dem harten Bett und der schlechten Matratze. Früh wacht er wieder auf, es ist noch dunkel, irgendwo im Osten wird es langsam hell. Er kann nicht mehr schlafen und steht auf. Er blickt zu dem Schiff hinüber, im ersten grauen Morgenlicht sind die Umrisse zu erkennen. Er greift nach dem Fernglas und blickt noch einmal hinüber. Es ist nichts Ungewöhnliches zu erkennen, alles ist ruhig.

Eine Diele knarrt.

Seine Nackenhaare stellen sich auf. Die Diele? Um diese Zeit? Er dreht sich zum Bett, daneben liegt sein Revolver. Er nimmt ihn auf und spitzt die Ohren. Die zweite Diele knarrt! Es nähert sich jemand! Seine Zimmertür ist nur angelehnt, das Schloss funktioniert nicht. Er stellt sich so, dass die sich öffnende Tür ihn verdecken wird und hebt seinen Revolver.

Die Tür bewegt sich langsam. Zuerst sieht Mike im beginnenden Tageslicht den Lauf einer Pistole. Der Unbekannte stößt die Tür auf und schießt, zwei Schüsse gibt er in das Bettzeug ab. Dann springt er in den Raum. Doch Mike ist etwas schneller, er steht jetzt hinter dem Mann und richtet seinen Smith & Wesson auf dessen Rücken. „Waffe fallen lassen und Hände hoch!"

Der Mann hebt seine Hände, jedoch ohne die Waffe abzugeben - plötzlich dreht er sich um. Er lässt sich fallen und gibt einen Schuss auf Mike ab. Der reagiert sofort und schießt ebenfalls. Der Schuss des Fremden hat nur ein Loch in Mikes Ärmel geschossen, ein paar Tropfen Blut sickern aus einer kleinen Wunde. Der Unbekannte liegt am Boden, bewegungslos und mit starrem Blick. Seine Waffe liegt neben ihm, es ist eine kleinkalibrige Pistole mit Schalldämpfer. Der zunehmende Morgen erhellt den Raum. Diesen Mann, der jetzt tot vor ihm am Boden liegt, hat er schon gesehen, er ist einer von den Leuten, die in den Kreis der Personen um den Don Calogero gehören. Was wollte er von ihm? Sind seine Nachforschungen etwa entdeckt worden? Was soll er jetzt mit dem

Toten anfangen? Die Schüsse sind wahrscheinlich nicht gehört worden, weder die des Fremden wegen des Schalldämpfers, noch sein eigener. Hier auf dem Fabrikgelände ist an einem Sonntag um diese Zeit niemand, ebenso wenig in der Nachbarschaft.

Er blickt zu dem Toten hinunter. Sein Plan war, auf das Schiff zu gehen und sich dort umzusehen. Wenn erst die Polizei vor Ort ist, kann er das vergessen. Dem Toten kann niemand mehr helfen, so entschließt er sich, zuerst die Paradise aufzusuchen und anschließend die Polizei zu rufen.

Er steckt sein Einbruchwerkzeug ein und eilt zu dem Schiff hinüber. Die Türen sind offen, sodass er seine Schlosshaken nicht benötigt. Er tritt in den großen Salon. Die Gardinen sind zugezogen, es herrscht Dämmerlicht. Immer wieder sieht er sich vorsichtig um, er scheint jedoch alleine zu sein. Der schöne Raum ist verwüstet, überall liegen Gläser, Erbrochenes und leere Flaschen umher.

Unter dem Tisch liegt jemand!

Es ist eine Frau, sie ist bewegungslos. Ist sie vielleicht nur betrunken? Er bückt sich zu ihr hinunter und sieht sie sich näher an. Die Frau ist Susan Dickinson, ihr Kopf ist seltsam abgeknickt, sie ist nur mit einer Bluse bekleidet, ihr Unterleib ist völlig nackt und sie ist tot. Entsetzt richtet sich Mike auf und stolpert zurück. Jetzt kommt es aber dick, zuerst erschießt er jemanden in Notwehr, danach findet er eine Leiche. Das sind zwei Leichen mehr als sonst, Mike verspürt den Drang, sich zu setzen. In seinem Kopf arbeitet es. Woran ist Susan Dickinson gestorben? War es ein Unfall? Auf den ersten Blick sieht es so aus. Was sollte er jetzt zuerst tun? Die Polizei rufen? Wie könnte er seine Anwesenheit hier auf dem Schiff erklären?

Draußen hört er Schritte von mehreren Personen. Verdammt! Verstecken kann er sich nun nicht mehr. Mike springt auf und blickt sich hektisch um, da fliegt die Tür vom Salon auf und zwei Polizisten, die Waffen hoch erhoben, stürzen herein. „Hände hoch!“

Es klingt irgendwie noch eindeutiger als sein gleicher Ruf eine Stunde zuvor, er hebt die Hände und sieht die Cops an.

„Wer sind Sie?“, ruft einer der Polizisten. Fast gleichzeitig sehen die beiden die Tote unter dem Tisch. Einer von ihnen hebt seine Waffe noch etwas höher. „Was zum Teufel - sind Sie das gewesen?“ Der andere kommt näher und legt ihm Handschellen an, während der erste ihn mit der Waffe bewacht. „Sie setzen sich hin, wir werden jetzt unser Office informieren.“ Die Stimme des Polizisten ist scharf und duldet keinen Widerspruch. Einer bleibt bei ihm, der andere geht zu ihrem Wagen hinaus und kommt nach ein paar Minuten zurück.

„Okay, der Lieutenant ist unterwegs.“

Die beiden Cops blicken sich in dem Raum um. „Was war hier los? Was haben Sie hier angestellt?“

„Ich habe gar nichts angestellt. Ich bin Privatdetektiv und habe Ermittlungen durchgeführt!“

Der eine Polizist, der größere der beiden, lacht. „So eine blöde Ausrede haben wir lange nicht mehr gehört, Ihre Geschichte können Sie gleich unserem Detective erzählen, der hat lange nicht mehr gelacht.“

Keine fünf Minuten später kommt der leitende Beamte des 94. Reviers herein. Er ist ein schmächtiger Mann in mittleren Jahren, mit schwarzen, kurzgeschnittenen Haaren. Hellwache Augen mustern Mike. „Ich heiße Howard Brown, ich bin der leitende Detective des zuständigen Reviers. Wer sind Sie und was machen Sie hier?“ Er sieht Mike aufmerksam an.

Einer der Polizisten, die beide noch im Salon stehen, sagt. „Chef, die Leiche, sie liegt unter dem Tisch!“

„Die habe ich schon gesehen, immer schön der Reihe nach!“

Mike fühlt wieder den scharfen Blick von Lieutenant Brown.

„Ich heiße Michael Callaghan, ich bin Privatdetektiv und bin zufällig wegen einer Ermittlung hier.“

„Das wollen Sie uns doch nicht ernsthaft weismachen?“ Lieutenant Brown lacht laut und wendet sich an die beiden Kollegen von der Schutzpolizei. „Frank, du gehst schon mal zum Wagen und rufst die Jungs vom Labor. Der Gerichtsmediziner soll auch in die Füße kommen. Sie sollen sich beeilen, die Ausrede »Sonntag« lasse ich nicht gelten.“ Er wendet sich wieder an Mike. „So Freundchen, nun lassen Sie mal ihre wahre Geschichte hören!“

„Ich habe hier in der Nähe ein Zimmer, da liegt auch meine Lizenz. Von dort aus habe ich dieses Schiff beobachtet.“ Verdammt, wie kommt er da jetzt heil wieder heraus? Mike fährt fort. „Sie werden in dem Zimmer ein Fernglas und einen Fotoapparat finden!“ Sowie eine weitere Leiche, denkt er noch.

„Und was machen Sie jetzt hier?“, fragt der Detective.

„Das ist doch klar, ich wollte meine Nachforschungen mit einer Besichtigung des Schiffes abschließen.“

„Und bei der Gelegenheit haben Sie gleich das Mädchen umgebracht!“

In dem Moment kommt der Polizist vom Wagen zurück, ihm folgt eine ungewöhnlich hübsche junge Frau, sie wirkt sehr aufgeregt. „Sehen Sie mal, Chef, wen ich hier gefunden habe.“

Es ist Candy. Als sie Mike erkennt, ruft sie laut. „Mike, ist dir was passiert?“

Er schüttelt den Kopf und erwidert mit einem Grinsen im Gesicht: „Das kann man so oder so sehen.“

„Sie kennen den Mann?", fragt Lieutenant Brown und wendet sich an Candy.

„Ja, sicher. Das ist mein Freund Mike Callaghan."

„Aha, wenigstens der Name scheint zu stimmen."

Candy fährt fort. „Er ist wegen einer Ermittlung hier. Ich habe Sie doch gerufen. Glauben Sie, ich würde Sie rufen, wenn er ein Gauner wäre?"

„Das heißt überhaupt nichts. Was glauben Sie, was die Leute sich alles einfallen lassen."

Wieder geht die Tür auf, der Gerichtsmediziner kommt herein. „Hallo Howi, was hast du denn heute für mich?"

„Es freut mich, dich zu sehen, Doc. Die Tote liegt unter dem Tisch. Du weißt ja, was ich von dir will. Todeszeitpunkt, woran ist sie gestorben und wer ist der Täter, möglichst mit Adresse."

„Alles klar, du bekommst es wie gewünscht, in genau der Reihenfolge."

Sie lachen beide über den alten Pathologen-Witz. Der Arzt kriecht unter den Tisch und sieht sich die Leiche an. „Verdammt, so ein hübsches Mädchen!", hört Mike ihn ausrufen.

Ihm ist nicht zum Lachen zumute, er ist jedoch froh, dass Candy bei ihm ist. Der Detective spricht wieder zu ihm, seine Worte sind klar und unmissverständlich. „Sie sind für uns tatverdächtig. Sie wurden am Tatort angetroffen und haben kein Alibi." Er sagt Mike seine Rechte auf, den Spruch, den jeder Jurastudent gleich im ersten Semester lernt.

Der Detective wendet sich an die Polizisten. „Ihr nehmt ihn mit aufs Revier und sperrt ihn ein. Ich komme bald nach und nehme ihn mir dann vor."

Mike dreht sich mit den Händen auf dem Rücken zu Lieutenant Brown. „Lieutenant, ich habe noch etwas Wichtiges zu melden!"

„Was gibt es denn noch?“

„Drüben in einem Raum der Green Street 171 liegt noch ein Toter. Davon wollte ich ihnen noch berichten.“

„Sind Sie wahnsinnig? Wie viele Menschen haben Sie denn noch umgebracht?“ Er winkt den Polizisten, die Mike dann abführen. Candy läuft wie ein aufgeregtes Huhn hinterher.

„Den anderen Toten nehmen wir uns gleich vor. Doc, wie weit bist du? Kannst du gleich noch einen weiteren Toten inspizieren?“

Der Arzt ist gerade fertig, er richtet sich auf. „Wie du willst, wo ich schon mal hier bin. Dauert dann aber länger.“ Er verzieht sein ernstes Gesicht zu einem Grinsen.

Auf dem Pier wird Mike von den Polizisten auf den Rücksitz des Polizeiwagens geschoben.

„Darf ich bitte mitkommen?“, fragt Candy.

Der Polizist sieht seinen Kollegen fragend an.

Candy lächelt sie beide mit einem süßen Lächeln an. „Bitte!“

Wer kann ihr schon widerstehen? „Okay, sie kann wohl nichts anrichten.“

Candy muss vorne einsteigen, der größere Polizist setzt sich nach hinten zu Mike.

„Wie kommt es, dass du und die Polizei gekommen seid?“, will er von seiner Freundin wissen.

Sie druckst etwas herum und fängt an zu erklären. „Ich wollte dich mit einem Frühstück überraschen. Ich bin früh gekommen, da war das Tor zum Werkhof verschlossen. Deshalb bin ich zu Fuß die Huron Street entlang zum Pier gegangen, weil ich annahm, dass du entweder in der Nähe des Schiffes wärst, oder mich aus deinem Fenster sehen würdest.“

„Und - was ist dann passiert?“

„Auf dem Weg zum Schiff kam ein schwarzer Wagen in Richtung Pier an mir vorbei gesaust und drei Männer sprangen heraus. Da habe ich eine Heidenangst um dich bekommen und bin zum nächsten Telefon gelaufen.“ Candy sieht ihn mit weit aufgerissenen Augen an. „Ich habe mir große Sorgen um dich gemacht!“

Mike lächelt und antwortet. „Das war goldrichtig, dass du die Polizei gerufen hast. Wenn ich an deren Stelle wäre, hätte ich mich auch festgenommen. Das wird sich heute ganz sicher aufklären. Wie ging es weiter?“

„Ich habe gerade den Hörer aufgelegt, da kam mir das schwarze Auto wieder entgegen. Ich habe dich nicht drinnen sitzen gesehen und bin deshalb weiter zum Schiff gegangen. Ich erreichte es gerade, da kam auch schon der Polizeiwagen, den Rest kennst du ja.“

Im Revier werden Mike die Handschellen abgenommen und er wird in eine Zelle gesteckt. „Sie bleiben hier, bis der Lieutenant zurückkommt“, brummt der Polizist und geht fort.

Candy steht vorm Gitter und gibt ihm einen Kuss zwischen den Gitterstäben hindurch. „Kann ich etwas für dich tun?“, fragt sie.

„Du könntest Patrick Mulligan von der New York Post informieren, das ist jetzt genau der richtige Zeitpunkt für einen Artikel von ihm. Ich habe viele Informationen, die ich ihm jetzt geben kann.“

Candy strahlt und freut sich, dass sie ihm helfen kann. „Ich rufe ihn sofort an.“

Sie läuft hinaus und lässt Mike zurück. In ihrem Kopf arbeitet es. Endlich kann sie ihm zeigen, dass sie mehr kann, als

Geld auszugeben und gut auszusehen. Er braucht sie jetzt, und sie kann ihm helfen!

Detective Lieutenant Brown kommt auf das Revier. Mike wird aus der Zelle geholt und in dessen Büro geführt, der Lieutenant sieht ihn eine Weile nachdenklich an. „Wir haben auch die zweite Leiche gefunden, nun erzählen Sie mal, was ist da abgelaufen?"

Mike berichtet haarklein von dem Versuch des Fremden, ihn umzubringen und seiner Reaktion darauf. Detective Brown nickt dazu, dann sagt er. „Ihre Version scheint zu stimmen. Wir haben drei Kugeln aus einer .22er gefunden, zwei hinter dem Bett und eine in der Wand daneben. Der Tote hat nur eine Kugel aus einer .38er in der Brust, das stimmt mit ihrer Erklärung überein. Haben Sie noch etwas zu ergänzen?"

Mike überlegt, es gibt noch zwei wichtige Beweise, die der Lieutenant kennen sollte. „Haben Sie die Kamera und meinen Rucksack gefunden? Mit der Kamera habe ich gestern jeden fotografiert, der das Schiff betreten hat. Und im Rucksack habe ich eine kleine Tüte, die ich in der Konservenfabrik »Kings Vegetables« gefunden habe. Ich verstehe nicht viel davon, aber ich glaube, es handelt sich um Rauschgift."

Lieutenant Brown springt auf. „Was, das sagen Sie mir erst jetzt?"

„Ich bin ja vorher nicht zu Wort gekommen!"

Der Lieutenant ruft einen der Polizisten zu sich. „Holen Sie mir den Rucksack, und bringen Sie die Kamera zu Arthur, der soll so schnell wie möglich den Film entwickeln!" Er setzt sich wieder und sieht Mike etwas freundlicher an. „Bisher stimmt ihre Geschichte. Der Tod des Mädchens ist zwischen Mitternacht und 2:00 Uhr morgens eingetreten, wie sieht es mit ihrem Alibi aus?"

Mike zuckt mit den Schultern. „Ich fürchte, ich habe keines, um die Zeit habe ich geschlafen."

An der Tür zum Büro klopft es, Candy steht vor der Tür und ist durch die Glasscheibe zu sehen. Lieutenant Brown ruft sie herein. „Kommen Sie, Miss, Sie können mir Ihre Variante der Geschichte auch gleich erzählen." Er bietet ihr einen Stuhl an und lässt kurz seinen Blick auf ihr verweilen, dann wendet er sich wieder an Mike. „Wie war das mit dem Alibi, wo waren Sie letzte Nacht zwischen 0:00 und 2:00 Uhr?"

„Ich fürchte, ich habe kein Alibi für die Zeit."

Candy meldet sich, sie hebt ihre Hand und sagt. „Mister Callaghan ist bei mir gewesen!"

Die beiden Männer sehen sie gleichermaßen überrascht an.

„Bei Ihnen?", fragt der Detective.

„Ja, wir waren die ganze Nacht zusammen, ich habe Mike dann heute Morgen um sechs Uhr hierhergebracht."

„Wissen Sie, dass ihr Freund um halb sieben hier einen Mann erschossen hat? Dafür wollen Sie ihm doch nicht auch noch ein Alibi geben?"

Candy sieht Mike wieder erschrocken an. Sie bemerkt das Blut an seinem Ärmel. „Mein armer Mike, du blutest ja!"

„Das ist nur ein Streifschuss", sagt Mike und grinst sie an.

„Ob er so arm ist, wie Sie vermuten, muss sich noch herausstellen!", wendet der Lieutenant mit einem Lächeln ein.

Mike ist gerührt, dass sie ihm helfen will. Aber das mit dem Alibi ist keine gute Idee, das ist eine Falschaussage, damit macht sie sich strafbar, das könnte später ein Problem ergeben. „Candy, überleg dir das mit dem Alibi für mich. So gerne ich bei dir gewesen wäre, aber das geht doch etwas zu weit."

Die Augen des Lieutenants blicken zwischen den beiden hin und her. „Können Sie sich vielleicht einigen, das ist jetzt wichtig!"

Candy nickt und wiederholt mit fester Stimme. „Es macht mir nichts aus, zuzugeben, dass wir beide ein Verhältnis haben. Mister Callaghan war bei mir, von gestern Nachmittag bis zu dem Zeitpunkt, an dem ich ihn heute Morgen an der Green Street abgesetzt habe, das war kurz nach sechs. Mein Freund will es nicht zugeben, um Gerede über mich zu vermeiden."

Lieutenant Callaghan sieht erst Candy und dann Mike an und grinst. „So ein wunderschönes Alibi hätte ich auch gerne." Er wird wieder ernst und sagt. „Damit kommen Sie als Täter für den Tod der Frau nicht in Frage, es sieht ohnehin mehr nach einem Unglücksfall aus, obwohl das Umfeld eine Menge Fragen aufwirft. Den Toten auf ihrem Zimmer haben wir als Joey Dellwood identifiziert. Der ist für uns kein Unbekannter, auf dessen Konto gehen mehrere Morde, seit seiner Entlassung aus dem Gefängnis vor drei Jahren ist er allerdings nicht mehr auffällig geworden. Es sieht demnach so aus, als wenn ihre Geschichte stimmt. Die Einschusslöcher und die Tatsache, dass er durch Ihren einzigen Schuss ums Leben gekommen ist, unterstützt Ihre Notwehr-Theorie. Wir werden noch das Tütchen untersuchen und ihre Aufnahmen begutachten, dann werden wir Sie wieder frei lassen."

„Jaaaa!", Candy springt auf und gibt Mike einen Kuss. „Dann gehörst du wieder mir!"

Lieutenant Brown schüttelt lächelnd den Kopf und lässt Mike wieder in die Zelle führen. Candy läuft hinterher, vor der Zelle flüstert Mike ihr zu. „Das Alibi war doch gelogen, damit machst du dich strafbar."

Candy gibt ihm einen Kuss und flüstert ebenfalls. „Das stimmt nur teilweise, wir werden das mit dem Verhältnis heute Nacht richtigstellen.“

Mike bleibt für einen Moment die Luft weg. Nicht, dass er sich nicht gewünscht hätte, dass es irgendwann dazu kommt. Er strahlt seine Süße an, die ihm einen Kuss nach dem anderen aufdrückt. Candice Evans meint es offenbar ehrlich mit ihm.

Der Reporter der New York Post kommt in das Polizeirevier und meldet sich bei Lieutenant Brown. „Sie haben vorhin einen Schwerverbrecher festgenommen?“ Er reicht dem Officer lächelnd die Hand. „Gestatten Sie, ich bin Patrick Mulligan von der New York Post.“

„Du meine Güte, die Presse! Woher wissen Sie denn schon Bescheid, wir haben doch noch gar nichts bekanntgegeben.“

Der Reporter lächelt. „Deshalb sind wir Ihnen eben immer einen Schritt voraus. Kann ich mit Ihrem Delinquenten sprechen?“

„Machen Sie das. Wir werden Mister Callaghan bald wieder entlassen. Die eigentlichen Verbrecher sind noch nicht gefasst, es sieht jedoch so aus, als wenn wir durch die Arbeit des Privatdetektivs wesentliche Hinweise erhalten haben, obwohl wir das ungern zugeben.“

Patrick Mulligan kommt zu der Zelle, in die Mike eingeschlossen ist, Candy sitzt auf einem Hocker davor und hält ihm die Hand.

„Das ist aber ein hübsches Bild. Hallo Candice!“ Er macht eine Pause und blickt zu Mike. „Schwerverbrecher begrüße ich eigentlich nicht!“ Er lacht und gibt Mike die Hand. „Ich verspreche dir, dass ich einen mitreißenden Bericht über dich in der Todeszelle schreiben werde!“

Candy sieht ihn entsetzt an. „Mit sowas macht man keine Späße, Patrick!“

Der zieht sich einen Stuhl heran und holt einen Stift und einen Block aus seiner Jacke. „Nun lass mal hören, Candice hat mich schon sehr neugierig gemacht. Ich habe extra einen dicken Block und reichlich Zeit mitgebracht.

Mike Callaghan beginnt zu erzählen, es wird eine lange Geschichte. Patrick und Candy hängen an seinen Lippen.

„Lieutenant Brown sollte bald die Bilder aus Andrews Kamera bekommen, sowie das Ergebnis für das weiße Pulver, das ich in der Konservenfabrik gefunden habe. „

Patrick schreibt, so schnell er kann. „Das ist alles sehr aufschlussreich. Hast du Namen der Gäste, oder weißt du, wer die Gangster sind?“

„Nein, keine Ahnung. Vielleicht rückt der Lieutenant damit heraus, sobald er meine Fotos gesehen hat.

Eine heiße Nacht

Mike sitzt noch ein. Patrick ist mit seinen Notizen in Richtung Manhattan verschwunden, von Lieutenant Brown hat er zu seinem Bedauern nicht mehr viel erfahren.

„Tut mir leid, Mister Mulligan“, hat dieser erklärt. „Beim jetzigen Stand der Ermittlungen kann ich keine Informationen preisgeben. Nur so viel: Es sind mafiöse Kreise, in die ihr Freund geraten ist.“

Candy wartet bei Mike vor der Zelle, sie sitzt auf einem harten Hocker vor den Gitterstäben und lässt ihn keinen Moment aus den Augen.

Lieutenant Brown kommt in den Zellentrakt und wendet sich an Mike. „Ich werde Sie jetzt erlösen. Kommen Sie mit

in mein Büro, dort müssen Sie mir für ihre persönlichen
Dinge quittieren."

Im Büro erhält Mike seinen Rucksack und die Kamera zurück. „Den Film werden wir behalten. Ihre Waffe bekommen
Sie zurück, sobald die ballistische Untersuchung abgeschlossen ist. Halten Sie sich zu unserer Verfügung, Sie müssen damit rechnen, dass wir Sie in den nächsten Tagen noch benötigen, damit wir die Fotos mit Ihren Beobachtungen und Aufzeichnungen abgleichen können." Er macht eine bedeutungsvolle Pause und ergänzt. „Wir mögen es nicht so gerne, wenn
Privatdetektive unsere Arbeit machen, stimmen Sie in Zukunft Ihre Tätigkeiten mit uns ab." Er fügt hinzu. „Wo kann
ich Sie erreichen?"

„Er wird bei mir sein, in Manhattan", meldet sich Candy
und greift nach Mikes Hand, dann gibt sie die Adresse ihrer
Wohnung an.

„Aha, Upper West Side! Das ist ja eine ganz edle Adresse,
haben Sie dort etwa eine Penthouse-Wohnung?"

Candy antwortet nicht darauf, sondern verschwindet mit
Mike schnell aus dem Büro und aus dem Polizeirevier.

„Warum hast du es denn so eilig", fragt er.

Candy sieht ihn mit strahlenden Augen an und flüstert
ihm ins Ohr. „Hast du das vergessen? Je schneller wir uns um
unser Verhältnis kümmern, desto wahrer ist meine Aussage!
Meineid ist strafbar, sonst muss ich noch ins Gefängnis. „

Candy kann ihm jetzt gar nicht schnell genug fahren, mit
dröhnender Maschine jagt sie über die Straßen und ist in einer neuen Rekordzeit in der Garage am Central Park West.
Im Fahrstuhl, auf dem Weg nach oben, genießt Mike die
Küsse und die warmen Umarmungen seiner Freundin.

„Du glaubst nicht, wie froh ich bin, dich wieder bei mir
zu haben!", sagt sie und wieder gibt es einen Kuss für Mike,
dem ihre Nähe immer besser gefällt.

In ihrer Wohnung schickt sie ihn zuerst ins Badezimmer. „Sieh zu, dass du diesen seltsamen Geruch entfernst. Den hast du bestimmt aus deinem schmutzigen Beobachtungsraum mitgenommen. Ich werde mich derweil für dich fein machen.
"

Als Mike frisch gebadet aus dem Badezimmer kommt, liegt Candy splitterfasernackt auf dem Bett. Sie streckt ihm ihre Arme entgegen. Was für ein Anblick! Ihre blonden Haare sind auf dem Bett wie Sonnenstrahlen um ihren Kopf verteilt. Ihr runder Busen und ihre langen Beine laden seine Augen zum Staunen ein.

Sie merken nicht, dass es draußen allmählich dunkel wird. Erst spät am Abend kommen sie aus dem Schlafzimmer heraus, um etwas zu essen. Anschließend lehnen sie, nur mit Bademantel bekleidet, an der Brüstung der Dachterrasse und genießen den schönen Spätsommerabend. In Manhattan scheint jedes Fenster erleuchtet zu sein, im Central Park malen die Lampen Lichtbänder auf die Wege.

„Was habe ich nur gemacht, bevor ich dich kannte?", fragt Candy.

„Du nimmst mir das Wort aus dem Mund", antwortet Mike und gibt ihr einen Kuss.

Der nächste Tag ist ein Montag. Candy und Mike kommen spät aus dem Bett und beginnen den schönen Tag mit einem ausgiebigen Frühstück. Mike bereitet Rührei mit Schinken in der luxuriösen Küche, Candy ist zum Bäcker in der Columbus Avenue gegangen, um frische Croissants zu besorgen. Sie kommt mit einer Tüte des Bäckers und einer Zeitung zurück und legt beides freudestrahlend auf den Tisch. „Sieh mal, Mike, du stehst in der Zeitung!"

Er nimmt sie in die Hand und schlägt sie auf. Tatsächlich! Gleich unten auf der ersten Seite ist ein Artikel. In großen

Buchstaben steht darüber: »Tod im Paradies!« Candy schnappt sich die Zeitung aus seiner Hand und liest den Bericht laut vor. Für Mike ist nichts Neues dabei, von ihm ist schließlich die Information gekommen. Man hat auf einer Luxusyacht mit dem Namen Paradise ein nacktes Mädchen tot aufgefunden, der Tod wird als Unglück während einer wilden Feier auf dem Schiff vermutet.

„Sieh mal, hier steht etwas von dir! »Der Privatdetektiv Mike Callaghan lieferte die entscheidenden Hinweise«. Ist das nicht toll?"

„Auf der einen Seite ist Reklame immer gut, andererseits will ich nicht so bekannt werden wie ein bunter Hund. Ich kann es nicht brauchen, dass mich jeder kennt - außerdem ist der Fall noch lange nicht gelöst. Ich hoffe, dass Lieutenant Brown die Hintermänner verhaften kann, ich habe aber Bedenken, ob ihm das gelingt."

„Es ist doch alles gut gelaufen, oder?"

„Wir wissen weder, wie das Mädchen ums Leben gekommen ist, noch wer der Auftraggeber der Erpressung deines Schwagers ist. Woher das Rauschgift kommt, ist ebenfalls unklar. Ich habe zwar einen Verdacht, den kann ich nicht beweisen. Ich fürchte, dass beides nicht geklärt werden wird."

„Und dann kommen wir wieder ins Geschäft, oder?"

Mike muss wieder über ihren Eifer lächeln. „Warum glaubst du, dass wir das als kleine Detektive besser können, als die Polizei mit ihren umfangreichen Möglichkeiten?"

„Weil du der bessere Ermittler bist!" Sie beugt sich vor und gibt ihm einen Kuss auf die Nase.

Mike lächelt sie verliebt an. „Meinst du wirklich? Auf jeden Fall sind wir ein gutes Team und müssen uns nicht penibel an die Buchstaben des Gesetzes halten."

Candy strahlt, sie steht auf, setzt sich auf seinen Schoß und legt die Arme um ihn. „Das freut mich, dass du das sagst. Heißt das, dass wir weiter zusammenarbeiten werden?"

Mike nickt und antwortet. „Das will ich doch hoffen. Das einzige Problem ist meine Sorge, dass dir dabei etwas zustoßen könnte, damit könnte ich nicht leben." Das ist das Schlimmste, was er sich jetzt vorstellen kann. Er genießt ihren weichen und warmen Körper in seinen Armen.

„Mir passiert schon nichts. Meistens bist du ja dabei."

Der Fall ist nicht gelöst - Mike kommt ins Grübeln, es ist noch niemand verhaftet worden. Jetzt ist es die Aufgabe der Polizei, die Verbrecher zu überführen, ob ihr das gelingen wird? Der Auftraggeber für die Erpressung von Candys Schwager ist nicht ermittelt und schon gar nicht gefasst. Wahrscheinlich hat Don Calogero seine Finger darin, das muss aber erst bewiesen werden, sonst lacht er den Staatsanwalt vor Gericht aus. Alles hängt jetzt an den Fotos, die Mike gemacht hat, und die Aussage des Fotografen, der die belastenden Fotos geschossen hat.

Das geplante Treffen des Mädchens mit Ernest kann aus verständlichen Gründen nicht mehr stattfinden. Mike kann sich nicht vorstellen, dass die Erpressung ihren geplanten Gang nehmen wird, so dumm ist Calogero nicht. Der Tod des Mädchens hat alles vermasselt, obschon dieser wohl nicht mit Absicht herbeigeführt worden ist.

Er kann nur hoffen, dass der vermutete Rauschgifthandel ausreichend beweisbar ist. Das Einzige, was sie bisher in der Hand haben, ist die kleine Tüte mit dem weißen Pulver. Er beschließt, sich mit Lieutenant Brown in Verbindung zu setzen, vielleicht weiß man dort inzwischen etwas mehr.

Er greift zum Telefon und ruft im 94. Polizeirevier an. Er hat Glück, Lieutenant Brown ist in seinem Büro. „Hallo, Howard! Wie geht es? Haben Sie inzwischen etwas herausfinden können?"

„Hallo Mike, bis jetzt ist es nicht viel. Wir sind dabei, die Personen auf Ihren Fotos zu identifizieren und zu befragen. Ich denke, dass wir morgen damit durch sind und werde mich bei Ihnen melden, damit wir deren Aussagen mit Ihren Beobachtungen abgleichen können. Ach ja, da fällt mir noch etwas ein. Die Fingerabdrücke an Ihrer Waffe stammen nur von Ihnen und die Fingerabdrücke an der .22er sind nur von Joey Dellwood, damit können wir die Notwehr bestätigen."

„Da fällt mir ein Stein vom Herzen! Gibt es etwas Neues zu dem weißen Pulver in dem Tütchen?"

„Ja, da sind wir ebenfalls weitergekommen. Es ist Heroin, die Jungs vom Labor sagen, dass sie so einen guten Stoff noch nie in den Fingern gehabt haben. Wir haben die Konservenfabrik und den Anbau untersucht, aber wir haben nichts gefunden, kein bisschen. Es steht dort merkwürdiger Krempel herum, mit dem man, wenigstens zum Teil, Heroin herstellen könnte, aber das reicht nicht für eine Festnahme."

„Trotz meines Heroin-Fundes?"

„Ja, trotzdem. Es ist nur ein einziges Tütchen, das ist zu wenig, um einen gewerbsmäßigen Rauschgifthandel beweisen zu können. Man wird sagen, dass man nicht wüsste, wie der Stoff in die Fabrik gekommen ist."

„Ach, verdammt." Diese Ergebnisse hat Mike beinahe erwartet. Er hat das Gefühl, als wenn er sich doch noch selbst dahinter klemmen muss. Das ist auch in seinem eigenen Interesse, den Mordanschlag auf sich hat er nicht vergessen. Wird es einen weiteren geben? Besser, er kommt dem zuvor.

Sein nächster Anruf gilt dem Fotografen, Guido Pasetti. Dem wird er jetzt auf den Zahn fühlen. Er meldet sich nach dem dritten Klingelzeichen. „Guten Tag! Ich bin Guido Pasetti, Fotoreporter und Fotograf für alle Gelegenheiten."

„Guten Tag! Mein Name ist Jeff Miller. Ich möchte von meiner Freundin professionelle Aufnahmen anfertigen lassen. Sie sind mir dafür empfohlen worden."

„Ja, da sind Sie bei mir genau richtig."

„Haben Sie Zeit? Ich würde Sie gerne aufsuchen, um die Details zu besprechen."

„Das passt mir heute. Ich bin im Moment in der Dunkelkammer beschäftigt, aber wenn Sie in zwei Stunden kommen könnten, dann habe ich für Sie Zeit."

Mike erzählt Candy von seinem geplanten Besuch bei dem Fotografen.

„Soll ich mitkommen? Das würde mir gefallen."

Mike überlegt einen Moment, aber er schüttelt den Kopf. „Nein, du bleibst besser hier. Ich vermute, dass ich den Mann unter Druck setzen muss. Ich möchte nicht, dass du mir dabei zusiehst."

Candy lächelt ihn spitzbübisch an. „Du meinst, ich soll nicht die Abgründe des Mike Callaghan kennenlernen?"

Er lächelt zurück und nimmt sie in den Arm. „Das ist nur Show, glaub' es mir, in manchen Fällen geht es aber nicht anders."

Ziemlich genau zwei Stunden später, steht er vor der Wohnung von Guido Pasetti. Er hat seine .45er Pistole dabei, die jetzt in ihrem Holster unter der Jacke versteckt ist. Sein Revolver befindet sich noch auf dem 94. Revier zur Untersuchung.

Die Tür wird geöffnet und ein unscheinbarer Mann lässt Mike herein. Guido Pasetti ist schmächtig und einen halben

Kopf kleiner als Mike. Er hat volles, schwarzes Haar, dass schon lange keinen Kamm mehr gesehen hat. Unsicher blickt er zu Mike hoch.

„Ich bin Jeff Miller, wir haben heute Morgen miteinander telefoniert.“

„Ach ja, ich erinnere mich. Kommen Sie herein.“

Mike folgt ihm in die Wohnung, Guido Pasetti beginnt zu erklären. „Sehen Sie, Mister Miller, ich habe hier auf einem Stativ eine großformatige Studiokamera, außerdem verfüge ich über mehrere Lampen zum Erzeugen verschiedener Lichtsituationen. Wenn Sie mögen, kann ich Ihnen einige Beispiele von meinen letzten Aufträgen zeigen.“

Mike heuchelt Interesse. Mister Pasetti führt Mike in das Arbeitszimmer, in dem er bereits mit Candy gewesen ist.

Guido Pasetti nimmt eine große Mappe aus einem Schrank und schlägt sie auf. Es sind viele Bilder von Mädchen und Frauen darin, zum Teil wenig oder gar nicht bekleidet. Jetzt wird es Zeit, dass Mike auf den eigentlichen Grund seines Besuches kommt. „Mister Pasetti, Schluss mit der Komödie, ich bin aus einem anderen Grund hier!“ Mike hat seine Stimme erhoben, der Fotograf sieht ihn erstaunt an. „Don Calogero schickt mich.“ Mike öffnet die Knöpfe seiner Jacke, gefährlich schimmert der Griff seiner Pistole im Schatten. Er steht auf und stellt sich neben Mr. Pasetti, der etwas eingeschüchtert zu seinem vermeintlichen Kunden aufsieht.

„Wissen Sie, dass Susan Dickinson tot ist?“

„Um Gottes willen, nein, das habe ich nicht gewusst!“

Der Fotograf ist jetzt ehrlich erschrocken. Mit einer Mischung aus Furcht und Überraschung sieht er Mike an. Der könnte wetten, dass Pasetti der Mann gewesen ist, der das Schiff kurz vor der Party unauffällig betreten und es nach

Mitternacht wieder verlassen hat, beschwören kann er es jedoch nicht. Falls er recht hat, könnte er jetzt vielleicht ein paar Hinweise von dem Mann bekommen.

„Ich bin von Don Calogero geschickt worden, um alle Bilder, auf denen Susan Dickinson zu sehen ist, verschwinden zu lassen. Notfalls mit Gewalt!"

Guido Pasetti ist blass geworden. Nervös geht er an den Schrank und holt aus einem unteren Fach einen Ordner heraus. Er blättert darin herum und nimmt ein Bild nach dem anderen heraus. Es sind ungefähr zwanzig verschiedene Bilder mit Susan Dickinson und Ernest Millburgh. Andere Fotos zeigen offensichtlich die angeheuerten Callgirls mit verschiedenen Männern, einige davon stammen aus dem Umfeld von Don Calogero.

„Welche Aufnahmen sind von vergangener Sonnabendnacht?"

Guido Pasetti dreht die Bilder um, er hat auf der Rückseite mit einem Bleistift das Datum notiert und sortiert jetzt einige aus.

„Das sieht brauchbar aus. Zeigen Sie mir alle Aufnahmen, die Sie in der Nacht geschossen haben." Mike dreht die Fotografien um und sieht sie prüfend an. Auf zweien davon ist je ein Mann zu sehen, der zu der Gruppe um Don Calogero gehört. Einmal ist es der Boss selbst, das pockennarbige Gesicht ist unverkennbar. Mike sieht auf dem Bild, dass er gerade Susan Dickinson eine Faust ins Gesicht schlägt. „Donnerwetter!", entfährt es ihm. „Das ist ja hochinteressant!"

„Ja, das war in der Nacht von Sonnabend auf Sonntag", stammelt Guido Pasetti ängstlich.

Mike fallen sofort verschiedene Szenarien ein, er scheint der Lösung des Falles ganz nahe zu sein. Er fasst den Fotografen am Kragen und sieht ihm fest in die Augen. „Rede, Mann! Was ist da passiert?"

Pasetti windet sich, doch Mikes Drohgebärde zeigt Wirkung. Mit leiser und stockender Stimme berichtet er von den Vorgängen des letzten Sonntags. „Die meiste Zeit habe ich gelangweilt in der Kammer gesessen und auf ein paar gute Szenen gewartet. Immer mal wieder war ein Paar in der Kabine, 'ne junge Frau und ein Mann. Einmal war es auch ein Mann mit zwei Frauen." Seine schmalen Lippen verziehen sich genüsslich, dann berichtet er weiter. „Irgendwann kam niemand mehr, und ich nahm an, die Nacht wäre gelaufen. Ich packte meine Kamera ein, verließ die Kabine und sagte Don Calogero, dass ich fertig sei. Ich war kaum an der Gangway, da fiel mir ein, dass ich noch einen Film in dem Raum zurückgelassen hatte. Ich kehrte also um und suchte nach der Filmdose, sie war hinuntergefallen und lag auf dem Boden. Ich richtete mich wieder auf, da sah ich, wie Mister Furbic mit dieser Susan Dickinson hereingekommen war. Die junge Frau sträubte sich und versuchte sich loszureißen. Sie bekam ein paar saftige Ohrfeigen, am Schluss hat sie nachgegeben. Ich dachte so bei mir, dass es sich doch noch lohnen könnte zu bleiben, und packte meine Kamera wieder aus" Er macht eine Pause und versucht sich an die weiteren Ereignisse zu erinnern. „Die Tür ging auf und Don Calogero kam herein. Er riss Mister Furbic von dem Mädchen herunter und schrie ihn an, er solle verschwinden. Der zog sich an und verließ den Raum, Don Calogero brüllte währenddessen das Mädchen an."

„Konnten Sie ihn verstehen?"

„Ja, es war laut genug, er nannte sie Hure und Schlampe. Das Mädchen ist aufgestanden und wollte ihm wohl zu Besänftigung einen Kuss geben, da hat er sie mit der Faust ins Gesicht geschlagen. Das ist der Moment, in dem dieses Bild entstanden ist." Er zeigt mit dem Finger auf das Bild vor ihm auf dem Schreibtisch.

„Und dann? Wie ging es weiter? "Mike hat den Eindruck, als wenn er gleich etwas Entscheidendes zu hören bekommt.

„Dann war nicht mehr viel. Das Mädchen beugte sich nach vorne und schrie ihrerseits Don Calogero an, er hätte sie doch zum Abschuss freigegeben, sonst wäre sie ja nicht in dieser Lage gewesen. Der Don wollte nichts davon hören, legte blitzschnell einen Arm um ihren Hals und machte eine schnelle Bewegung. Sie sackte auf der Stelle zusammen, ich nahm an, sie sei bewusstlos geworden. Von Ihnen höre ich jetzt, dass sie tot ist."

„Ist noch mehr passiert?"

„Don Calogero zog das Mädchen an den Armen aus dem Zimmer. Das war alles, was ich sehen konnte, ich blieb noch ein paar Minuten und hab dann gesehen, dass ich vom Schiff kam."

So ist das also gewesen. Susan Dickinson war von Don Calogero im Affekt getötet worden, und er hat sogar einen Augenzeugen dafür. Nur - würde er auch vor der Polizei aussagen? „Sie wissen, dass Sie damit ein wichtiger Zeuge sind? Ein Mordzeuge?"

Mister Pasetti hebt entsetzt die Arme. „Lassen Sie mich damit in Ruhe, der Mann ist zu gefährlich! Der kann mich noch aus dem Gefängnis heraus kalt machen lassen."

Mike lacht kurz auf. „Was glauben Sie, wie gefährlich *ich* werden kann, und ich bin *nicht* im Gefängnis!" Er blickt den Fotografen an, der zusammengesunken vor ihm sitzt. „Ich mache Ihnen einen Vorschlag: Wenn Sie Ihre Aussage zu Protokoll geben, dann sehen wir von einer Anzeige wegen Beihilfe zur Erpressung ab!"

Der Fotograf blickt ihn erstaunt an. „Sie kommen gar nicht von Don Calogero!"

„Nein, zu Ihrem Glück. Ich werde Sie bei der Polizei als Zeugen angeben, dann werden meine Auftraggeber von einer Strafverfolgung absehen. Ist das ein Deal?"

Pasetti zögert, er erkennt, dass er keine Wahl hat. Mit gesenktem Kopf sagt er kaum hörbar. „Okay" und nickt mit gequältem Gesicht. Mike sammelt alle Bilder ein, dann sieht er den Fotografen an. „Die Negative brauche ich natürlich auch!"

„Okay, okay!" Pasetti hat aufgegeben. Er geht mit gesenktem Kopf in die Dunkelkammer und sucht aus den Archiven drei Negativstreifen heraus. Mike wirft einen Blick darauf, es sind alle drei Filme von Kodak in ASA 320, das scheinen wohl die richtigen zu sein. Mike nickt, steckt seine Beute in die Tasche seiner Jacke, dann verabschiedet er sich. „Goodbye, Sie hören in den nächsten Tagen entweder von mir oder von der Polizei."

Eine halbe Stunde später ist Mike wieder in Candys Wohnung. „Sieh mal, was ich hier habe!", sagt er und legt die Bilder auf den Tisch.

„Das ist ja Ernest!", ruft Candy aus, aber Mike hat die Bilder schon wieder eingesammelt. „Das genügt, was sollst du von deinem Schwager denken?" Freudestrahlend fügt er hinzu. „Da kannst du sehen, wie erfolgreich ich gewesen bin."

„Allerdings, ich bin beeindruckt!"

„Die wirkliche Sensation ist die: Ich habe erfahren, dass der Gangsterboss persönlich Susan Dickinson umgebracht hat."

Candy reißt die Augen auf. „Mensch, Mike, du bist wirklich der Größte!"

„Na ja, es war eigentlich mehr Zufall." Er erzählt ihr, wie das Treffen mit Pasetti abgelaufen ist. „Ich werde morgen Vormittag bei Lieutenant Brown anrufen und ihm von dem

Zeugen berichten. Der wird staunen! So, und nun werde ich zu meinen Freunden zum Pokern fahren, denen habe ich jetzt allerlei zu erzählen."

„Darf ich nicht mitkommen?", fragt Candy und blickt ihn fragend an.

„In den Grey Dog? Nein, das ist eine reine Männersache. Aber wenn du Lust hast, kannst du mich später abholen."

„Oh ja! Ich werde da sein, ich freue mich schon darauf!"

Mike zieht seine Jacke an und setzt den Hut auf, er verabschiedet sich mit einem Kuss.

Er kommt als letzter der drei Freunde im Grey Dog an. Eddie und Willy sitzen am Tisch und unterhalten sich.

„Ja, wer kommt denn da? Der verlorene Sohn!", ruft ihm Willy zu.

„Tut mir leid, Jungs, dass ich das letzte Mal nicht dabei sein konnte." Mike setzt sich zu ihnen, Eddie zapft ein Bier für seinen Freund. Währenddessen steckt sich Mike eine Players ins Gesicht.

Eddie kommt mit dem Glas zurück und sagt. „Du hast doch sicher etwas zu erzählen, es muss allerhand passiert sein, wenn du sogar unser Pokerspiel ausfallen lässt!"

Und Mike erzählt lange, ausführlich berichtet er von seinen Beobachtungen von der Paradise, von dem Mann, den er erschossen hat und von dem toten Mädchen. Den kurzen Gewahrsam bei der Polizei lässt er auch nicht aus und ganz zuletzt kommt als Knüller der Bericht des Augenzeugen von dem Totschlag. Seine Freunde kommen aus dem Staunen nicht heraus, die Karten werden nicht angerührt, so viel gibt es zu erzählen und zu fragen.

„Du hättest uns auch gerne um Hilfe bitten können", sagt Eddie ein bisschen gekränkt. Willy nickt dazu und ergänzt. „Das nächste Mal möchten wir gefragt werden!"

„Meine Freundin Candy hat mit viel geholfen“, erklärt Mike.

„Candy?“, rufen beide Freunde und reißen die Augen auf.

Eddie schüttelt den Kopf. „Kaum lässt man ihn ein paar Tage alleine, krempelt er sein ganzes Leben um.“ Er klopft ihm auf die Schulter. „Die Glücksgöttin hat sich dir endlich zugewandt, du hast es verdient!“ Er greift nach den Karten und sagt. „Jetzt spielen wir noch schnell eine Runde, dann muss ich mich um die Gäste kümmern.“

Die Runde ist nicht ganz zu Ende, da hört Mike draußen die Maschine des Alfas. Die Tür geht auf und herein kommt ein Traum von einer Frau. Die blonden Haare fallen in weichen Wellen bis auf die Schultern, der rosa Pullover schmiegt sich um einen atemberaubenden Oberkörper, der schwarze Rock ist fast ein bisschen zu kurz. Die drei Männer starren auf die junge Frau, die jetzt zu ihnen kommt und sich zu Mike auf den Schoß setzt. Sie bedeckt sein Gesicht mit Küssen und dreht sich zu den beiden Männern um, die immer noch sprachlos das Mädchen anstarren.

„Willst du mir nicht deine Freunde vorstellen?“

Jetzt ist der Bann gebrochen. Eddie und Willy erheben sich und ergreifen fast gleichzeitig die angebotene Hand von Candy. Die steht von Mikes Schoß auf und holt sich einen Stuhl an den Tisch. Die Karten werden nicht wieder in die Hand genommen. Eddie und Willy können keinen Blick von Candy lassen, die sich immer wieder zu Mike hinüberbeugt und ihm einen Kuss gibt.

„Wie geht es jetzt mit deiner Ermittlung weiter“, fragt Willy, um das Thema wieder aufzunehmen.

„Ja, das interessiert mich auch“, sagt Candy und alle sehen Mike an.

Er sammelt sich kurz und denkt jetzt laut. „Ich werde morgen bei der Polizei in Brooklyn nachfragen, ob sich neue Erkenntnisse ergeben haben. Es interessiert mich zum Beispiel, ob man schon herausgefunden hat, wie der Transport des Opiums abgewickelt wurde. Wenn der Punkt geklärt ist, sehe ich den Fall als gelöst an.“

„Unterschätze Don Calogero und seine Leute nicht. Ich höre das Allerschlimmste von denen“, ermahnt ihn Eddie.

Candy sieht Mike erstaunt an. „Du hast mir nicht gesagt, dass dieser Calogero ein Verbrecher ist.“

„Danke, Eddie“, sagt Mike trocken und gibt seiner Freundin einen Kuss auf die Wange. „Ich wollte dich nicht beunruhigen, ich hätte es nicht ertragen, wenn du dich meinetwegen gesorgt hättest.“

„Ich will mir aber Sorgen machen! So ist das, wenn man sich liebt!“

Eddie grinst Mike an und sagt. „Siehst du, nichts ist mehr so einfach wie vorher. Mit einer Freundin ist es schöner, man trägt aber doppelt so viel Verantwortung.“

Candy nickt zu Eddies Worten. „Siehst du, Mike, deine Freunde sagen das auch.“

Mike hebt abwehrend die Hände. „Ich entschuldige mich, es wird nicht wieder vorkommen. Es dürfte aber klar sein, dass ich es in meinem Job nicht ausnahmslos mit Chorknaben zu tun habe, oder?“

„Ach du!“

Die ersten Kunden des Abends kommen herein. Eddie trennt sich von den dreien und kümmert sich um seine Gäste.

Candy wendet sich an Willy. „Ihnen ist es also gelungen, meine Schwester von Mikes Qualitäten als Detektiv zu überzeugen.“ Sie lächelt und sieht Mike an. „Dann müssen Sie mir jetzt aber auch verraten, wie ich aus diesem kantigen Kerl einen smarten Salonlöwen machen kann!"

Willy sieht sie an und erwidert lächelnd. „Ich fürchte, den Plan müssen Sie aufgeben und ihn so nehmen, wie er ist."

Candy kuschelt sich an Mike. „Sie haben recht, Salonlöwen kenne ich zur Genüge, mir gefällt er so eigentlich besser."

Mike verfolgt den Wortwechsel amüsiert.

„Ich will mal so sagen: Mikes Freunde sind auch meine Freunde und ihr zwei seht aus, als wenn die Sache ernst ist. Du kannst Willy zu mir sagen!", bietet er sich an.

„Ich heiße eigentlich Candice, werde aber Candy gerufen. Ich bin froh, dass ich dazugehören darf!"

Eddie wird herbei gerufen und es gibt eine Runde Brandy. Candy schüttelt sich nach dem scharfen Zeug, seine Freunde lachen, natürlich!

Mike fährt mit Candy wieder zu ihrer Wohnung und kommt mit hinauf, gibt aber zu bedenken. „So gerne ich bei dir bin, morgen muss ich unbedingt wieder in mein Büro. Alleine schon wegen der Post. Außerdem werde ich das unangenehme Gefühl nicht los, als wenn ich deine Gastfreundschaft zu sehr strapaziere."

Candy blickt nach vorne in den Straßenverkehr und schüttelt den Kopf. „Das musst du nicht, ich bin glücklich, wenn ich mit dir teilen kann." Sie greift nach seiner Hand und drückt sie sanft.

Am nächsten Morgen hängt Mike am Telefon in Candys Wohnung. Doch jetzt hat er Pech, Lieutenant Brown ist nicht an seinem Arbeitsplatz. So beschließt Mike, es von seinem Büro noch einmal zu versuchen. Es ist ohnehin Zeit, dass er dort nach dem Rechten sieht.

Im Büro und der angeschlossenen kleinen Wohnung herrscht stickige Luft. Er öffnet die beiden Fenster und lässt etwas von der warmen Spätsommerluft herein. Er setzt sich an seinen fast leeren Schreibtisch und wählt wieder die Nummer vom 94. Polizeirevier.

„Hallo, Howard, hier ist Mike Callaghan. Gut, dass ich Sie erwische. Ich wollte mich nach dem Stand der Ermittlungen erkundigen, mein besonderes Interesse gilt einem Opium-Versteck auf dem Schiff."

„Da muss ich Sie enttäuschen, Mike. Wir haben auf dem Schiff nichts gefunden, kein Versteck oder etwas Ähnliches. Es sieht alles normal aus. Nachdem die Spurensicherung abgezogen ist, ist es wieder freigegeben worden."

Das hat Mike erwartet. Die Gauner um Don Calogero sind nicht auf den Kopf gefallen. Er wird nachher noch mit Candy darüber sprechen, aber jetzt will er seinen Trumpf ausspielen. „Howard?"

„Ja?"

„Ich habe noch einen Leckerbissen für Sie."

Jetzt wird Detective Brown hellhörig. „Lassen Sie hören, spannen Sie mich nicht auf die Folter!"

„Ich habe einen Zeugen, der hat mir gegenüber ausgesagt, dass der Gangsterboss selbst Susan Dickinson das Genick gebrochen hat."

„Das ist nicht wahr! Wer ist denn Ihr Zeuge?"

„Sie haben doch auch den kleinen Raum direkt neben der großen Kabine gefunden?"

„Der mit dem einseitig durchlässigen Spiegel? Das war nicht schwierig, erzählen Sie mir etwas Neues!"

„Das ist es eben. In diesem Raum hinter dem Spiegel hat in der Nacht ein Fotograf gesessen, der im Auftrag von Don Calogero kompromittierende Bilder angefertigt hat. Und genau dieser Fotograf hat beobachtet, wie Don Calogero nach einem Streit dem Mädchen buchstäblich den Hals umgedreht hat."

Einen Moment ist Stille am anderen Ende des Telefons, dann ruft der Detective. „Warum erfahre ich das erst jetzt? Wir müssen den Mann sofort in Schutzhaft nehmen. Ich werde gleich einen Wagen losschicken, um ihn abzuholen. Anschließend muss ich meine Kollegen vom Zeugenschutzprogramm benachrichtigen. „Er macht eine Pause. „Sie kennen doch sicher die Adresse des Fotografen?"

Mike hat sie parat und gibt sie dem Polizisten durch.

Lieutenant Brown hat sich wieder beruhigt. „Es tut mir leid, dass ich eben so laut geworden bin. Bei einem Kaliber vom Typ Don Calogero muss man mit dem Schlimmsten rechnen. Ich kann Ihnen nur raten, mit größter Vorsicht vorzugehen. Der Mann kennt keine Skrupel."

„Schon gut. Bei Ihnen weiß ich wenigstens, wie Sie das meinen."

„Gut, gut. Mir wäre es am liebsten, wenn Sie heute noch zu mir kommen würden, ich würde gerne ihre Fotografien mit Ihnen durchgehen."

„Das lässt sich einrichten. Ich habe übrigens von diesem Guido Pasetti noch einige prickelnde Fotos für Sie."

„Das ist prima, obwohl ich den Eindruck bekomme, dass Sie immer erst im letzten Moment mit Ihren Informationen rausrücken."

Mike sagt nichts dazu, das ist natürlich die typische Einstellung aller Polizisten.

Am Schluss schiebt der Detective noch etwas Freundliches hinterher. „Nein, Sie machen das schon richtig, wenn das hier endlich vorbei ist, müssen wir mal gemeinsam einen heben."

Der Untergang

Mike hat den Hörer aufgelegt und denkt über das Gespräch nach. Er kann es kaum glauben, dass von dem Opium und dem Heroin nichts gefunden werden konnte. Es muss etwas geben, irgendeine Spur gibt es immer! Na gut, er steckt seine Waffe in den Holster und sein Notizbuch in die Jacke, mehr braucht er nicht. Er verlässt sein Büro, den Hut in die Stirn gezogen, eine Player hängt im Mundwinkel. Ein Taxi bringt ihn rasch in die Central Park West. Seine Stimmung steigt genauso wie der Fahrstuhl, der ihn in die neunte Etage trägt.

Sein Schatz strahlt ihn an, als sie ihn vor der Tür stehen sieht.

Mike erzählt ihr von dem Gespräch mit Lieutenant Brown. „Ich hätte Lust, mir das Schiff selbst noch einmal genau anzusehen, es muss etwas zu finden sein."

„Kann ich nicht mitkommen?", fragt Candy mit einem ihrer berüchtigten Augenaufschläge.

Mike schüttelt den Kopf, eingedenk der Warnung von Detective Brown, doch Candy gibt nicht auf. „Bedenke, dass Annie und ich die wahrscheinlich besten Kenner der Paradise sind."

„Tatsächlich?"

„Wir sind während unserer Kinder- und Jugendzeit häufig mit unserem Vater unterwegs gewesen. Ich kann mich noch gut daran erinnern, dass wir auf dem Schiff immer Verstecken gespielt haben. Mein Vater hat mich, weil ich die Kleinste war, immer in ganz besonderen Ecken verborgen, sodass mich Annie nicht finden konnte."

Mike sieht sie erstaunt an. „Das ist allerdings ein Argument. Könnte aber gefährlich werden, wir müssen uns etwas einfallen lassen, damit wir nicht überrascht werden."

Candy strahlt, sie freut sich auf das neue Abenteuer.

Er überlegt sich eine Strategie zum Schutz seiner Freundin. „Wir müssen dabei sehr umsichtig vorgehen, ich werde die ganze Zeit den Pier im Auge behalten, außerdem nehme ich meine Waffe mit. Und du musst dir etwas anderes anziehen."

Candy geht aufgeregt in ihr Ankleidezimmer. Eine Weile später ist sie zurück, bekleidet mit einer schwarzen Hose und einer grauen Jacke. Die blonden Haare hat sie zu zwei Zöpfen geflochten, die sie unter einem schwarzen Kopftuch versteckt hat. Das Beste ist die Sonnenbrille, sie ist groß und dunkel und verdeckt das halbe Gesicht.

„Wie gefalle ich dir?"

Mike nimmt sie in den Arm. „Mir gefällst du in jeder Verkleidung."

„Die Sachen habe ich heute Morgen bei Saks in der 5th. Avenue erstanden!"

Mike lächelt vor sich hin, so niedliche Millionärinnen sind bestimmt sehr selten.

***

Don Calogero steht am Fenster seines Büros und sieht auf den East River hinaus, seine Laune ist auf dem Tiefpunkt. Was im Frühjahr so gut angefangen hat, hat sich zur Katastrophe gewandelt. Seine Heroin-Produktion ist zum Erliegen gekommen, die Polizei stöbert ständig bei ihm herum und seine schöne Geliebte ist tot. Warum musste sie sich auch mit Tommy einlassen? Er hat sie immer davor gewarnt. Und dann hat sie ihn auch noch so beschimpft, als er sie mit ihm im Bett erwischte. Einen Don Calogero beleidigt man nicht!

Die Polizei hat bisher nichts herausgefunden. Keiner der Teilnehmer an der Party konnte sich an Details erinnern. Jedenfalls war das die Version für die Polizei. Das gebrochene Genick von Dicki hätte auch durch einen Sturz entstanden sein können, das kann jetzt niemand mehr herausfinden.

Der einzige Nachteil ist der, dass er jetzt die Finger von diesem reichen Sack lassen muss. Vielleicht sollte er es doch versuchen? Die Bilder hat er von Guido inzwischen erhalten.

Vor ihm liegt eine Ausgabe der New York Post von Montag. Der Artikel »Tod im Paradies« liegt nach oben aufgeschlagen. Dieser Detektiv, der dort erwähnt wird, ist sicher der Hauptgrund für seine Fehlschläge in der letzten Zeit.

Das Telefon klingelt. Don Calogero hebt ab, es ist Jimmy Baldwin aus der Buchhaltung, er ist heute mit dem Telefondienst an der Reihe.

„Hallo, Chef. Ich habe hier jemand für dich!“

Es ist Lieutenant Myers vom 90. Revier, er erkennt ihn an der Stimme. Er ist einer der vielen Leute bei der Polizei und der Stadt, die ihn wegen diverser Gefälligkeiten mit Informationen versorgen.

„Don, bist du es?“

„Ja!“, knurrt der Mafiaboss unwirsch in das Telefon.

„Nur ganz kurz: Kennst du einen Guido Pasetti?“

„Sollte ich den kennen?“

„Wie auch immer. Ich habe eben mitbekommen, dass man ihn zur Vernehmung abholen will. Er soll einige Details zum Tod dieser Susan Dickinson wissen.“

Scheiße! Wie konnte das passieren? „Gibt es noch etwas, dass ich wissen sollte?“

„Nein, im Moment nicht. Ich halte dich auf dem Laufenden.“

Knack - das Gespräch ist zu Ende.

Wenn dieser Guido Pasetti tatsächlich etwas mitbekommen haben sollte, sieht es ganz schlecht für ihn aus. Verdammt! Geht denn jetzt *alles* schief? Darauf muss er sofort reagieren. Er ruft in der Buchhaltung an. „Jimmy, komm sofort zu mir rauf!"

Wenige Minuten später steht Jimmy Baldwin vor seinem Schreibtisch. Er ist ein ungehobelter Klotz, groß und kräftig, seine schwarzen Haare sind raspelkurz geschnitten. Mit seinen dunklen Augen mustert er seine Mitmenschen mit durchdringenden Blicken.

„Jimmy, du musst eine wichtige Aufgabe für mich übernehmen."

„Okay, Boss. Was soll ich machen?" Er setzt sich auf den Stuhl vor dem Schreibtisch und lauscht den Worten seines Chefs.

„Der Fotograf Guido Pasetti muss so schnell wie möglich zum Schweigen gebracht werden. Ich gebe dir die Adresse, du musst da sofort hin. Ist das soweit klar?" Don Calogero denkt einen Moment nach, da war doch noch etwas? Sein Blick fällt auf die Zeitung, die noch vor ihm liegt. „Richtig. Wenn du das mit Pasetti erledigt hast, musst du dich um diesen Privatdetektiv kümmern. Der fängt an, uns gefährlich zu werden."

„Kennst du seine Adresse, Boss?"

„Nein. Ich kenne nur den Namen aus der Zeitung. Callaghan heißt er. Privatdetektive, die so heißen, wird es auch in Manhattan nicht viele geben."

Jimmy Baldwin nickt, das ist endlich mal etwas anderes, als diese blöde Arbeit im Büro.

„Wie wirst du es machen?", fragt ihn sein Boss.

Jimmy Baldwin grinst, seine Augen glitzern gefährlich. Er greift unter seine Jacke und zieht etwas Langes hervor. Es hängt an einer dünnen Kette an seinem Hals. Er zupft kurz daran, dann hält er es in der Hand und drückt mit dem Daumen auf einen Knopf.

Klack! - Eine lange Klinge springt heraus.

„Mit dem hier. Das macht keinen Lärm und hinterlässt keine Spuren." Er lacht kurz auf. „Nur Blut, viel Blut!"

Don Calogero nickt zustimmend. Jimmy Baldwin ist nicht so pfiffig, wie es Joey Death gewesen war, aber er arbeitet so verlässlich wie eine Dampfwalze. Langsam zwar, aber unaufhaltsam. Überhaupt, wieso ist Joey eigentlich tot? Wenn ihm die Hiobsbotschaften, die ihn im Moment nonstop erreichen, etwas Zeit lassen, muss er dessen Todesursache genauer beleuchten.

Jack Olson kommt mit seinem Auto von einem alten Kumpel aus Queens zurück. Sein Bekannter hatte noch bei der Etablierung von Batista in Kuba mitgeholfen und hat ihm jetzt bei der Vorbereitung zu einem Sprengstoffattentat unter die Arme gegriffen.

Im Kofferraum seines Wagens steht eine große Kiste. Mit deren Inhalt will er die Gang um Don Calogero vernichten. Sie enthält Dynamit. Neben dem Sprengstoff ist eine Zeitschaltuhr dabei, der besondere Gag jedoch ist ein Vibrationsmelder. Den soll er an den Schiffsboden kleben, hat ihm sein Kumpel erklärt. Sobald die Maschine anläuft, startet der Vibrationssensor die Uhr. Und wenn die abgelaufen ist …

Die Idee dazu kam ihm vor ein paar Tagen, nun will er sie in die Tat umsetzen. Zuerst muss er prüfen, ob niemand auf der Paradise ist. Die Konservenfabrik steht jetzt still, die aktuellen Aufträge sind abgearbeitet, es liegen keine neuen vor. Mit der Produktion und Verpackung des Heroins ist es auch für eine Weile vorbei, die Arbeiter sind auf unbestimmte Zeit nach Hause geschickt worden. Jack Olson hat den Eindruck, als wenn das wohl noch eine Weile so bleiben wird. Aber eigentlich ist es ihm auch egal - es spielt für ihn, Don Calogero und seine Gang ohnehin keine Rolle mehr. Seine anfängliche Trauer und das Entsetzen über den Tod seiner Tochter sind einem blinden Hass gewichen. Einem Hass, der einen genialen Plan hervorgebracht hat. Einen Plan, der bald die ganze Bande auslöschen wird. Er atmet tief aus. Ja, ihn wird es entweder ins Gefängnis bringen oder auf den elektrischen Stuhl. Jack Olson ist das egal, was spielt das jetzt noch für eine Rolle?

Er geht zum Direktionszimmer und klopft an. Er wird barsch hereingerufen.

„Was gibt es, Jack?", fragt Don Calogero etwas ungehalten.

„Ich habe von Niceas, einem der beiden Decksleute, gehört, dass die Lenzpumpe beim letzten Check seltsame Geräusche gemacht haben soll. Das wollte ich mir mal ansehen."

„Und darum störst du mich? Du fragst doch sonst nicht!"

Jack Olson zieht ein verbittertes Gesicht. Sein Chef ist in den letzten Tagen unausstehlich geworden. Außerdem hat er mit keinem Wort sein Bedauern über den Tod seiner Tochter ausgedrückt, es ist ihm offenbar völlig egal. Und wieder wird Jack darin bestärkt, mit seinem Plan fortzufahren. „Nein, ich wollte nur Bescheid sagen. Damit nachher nicht dauernd jemand kommt, weil auf dem Schiff Licht brennt."

Don Calogero knurrt eine Antwort, er hat jetzt andere Sorgen als Geräusche an einer Pumpe.

***

Mike steigt zu Candy in den roten Renner. Das Ziel ist zunächst das 94. Polizeirevier in Brooklyn. Mike hat sich sein Einbruchwerkzeug und seine Taschenlampe eingesteckt. Seinen Revolver soll er nachher von Lieutenant Brown zurückerhalten, deshalb hat er jetzt lediglich ein leeres Holster umgeschnallt. Den Bauplan der Yacht hat er auch dabei. Er plant, nachdem er bei Lieutenant Brown gewesen ist, mit Candy die

Paradise zu untersuchen. Mit ihrer Hilfe wird er bestimmt etwas finden.

Sie hält mit forschem Bremsmanöver vor der Polizei in Brooklyn. Sie trägt jetzt ihren »Detektiv-Dress«, wie sie es nennt. Mike muss jedes Mal schmunzeln, wenn er sie ansieht. Sie ist so süß in ihrem Bestreben, eine gute Detektivin zu werden. Sie folgt ihm auf das Revier und sie betreten das Büro von Lieutenant Brown. Der erhebt sich von seinem Stuhl und begrüßt sie. „Guten Tag, Miss Evans!"

Candy guckt überrascht. „Wieso haben Sie mich erkannt?"

Der Detective grinst sie an. „Ich bin Polizist, vergessen Sie das nicht. Ihr Freund hat jetzt einen Termin mit mir, wer sollten Sie denn sonst sein?" Er macht eine kurze Pause und sieht sie schelmisch an. „Nein, ich musste schon zweimal hinsehen, um Sie wiederzuerkennen." Er kneift Mike ein Auge, Candy ist zufrieden und ihr Liebling kann ein Schmunzeln nicht unterdrücken.

Detective Brown zeigt Mike die Bilder, die er vorige Woche am Schiff aufgenommen hat. Jetzt lernt er endlich auch die dazugehörigen Namen kennen. Don Calogero, Thomas Furbic, Abraham Jefferson, Alec Gunders, Jack Olson und einige mehr.

„Das sind durch die Bank alte Bekannte von uns, sie sind seit ein paar Jahren nicht mehr auffällig geworden, das könnte sich jetzt möglicherweise ändern. Auf dem Schiff haben wir von allen auch die Fingerabdrücke gefunden, es sind aber noch einige dabei, die wir nicht zuordnen konnten."

Mike zieht die Bilder aus der Tasche, die er bei dem Fotografen mitgenommen hat. Er hat alle bei sich, die auf den bewussten Sonnabend datiert sind. „Vielleicht finden Sie hier ein paar der Unbekannten wieder."

Detective Brown pfeift durch die Zähne. „Mein lieber Freund, das ist ja ganz schön delikat!"

Candy wendet ihren Blick ab, schon das erste Foto hat ihr die Schamröte in das hübsche Gesicht getrieben.

Und wieder gibt der Detektiv einen Laut der Überraschung von sich. „Sieh mal einer an, mein Kollege vom 90. Revier ist auch dabei! Sehr aufschlussreich, na, den schnapp ich mir. Das riecht entweder nach Korruption oder Erpressung – oder beidem!"

„Wie weit sind Sie mit der Aussage von dem Fotografen?", fragt Mike.

„Den haben meine Leute vorhin aufgesucht und sie sind jetzt auf dem Weg hierher. Vielen Dank für den Hinweis. Ich hoffe, dass wir diesen Calogero jetzt endlich hinter Gitter bringen können."

Lieutenant Brown greift in seinen Schreibtisch und holt Mikes .38er heraus. „Hier haben Sie Ihre Waffe. Und bitte nur in Notwehr anwenden!" Er mustert sie beide sorgfältig. „Was haben Sie denn jetzt vor? Und warum sind Sie, Miss Evans, so auffällig unauffällig angezogen?"

Mike ergreift Candys Hand und sagt mit verschwörerischer Mine. „Wir fahren noch nach Coney Island, ein wenig flanieren!"

Detective Brown schüttelt resigniert den Kopf. „Tun Sie mir wenigstens den Gefallen und seien Sie vorsichtig!"

Candy parkt ihren roten Wagen an der Franklin Street. Jetzt müssen sie ein kleines Stück gehen, aber so ist es weniger auffällig. Ihre Schritte führen sie zu der Anlegestelle der East River Fähre, sie lehnen sich dort an das Geländer wie zwei Personen, die auf das nächste Schiff warten. Dabei beobachten sie unbemerkt die weiße Yacht und den Verbindungsweg zu der Konservenfabrik.

Es herrscht friedliche Stille, die einzigen Laute sind das Geschrei der Möwen und das Gluckern des Wassers unter ihnen. Auf dem Schiff ist keine Bewegung auszumachen, in der Konservenfabrik sieht es aus wie tot. Langsam zieht die Dämmerung herauf, im Verein mit den schwarzen Wolken wird es heute früh dunkel.

„Los jetzt!", sagt Mike, er und seine graue Begleiterin gehen unauffällig zum Schiff hinüber.

„Wonach suchen wir eigentlich?", fragt Candy, die Taschenlampe in der Hand.

„Alles, was irgendwie anders aussieht. Du siehst am besten in jeden Raum hinein und vergleichst deine Beobachtung mit dem Plan und dem, was du von früher her erinnerst. Ich bleibe in der Nähe der Gangway und passe auf, dass niemand kommt. Wir können es nicht riskieren, von jemandem erwischt zu werden, das ist in diesem Fall mehr als nur peinlich."

Mike bleibt in der Nähe der Gangway zurück, er horcht aufmerksam nach draußen, sowie zu Candy hin. Sein Revolver ist mit sechs Schuss Patronen gefüllt und steckt griffbereit im Holster.

Candy beginnt mit der Untersuchung. Eine halbe Stunde später ist sie mit dem A-Deck fertig. „Hier ist nichts. Bis auf den Umbau mit dem Spiegel ist alles so, wie ich es kenne."

„Sehr schön, dann ist jetzt das Unterdeck dran. Ich bleibe hier oben, ich pfeife, wenn jemand kommt."

Candy steigt mit Taschenlampe und Plan in der Hand die Treppe hinunter.

Eine Viertelstunde später kommt sie aufgeregt nach oben.

„Ich glaube, ich habe etwas gefunden! Das musst du dir unbedingt ansehen!"

Mike verlässt seinen Beobachtungsposten und folgt ihr.
Candy eilt zum Kabelgatt und leuchtet mit der Taschenlampe
in die Luke.

„Hier hat mich mein Vater schon häufiger versteckt. Ich
kann mich erinnern, dass für mich immer viel Platz gewesen
ist, und sieh dir das jetzt an!"

Mike nimmt die Lampe und sieht in den Raum hinein.
Hier wird die Ankerkette aufbewahrt, es ist schmutzig und
riecht nach Maschinenöl.

„Nein, hier passt niemand mehr hinein, nicht mal ein
Kind, es muss umgebaut worden sein." Er nimmt die Lampe
und leuchtet sorgfältig in jede Ecke.

„Tatsächlich! Siehst du das? Da! Wenn man genau hinsieht, kann man erkennen, dass hier eine Zwischenwand ein-
geschweißt worden ist." Mike schließt die Luke und sieht sich
jeden Zoll der Wand daneben an. „Siehst du, hier!" Er zeigt
auf eine Schraube. „Daneben ist ein Kratzer, die ist kürzlich
erst gedreht worden."

Candy nähert ihr Gesicht der Schraube. „Tatsächlich!
Hier kann man einen Teil der Wand entfernen."

Vom Oberdeck her hören sie ein Poltern. Sofort schaltet
Mike die Lampe aus und flüstert. „Es kommt jemand, schnell,
wir müssen uns verstecken!"

Wenn es nicht so dunkel wäre, könnte man sehen, wie
blass Candy geworden ist, das Herz schlägt ihr bis zum Hals.
Beim Fotografen in der Wohnung, da wäre es unangenehm
gewesen, wenn man sie entdeckt hätte. Hier aber ist es gefährlich - vielleicht sogar tödlich. Mike hat den Revolver in der
Hand und dirigiert sich und seine Freundin in die Nische
hinter der Treppe. Keinen Moment zu früh, das Licht wird
eingeschaltet, im Raum wird es strahlend hell.

Sie sehen Jack Olson kommen, mit beiden Händen trägt
er eine große und schwere Kiste. Der starke Mann keucht, er

hat schwer zu tragen. Mit lautem Krach setzt er sie vor dem Versteck ab, das sie gerade entdeckt haben. Er holt einen Schraubenzieher aus seinem Overall heraus und entfernt die Schrauben, die die Abdeckung halten. Er hebt eine große Platte an, etwa drei Fuß im Quadrat und stellt sie an die Seite. Aus der Kiste holt er etwas Längliches heraus. Dynamitstäbe! Es mögen etwa einhundert Pfund sein, er legt sie in die Öffnung des Versteckes und arbeitet eine Weile darin herum, den Oberkörper tief hinein gebeugt.

Candy und Mike sehen vorsichtig hinter der Treppe hervor und beobachten staunend die Tätigkeit des Mannes. Jack Olson ist fertig und kommt mit seinem Kopf aus dem Loch heraus. Ein weiterer Griff in die Kiste fördert ein kleines Kästchen hervor. Er stellt an einer Mechanik herum, ähnlich einer Uhr, und beugt sich wieder in das Loch.

„Das ist ein Zeitzünder", flüstert Mike Candy ins Ohr.

Jack Olson ist fast fertig, er legt den Deckel über die Öffnung und verschließt ihn wieder. Rasch prüft er noch alle Fugen und die Schrauben, dann hebt er die jetzt leichte Kiste auf und steigt die Treppe hinauf. Das Licht wird gelöscht, der Detektiv und seine Gehilfin sind wieder im Dunkeln.

„Puuuh!", Candy atmet hörbar aus.

„Lass uns schnell verschwinden, ich möchte nicht in der Nähe sein, wenn dieser Sprengsatz hochgeht", sagt Mike und ergreift die Hand seiner Freundin.

Es gelingt ihnen, sich unbemerkt zu entfernen. Ihr nächster Weg führt sie zum 94. Polizeirevier in Brooklyn. Lieutenant Brown ist bereits im Feierabend. Der diensthabende Polizist hört sich ihre Geschichte skeptisch an.

„Woher wissen Sie, dass es Dynamit war?"

„Ich war ein paar Jahre im Krieg, ich kenne mich damit aus."

Der Polizist nickt und notiert etwas unwillig in seinem Schichtbuch. „Selbst wenn es Dynamit war - es ist nicht verboten, so etwas an Bord zu haben."

„Ich habe eine Zeitschaltuhr gesehen, das sieht doch sehr nach einem Anschlag aus, finden Sie nicht?"

Der Polizist blickt auf seine Notizen. „Sie haben eine Schachtel gesehen, dass es eine Zeitschaltuhr war, ist nur eine Vermutung von Ihnen. Ich schlage vor, wir überlassen die weitere Vorgehensweise unserem Lieutenant, der ist morgen früh wieder im Dienst."

Bald darauf sitzen sie in ihrem Wagen und brausen zurück nach Manhattan.

„Der wollte bloß keine Arbeit davon haben", schimpft Candy über den Motorenlärm. „Und wenn heute Nacht das Schiff in die Luft fliegt? Was sagt er dann?"

„Wir haben getan, was wir konnten. Wir können den Officer ja nicht zwingen, auf dem Schiff nach dem Rechten zu sehen."

Es wird ein schöner Abend. Mike und Candy brutzeln sich in der Küche etwas Leckeres, sie genießen gemeinsam den Ausklang des Abenteuers.

***

Jimmy Baldwin erreicht mit dem Taxi Greenwich Village. Es sind nur noch ein paar Schritte zu der Wohnung des Fotografen. Er steht vor der Nummer 277 in der 12. Straße West und sieht sich um. Drei Frauen stehen auf dem Bürgersteig und unterhalten sich lebhaft miteinander. Eine von ihnen spricht gerade zu den beiden anderen Damen. „Ich habe es ja schon immer gesagt, dieser Pasetti hat sich immer schon so verdächtig benommen!"

Jimmy Baldwin horcht auf. Pasetti? Das ist doch der Kerl, um den er sich kümmern soll! Eine der Frauen erzählt ihren

neugierigen Freundinnen, dass hier vor einer Stunde ein Polizeiwagen gehalten hat, zwei Cops haben diesen schmuddeligen Fotografen endlich abgeholt.

Jimmy Baldwin schimpft vor sich hin. Er ist zu spät! Er
muss sofort seinen Boss anrufen. Nach dem zweiten Versuch
erreicht er ihn in seiner Villa im Stadtteil Hempstead in
Brooklyn. „Chef, ich war zu spät. Die Bullen haben Pasetti
vor einer Stunde abgeholt.“

Don Calogero wird blass unter seinen Narben. Scheiße!
Das bedeutet Ärger, viel Ärger, jetzt muss er sofort den Not-
fallplan einleiten. „Jimmy, vergiss Pasetti. Kümmere dich um
den Privatdetektiv!“

„Okay, Boss.“

Jimmy Baldwin sucht die nächste Telefonzelle auf und
blättert im Telefonbuch. Der Name Callaghan taucht ungefähr Zwanzigmal auf. Der Hinweis „Detektiv“ steht nicht dabei. Nützt nichts, er muss eben jeden einzelnen anrufen und
fragen, unter Umständen muss er auch hinfahren. Er ruft einen Callaghan nach dem anderen an und fragt, ob er den Privatdetektiv dort erreichen kann. Nach einer Stunde hat er bei
allen geläutet. Sieben hat er nicht erreicht, die anderen waren
keine Detektive. Er reißt das Blatt aus dem Telefonbuch und
steckt es in seine Jacke. Er wird es später wieder versuchen, einer von den sieben, die er nicht erreicht hat, muss der Ge-
suchte sein.

Don Calogero wählt sich die Finger wund und trommelt
seine Leute zusammen. Eine halbe Stunde später trudeln sie
bei ihm ein. Es sind Thomas Furbic, Abe Jefferson, Alec
Gunders und der Chemiker, Mister Phelps. Jimmy Baldwin
hat er nicht angerufen, der soll sich weiter um diesen Callaghan kümmern. Nick Costa ist irgendwo unterwegs, der

könnte sowieso nicht rechtzeitig kommen. Jack Olson hat er nicht erreichen können und er wollte es eigentlich auch nicht. Der ist in letzter Zeit, seit dem Tod seiner Tochter, so schwierig, der würde keine Hilfe mehr sein.

„Ich habe euch gerufen, weil wir kurz davor sind, aufzufliegen. Wir müssen alle sofort untertauchen.“

Seine Kumpane sind entsetzt, sie sehen sich an und rufen laut durcheinander. „Wie konnte das passieren?“, und „wer hat uns verpfiffen?“, ist immer wieder zu hören.

Don Calogero meldet sich zu Wort. „Ein Privatdetektiv namens Callaghan hat die Polizei auf unsere Fährte geführt.“

Ein allgemeiner Tumult entsteht. „Der muss sterben!“, ruft Abe Jefferson.

Don Calogero verschafft sich wieder Ruhe und ruft. „Ich habe Jimmy beauftragt, ihn zu liquidieren, deshalb kann er jetzt nicht hier sein.“

„Ja, das ist gut! Wenn Jimmy das anfängt, ist er jetzt schon so gut wie tot.“

Don Calogero erhebt seine Stimme, um den Tumult zu übertönen. „Ich habe vorgesehen, dass wir heute Abend noch mit der Paradise in See stechen. Sobald wir außerhalb der Dreimeilenzone sind, kann uns die Polizei nichts mehr anhaben. Mein Ziel ist Nassau auf den Bahamas, dort werden wir uns etwas Neues aufbauen.“ Der Don sieht sich um. „Hat jemand einen anderen Vorschlag?“

Die Männer sehen sich gegenseitig an, sie diskutieren eine Weile, dann stimmen sie zu.

„Okay, damit ist es abgemacht. Packt eure Sachen, wir treffen uns in einer Stunde auf dem Schiff. Er wendet sich an den Kapitän. „Du musst auf jeden Fall mitkommen, du bist der Einzige, der uns zu den Bahamas bringen kann.“

Alec Gunders grinst. „Das ist mir recht, zu den Bahamas wollte ich als Junge schon, hier hält mich ohnehin nichts.“

Hastig verlassen die Verbrecher den Wohnsitz ihres Chefs. Der hat noch etwas anderes vor. Er holt sich einen leeren Koffer und trägt ihn vor den Safe, dann öffnet er den Stahlschrank, der mit großen Dollarscheinen vollgestopft ist. Don Calogero hat es lange nicht gezählt, es sollten ungefähr zwei bis drei Millionen sein. Dieses Bargeld, zusammen mit dem Geld auf seiner Bank in Nassau, wird ihm einen gut gepolsterten Neuanfang verschaffen. Was aus seinen Kumpanen wird, ist ihm im Moment egal. Zur Not würde er teilen, aber ob das nötig sein wird, muss sich zeigen. Mitnehmen muss er seine Komplizen so oder so, da sie ihn sonst sicher verpfeifen würden.

Der Koffer ist prall gefüllt mit dem Papiergeld, der kleine, schmächtige Mann hat Mühe, ihn zum Auto zu tragen. Er fährt zum Pier am East River, dort trägt er zuerst den Koffer in seine Kabine und schiebt ihn unter das Bett. Nur wenige Minuten später kommen seine Kumpane einer nach dem anderen vorgefahren, sie haben alle Gepäck dabei.

Der Tag geht zu Ende, die Sonne versinkt hinter der Skyline von Manhattan, als das schöne Schiff aus dem East River hinausfährt und die offene See erreicht. Eine halbe Stunde später haben sie die Dreimeilenzone erreicht und sind frei. Denken sie. Sie sind nicht wirklich frei, sie sind weiterhin Gefangene ihrer Abhängigkeiten und Verstrickungen untereinander.

Don Calogero steht neben Alec Gunders im Steuerhaus und sieht in die Dunkelheit hinaus. Der Mafiaboss springt ab und zu als Rudergänger ein. Am Steuer seines eigenen Schiffes überkommt ihn immer ein erhebendes Gefühl. Ja, er ist einer der reichsten Männer im Staat New York, auf jeden Fall der Gefährlichste. Er denkt über seine Zukunft auf den Bahamas nach. New York war ganz klar das Beste, was ihm bisher passiert ist, aber er wird schon nicht untergehen. So schnell kann man einen Don Calogero nicht kleinkriegen!

Thomas Furbic und Abe Jefferson kommen herein, sie haben eben noch miteinander gesprochen. Tommy meldet sich als erster. „Don, du musst doch noch jede Menge Bargeld haben, was geschieht damit?"

Der Mafiaboss hat gehofft, dass der Trubel um den Aufbruch seine Männer für eine Weile an etwas anderes denken lassen würde, nun ist eingetreten, was er befürchtet hat. „Das Geld habe ich bei mir, es liegt sicher in meiner Kajüte. Wenn du willst, kannst du dich davon überzeugen."

„Das werde ich. Meine Frage ist: Wie und wann wirst du es unter uns aufteilen?"

Don Calogero kommt ins Schwitzen, hier an Bord befindet er sich im Nachteil. Seine beiden Kettenhunde, Joey Death und Jimmy Baldwin, können ihn jetzt nicht beschützen. Der eine ist tot und der andere hat einen Auftrag an Land. Teilen war genau das, was er nicht wollte - das viele schöne Geld! Er gibt sich generös und sagt. „Ich habe vorgesehen, es gleich nach der Landung in Nassau aufzuteilen."

Thomas Furbic schüttelt den Kopf. „Nein. Ich habe mit Abe und Alec gesprochen, wir wollen es jetzt aufteilen. Dem Phelps ist das egal, aber der hat ja noch nie eine eigene Meinung gehabt. Geh du voraus in deine Kabine, wir kommen hinterher.

Zornschnaubend geht Don Calogero voraus. So einen Ton hätten diese Ratten sich in New York nie erlaubt! In seiner Kajüte geht er vor dem Bett in die Knie. Mit einer Hand greift er nach der kleinen Waffe in seiner Jacke, mit der anderen Hand zieht er den Koffer hervor. So schnell gibt er sein schönes Geld nicht her, auf jeden Fall nicht kampflos.

In diesem Moment kommt irgendwo aus den Tiefen des Schiffes ein furchtbarer Knall. Das Schiff schüttelt sich, als wäre es auf ein Riff gelaufen. Dann kehrt Ruhe ein, eine gespenstische Stille breitet sich aus, die Maschine brummt nicht mehr, sie ist entweder defekt oder abgeschaltet worden. Von der Treppe zum Unterdeck her strömt schwarzer Rauch und verteilt sich unheilschwanger im Schiff.

Als nächstes ist Alec Gunders zu hören, leichenblass im Gesicht und in heller Panik erscheint er atemlos im Türrahmen. „Wir sinken!", ruft er. „Wir müssen das Rettungsboot zu Wasser lassen!"

Don Calogero und seine Kontrahenten haben den Kapitän gehört. Sie stehen unschlüssig vor dem jetzt geöffneten Koffer mit den Dollarmillionen und sehen auf das Geld. Plötzlich geht das Licht aus. Die kleinen Lampen der batteriebetriebenen Notbeleuchtung springen an, das Schiff neigt sich. Das Bett knarrt mit einem Geräusch, als wenn es gequält wird, zwei Stühle rutschen an die Bordwand.

Der Kapitän sieht wieder herein. „Los, beeilt euch, das Rettungsboot ist fertig zum Einsteigen!"

„Wie viel Zeit haben wir noch?", ruft Don Calogero dem Kapitän hinterher. Der aber ist schon fort und hört es nicht mehr.

Thomas Furbic hat sich hingehockt und stopft sich Geldscheine in die Taschen seiner Jacke. Er wird von Abe Jefferson beiseite gestoßen. „Das hast du dir so gedacht, was? Ich will auch etwas haben! Ein Teil davon gehört mir!"

Alles läuft aus dem Ruder, was ist passiert? Wieso ist alles so gekommen? Don Calogero blickt zu den Männern hinunter, die um das Geld kämpfen, während das Schiff sinkt. Er hebt seine Waffe und erschießt Abraham Jefferson. Im trüben Licht der Notbeleuchtung sieht er ihn zu Boden fallen. Thomas Furbic stürzt sich auf den Mafiaboss und will ihm die Waffe entreißen, da senkt sich das Schiff mit dem Bug nach vorne, der Don und Tommy fallen und rutschen auf die Wand zu. Unter der Tür kommt Wasser durchgelaufen, schwarz und unheimlich strömt es in die Kabine. Don Calogero steht schwankend als erster auf und stolpert über das Gefälle des Bodens zur Tür. Er öffnet sie, das Wasser dahinter steht schon einen Fuß hoch, es ergießt sich sturzbachartig in die Kabine. Der Bug kippt weiter nach unten, schwarzes Wasser strömt heran und füllt die Kabine jetzt schon kniehoch. Kurz kann er Abe Jefferson auf dem Wasser treiben sehen, dann erlischt die Notbeleuchtung und Dunkelheit umgibt ihn. Dunkelheit und gurgelndes, schwarzes, kaltes Wasser steigt um ihn herum hoch. Er fühlt wie sein Kopf an die Decke stößt - oder ist es der Boden?

Es ist auf jeden Fall das Ende.

Ende gut --

Am nächsten Vormittag fahren Candy und Mike mit dem Taxi an den East River. Mike hat sein Fernglas dabei und will einen Blick auf die Paradise werfen, doch der Platz an der Pier ist leer. Er und Candy sehen sich fragend an.

„Ist das Schiff schon in die Luft geflogen?", fragt Candy.

Mike schüttelt den Kopf. „Davon hätten wir gehört. Das wäre sicher nicht so unbemerkt passiert."

„Was machen wir jetzt?"

„Ich schlage vor, dass wir zur Polizei nach Brooklyn fahren und uns erkundigen, ob Lieutenant Brown von unseren Beobachtungen benachrichtigt worden ist. Vielleicht weiß er auch, was mit der Paradise passiert ist."

Candy nickt und hält seine Hand, sie liebt die gemeinsame Arbeit mit ihrem Helden.

Es ist fast Mittag, als Candy und Mike im 94. Revier in Brooklyn eintreffen. Detective Brown begrüßt sie in seinem Büro. „Nun, was haben Sie herausgefunden? Die Notiz im Schichtbuch liest sich interessant, leider haben wir noch keine Zeit gefunden, dem nachzugehen."

Candy berichtet von ihrer Inspektion des Schiffes gestern Abend. Sie erzählt mit leuchtenden Augen und Detective Brown sieht ihr fasziniert zu. Als sie von dem Versteck berichtet, entfährt ihm: „Verdammt! Warum haben unsere Leute das nicht gefunden! Wir stehen wieder wie die Trottel da."

Candy versucht, nicht zu selbstzufrieden auszusehen, freut sich aber über das indirekte Lob und erzählt weiter, wie Jack Olson Sprengstoff in dem Versteck deponiert hat. „Und jetzt ist das Schiff fort, und wir hätten gerne gewusst, wo es geblieben ist."

Lieutenant Brown nickt dazu. „Das würde ich auch gerne wissen!" Er nimmt den Hörer des Telefons ab und lässt sich mit der Coast Guard verbinden, nach einigem Herumfragen hat er den Richtigen gefunden. „Können Sie mir etwas über die Motoryacht Paradise berichten?" Er muss eine Weile warten, dann erhält er eine Antwort. „Rufen Sie mich bitte an, sobald Sie etwas Neues erfahren!" Er gibt die Nummer seines Anschlusses durch, und bedankt sich. Dann legt er auf und blickt die beiden an. „Die Hafenpolizei hat nur notiert, dass die Paradise gestern Abend um zehn Uhr den East River in Richtung Atlantik verlassen hat. Sobald etwas von ihr gesichtet wird, werde ich informiert."

Candy und Mike bedanken sich bei dem Detective und verlassen das Polizeirevier. Das Wetter zeigt sich seit gestern Abend von der schlechten Seite. Es regnet, die Scheibenwischer des Alfas quietschen leise.

Candy fährt zu dem Landsitz ihrer Eltern in Kings Point. „Wir müssen unbedingt unsere Geschichte Annie erzählen.

Mich interessiert auch, wie es Ernest inzwischen ergangen ist."

Mike nickt dazu. „Ja. Ich würde auch gerne wissen, ob dein Schwager noch etwas von Don Calogero gehört hat. Ich habe so ein Gefühl, als wenn jetzt der ganze Fall um die Paradise, das Opium und die Erpressung, mit einem Schlag erledigt ist."

Annie Millburgh ist zu Hause. Sie und ihre Schwester umarmen sich herzlich, Mike bekommt eine Umarmung und einen Kuss auf die Wange. Es gibt viel zu erzählen, es sprudelt aus Candy heraus und Mike sieht ihr mit Freuden zu, wie sie ihrer Schwester von den Abenteuern mit ihm erzählt. Annie unterbricht immer wieder Candys Redeschwall, um nach Details zu fragen. Mike steuert ab und zu etwas bei, er muss zum Beispiel von seinem Besuch bei dem Fotografen berichten.

„Apropos Fotograf, wie stehst du jetzt zu Ernest?", fragt Candy, „habt ihr euch wieder vertragen?"

Annie überlegt eine Weile an der Antwort, schließlich nickt sie. „Na, ja, vertragen. Das dauert eine Weile. Ich bin gekränkter, als ich mir eingestehen will. Aber, wenn sich ein so hübsches Mädchen um einen Mann bemüht, der zu Hause so eine dürre Frau wie mich hat, werden wohl nur wenige widerstehen können. Das ist natürlich keine Entschuldigung für sein Verhalten, aber immerhin eine Erklärung."

Mike und Candy holen Luft, um zu widersprechen, aber Annie hebt die Hände. „Schon gut, ich mache mir da nichts vor."

„Also wirklich Annie," sagt Candy, „das würde ja bedeuten, dass jeder Kerl, wenn er meint, eine hübschere Frau gesehen zu haben, ohne mit der Wimper zu zucken, eine Liebschaft anfangen kann."

Annie seufzt und fährt fort. „Ja, du hast natürlich recht, aber Männer folgen ihren eigenen Gesetzen. Wir haben beschlossen, neu zu beginnen und uns wieder mehr auf den Partner zu besinnen. Ernest hat versprochen, sich etwas weniger um die Firma und mehr um mich zu kümmern. Er bekommt noch eine Chance."

Candy legt ihre Hand auf die ihrer Schwester. „Das freut mich für euch beide, Annie. Bekommen wir Ernest noch zu sehen?"

„Ihr habt Glück. Er kommt heute Abend aus Manhattan hierher, bleibt einen Tag und fährt dann wieder nach Buffalo."

„Ich werde ihm wohl schonend beibringen müssen, dass seine Geliebte tot ist. Oder was meint ihr dazu?", fragt Mike.

„Das wäre gut, so von Mann zu Mann. Vielleicht ist ihm die Sache dir gegenüber ja sogar peinlich", antwortet Annie, und sieht ein klein bisschen schadenfroh aus. Sie wendet sich an Candy. „Ich habe den Eindruck, als wenn dir das Detektivspielen mehr zusagt, als die Büroarbeit, habe ich recht?"

Mike und Annie sehen Candy neugierig an. Sie zögert nicht lange und ergreift Mikes Hand. „Ich bin noch nie so glücklich gewesen, wie in der Zeit mit Mike zusammen auf Verbrecherjagd." Ihre Augen strahlen. Mike beugt sich zu ihr und gibt ihr einen Kuss.

Annie schmunzelt. „So, das wäre geklärt. Was machen wir mit dem Rest des Tages?"

***

Es ist kurz nach elf am Abend. Jimmy Baldwin steht vor der Nummer 45 in der 17. Straße West und sieht auf das Schild mit der Aufschrift »Callaghan Investigation Services«. Endlich hat er den verdammten Detektiv gefunden. Er öffnet die Tür zum Treppenhaus und steigt in den ersten Stock hinauf. Er horcht eine Weile an der Tür zum Büro der Detektei. Stille, dann klingelt er, klopft, schlägt mit der Faust gegen die Tür. Die ganze Zeit ist kein Mensch im Treppenhaus. Es ist nur ein kleines Haus mit wenigen Bewohnern.

Jimmy Baldwin ist stur. Er wird den Detektiv töten, auch wenn es eine Ewigkeit dauern sollte. Er verlässt das Haus mit der Nummer 45 und beschließt, es am Morgen neu zu versuchen. Er bummelt um den Block herum und kommt an einer Gaststätte vorbei. »Grey Dog« steht auf dem erleuchteten Schild über dem Eingang. Er blickt durch das Fenster, das Lokal ist geöffnet. Er betritt die Kneipe, sieht sich um und mustert mit professionellem Blick die anderen Gäste. Der Wirt kommt zu ihm, ein kräftiger Mann mit wenigen Haaren auf dem Kopf und fragt nach seinen Wünschen.

Jimmy bestellt ein Bier. Als er es wenige Minuten später erhält, bittet er den Wirt. „Setzen Sie sich doch kurz zu mir. Ich habe einige Fragen und hoffe, dass Sie mir weiterhelfen können."

Eduard Costein nickt, in seinem Lokal ist gerade wenig Betrieb.

„Kennen Sie die Detektei Callaghan in der 17. Straße?"

„Ja. Was möchten Sie denn wissen?"

„Ich benötige einen Privatdetektiv für eine Nachforschung. Wissen Sie, ob das Büro dort morgen besetzt sein wird?"

Eddie mustert den Mann sorgfältig, bevor er eine Antwort gibt. Aus den Jahren im Gefängnis kennt er diese Typen, denen ein Menschenleben wenig bedeutet. Eine menschenverachtende Kälte strahlt von ihnen aus, dieser Kunde gehört zu genau dieser Sorte. Eddie beschließt, auf der Hut zu sein. „Ja, normalerweise ist dort morgen geöffnet. Mister Callaghan ist aber viel unterwegs, ich empfehle Ihnen deshalb, vorher anzurufen." So hat Eddie Gelegenheit, Mike vorher zu warnen. Er kennt die Telefonnummer seiner Freundin, dort hält er sich die letzte Zeit häufig auf.

Der Gast trinkt das Bier aus und verlässt die Kneipe wieder, er sucht sich einen Schlafplatz in einem nahegelegenen Hotel und verbringt dort die Nacht.

Am nächsten Morgen steht er früh auf. Das Wetter hat sich beruhigt. Auf den Straßen sind noch ein paar Pfützen, zwischen den Wolken schaut gelegentlich die Sonne hervor, die Luft ist dunstig und drückt auf das Gemüt. Er frühstückt in einem Drugstore in der Nähe und macht sich erneut auf den Weg zur Detektei. Von Callaghan ist kein Lebenszeichen zu sehen. ‚Verdammt! Wann ist der Kerl eigentlich mal im Büro!', schimpft er vor sich hin. Er setzt sich im Treppenhaus auf eine Stufe und wartet.

Eine Stunde später trifft Mike Callaghan ein. Flüchtig fällt sein Blick auf den Mann, der eine halbe Treppe höher am Fenster im Treppenhaus steht und eine Zigarette raucht.

Mike beeilt sich. Er betritt sein Büro, sein erster Blick gilt der Post, dann schließt er die Pistole ein und geht zurück zur Tür. Candy sitzt unten in ihrem roten Renner, er will sie nicht unnötig warten lassen.

Bevor Jimmy Baldwin in das Büro treten kann, öffnet sich die Tür und Mike Callaghan kommt heraus, rasch läuft er die Treppe hinunter.

Um sein Opfer nicht zu verlieren, folgt ihm Jimmy in geringer Entfernung. Draußen sieht er, dass der Detektiv in ein rotes Auto mit bereits laufendem Motor steigt, das sofort davonjagt. Er läuft auf dem Bürgersteig hinterher, seine Blicke hasten umher, er versucht, ein Taxi zu finden.

Da! Auf der anderen Seite der Straße kommt eines angefahren. Jimmy Baldwin hebt den Arm, um auf sich aufmerksam zu machen und läuft auf die Straße. Die Zeit drängt, sein Opfer droht zu verschwinden. Sein suchender Blick konzentriert sich auf das entgegenkommende Taxi und auf den kleinen roten Wagen, der sich immer weiter entfernt. Das Taxi, das sich ihm von der linken Seite nähert, bemerkt er nicht.

Der rote Sportwagen verschwindet im Gewimmel des Verkehrs auf der 7th. Avenue.

***

Heute ist wieder Pokerabend, Mike ist dieses Mal der Erste. Er begrüßt Eddie mit einem kräftigen Handschlag. Der fragt seinen Freund. „Hast du von dem merkwürdigen Kunden noch etwas gehört?"

Mike schüttelt den Kopf. „Nein, gar nicht. Es hat sich niemand mehr bei mir gemeldet. Übrigens, vielen Dank für die Information."

Die Tür wird aufgerissen und Willy stürmt herein. Er sieht seine Freunde an. „Ihr glaubt nicht, was einem Kollegen von mir passiert ist!"

Seine Freunde blicken sich an und rollen mit den Augen. „Nun erzähl schon!"

Und Willy erzählt, er ist ganz aufgeregt, weil das Ende der Geschichte seine Freunde diesmal wirklich verblüffen wird. „Ich habe einen Kollegen, der heißt Tony Rickman. Der hat vor drei Tagen einen Mann angefahren."

„Und was ist daran so besonders?"

„Wartet ab, das Beste kommt zum Schluss! Also, Tony fährt die 7th. Avenue hier gleich in der Nähe entlang, da läuft ihm so ein Kerl direkt vor den Wagen. Also, da konnte Tony gar nichts machen."

226

„Komm zur Sache!", drängt Mike.

„Ja, doch! Mein Kollege konnte seinen Wagen bis fast zum Stillstand abbremsen, da erwischt er den Mann noch am Bein. Der stürzt zu Boden und Tony springt aus seiner gelben Kiste, um ihm zu helfen. An seinem Auto ist nur eine kleine Delle, aber der Mann liegt in einer Blutlache auf der Fahrbahn. Und wisst ihr, was die Polizei später herausgefunden hat?"

„Du wirst es uns gleich sagen."

„Ja, passt genau auf. Der Mann ist nicht an dem Unfall gestorben, der ergab nur ein gebrochenes Bein. Nein, viel seltsamer - an seinem Hals hing offensichtlich ein Springmesser. Das war beim Zusammenprall aufgesprungen und er ist im Sturz hineingefallen!"

Jetzt sind seine Freunde ehrlich überrascht und sehen Willy mit großen Augen an. Mike macht ein nachdenkliches Gesicht. „Weißt du, wer der Tote war?", fragt er ihn.

„Nein, tut mir leid."

„Gut. Ich werde mich morgen bei der Verkehrspolizei erkundigen. Ich will prüfen, ob das vielleicht noch mit meinen Nachforschungen zusammenhängen könnte. Es wäre nicht der erste missglückte Anschlag auf mich gewesen."

„Es kann ja ein Zufall gewesen sein", wendet Willy ein.

„Ja, vielleicht", erwidert Mike. „Aber seltsam ist es schon, zumal sich einen Tag vor dem Unfall jemand nach mir erkundigt hat, der sich nicht wieder gemeldet hat."

Er erzählt seinen Freunden von seinen neuesten Ermittlungsergebnissen.

„Hat man von der Paradise noch etwas gesehen?", fragt Eddie, als Mike geendet hat.

„Ja. Man hat ein paar Meilen weit auf dem Atlantik einige Wrackteile entdeckt. Überlebende konnten nicht geborgen werden. Es hat sicher ein Rettungsboot gegeben, das ist aber nicht gefunden worden."

Zum Schluss gibt es noch ein paar Runden Poker, spät trennen sich die Freunde.

Eine Woche danach ist Mike, wie in den letzten Tage häufiger, in seinem Büro. Immer wieder klingelt das Telefon. Nach dem Untergang der Paradise hat es in der Presse einige Schlagzeilen gegeben. Die Meldungen in den Zeitungen waren eine hervorragende Werbung gewesen, mehrere Anrufer wollten ihn danach sofort als Privatdetektiv engagieren.

Nun hat er eine Menge Verabredungen, die zu weiteren Aufträgen führen könnten. Er geht die Liste durch und ruft bei jedem an, um sich nach den Details zu erkundigen. Er zeichnet eine kleine Tabelle und versucht, die Anfragen nach Dringlichkeit und Schwierigkeit sowie die geschätzte Dauer einzuteilen.

Es ist ein knappes halbes Jahr her, da hat er noch gezweifelt, ob der Plan mit der eigenen Detektei wirklich eine gute Idee gewesen war. Und nun? Jetzt muss er sich fragen, ob er den Berg an Aufträgen überhaupt alleine bewältigen kann. Er hätte vor vier Monaten, als er mit knurrendem Magen im »Grey Dog« gesessen hat, nicht erwartet, dass er so schnell so viel Erfolg haben würde. Ohne Candys Hilfe hätte er das nicht erreicht.

Ihm wird warm ums Herz, wenn er an sie denkt. Sie ist ihm eine große Hilfe und motiviert ihn immer wieder aufs Neue.

Durch das geöffnete Fenster hört er draußen einen lauten Wagen vorfahren. Er kennt das Geräusch, es ist ihr Alfa Romeo. Mit einem Leuchten im Gesicht springt er auf. Er hört ihre schnellen Schritte auf der Treppe und reißt die Tür auf. Sie fällt ihm in die Arme und er erhält einen langen Kuss von ihr.

„Was gibt es, mein Schatz? Es ist doch noch nicht Feierabend?"

Candy lächelt geheimnisvoll. „Du musst jetzt sofort mitkommen, es ist wichtig!"

Candy hat eine Überraschung für ihn, das duldet natürlich keinen Aufschub. Es muss wirklich etwas Besonderes sein, sie freut sich riesig. Ihre Fahrt führt sie zum Central Park und endet schließlich in der Garage, die zu ihrer Penthouse Wohnung gehört. Mike sieht sie fragend an. „Deine Wohnung kenne ich schon."

„Warte ab, wir müssen nur ein kleines Stück zu Fuß gehen."

Sie ergreift seine Hand und führt ihn auf die Straße hinaus. Sie biegt um die Ecke, in die 86. Straße. Gleich vorne, Richtung Central Park, bleibt sie vor der Nummer zwei stehen. Sie schließt die Tür auf und führt Mike hinein. Sie sieht sie zu ihm hoch und strahlt ihn an. „Wie gefällt dir das?"

Es sind Geschäftsräume, ungefähr dreitausend Quadratfuß (280 m2) sind auf etwa zehn Räume verteilt. Die meisten sind leer, in einigen stehen neue Aktenschränke und Schreibtische, auf jedem befindet sich ein Telefon.

„Was sagst du dazu?"

„Wozu? Es sind schöne Räume, wer wohnt hier?" Er macht eine Pause. „Ist das ein Büro?"

Candy strahlt über das ganze Gesicht und hebt einen Schlüssel in die Höhe. Sie umarmt und küsst ihn. „Ich habe das hier gekauft, das gehört jetzt uns beiden!"

„Gekauft? Für uns? Wie haben uns doch geeinigt..."

„Papperlapapp!" Candy hat heute ein Dauerlächeln im Gesicht. Sie setzt sich an einen der Schreibtische und zieht die oberste Schublade auf. Sie ist völlig leer, nur eine kleine

Schachtel liegt darin. Sie greift hinein und zieht eine Visitenkarte hervor. Freudestrahlend hält sie die kleine Karte vor sein Gesicht. Mike greift danach und sieht sie sich genau an.

»Callaghan & Evans - Private Ermittlungen«

ist darauf gedruckt. Candy ergreift seine Hände und animiert ihn dazu, mit ihr im Kreis zu hopsen. Mike kommen beinahe Tränen vor Freude.

„Candy, du bist wirklich verrückt, ich freue mich jedoch riesig darüber."

Sie gibt ihm wieder einen Kuss. „Du bist mir nicht böse, weil ich wieder meinen Reichtum so raushängen lasse?" Dabei lächelt sie ihn unentwegt an.

Mike schüttelt den Kopf. „Ich kann dir niemals böse sein. Du schenkst mir jeden Tag so viel, dass ich es kaum aushalten kann, da ertrage ich auch deinen Reichtum."

Sie lacht vor Freude und küsst ihn immer wieder.

Eine Woche später wird Einweihung gefeiert. Candy hat Übung mit dieser Art Veranstaltungen. Ihre und Mikes Freunde sind alle eingeladen worden, unter anderem ist auch Detektiv Brown vom 94. Polizeirevier in Brooklyn unter den Gästen. Es ist gut, dass die meisten Räume noch ohne Möbel sind, sonst würden die vielen Besucher keinen Platz finden. Alle sind da, die Mike kennt. Patrick Mulligan und Andrew Jenkins von der New York Post, ebenso Lucas Grumble, der Detective vom 7. Revier in East Village. Es gibt für alle reichlich zu essen und zu trinken. Mike sucht nach Lieutenant Brown und bringt ihm ein Glas Sekt. „Hallo, Howi! Ich möchte mit dir unser Du begießen!"

Der Detective nimmt gerne an und leert das angebotene Glas. „Es freut mich für dich, dass du jetzt dieses schöne Büro hast. Mit meinem vollgestopften Loch ist es nicht zu vergleichen.“

„Du hättest mal das Büro sehen sollen, in dem ich vorher residierte, ich sehne mich nicht danach zurück. Sag mal, gibt es etwas Neues von unserem gemeinsamen Freund Don Calogero?“

Howard schüttelt den Kopf. „Nein, keine Spur. Wir gehen davon aus, dass er ums Leben gekommen ist. Es gibt ebenso von seinen Vertrauten Abraham Jefferson und Thomas Furbic kein Lebenszeichen. Ach übrigens, vor ein paar Tagen ist Jack Olson bei uns gewesen und hat sich gestellt. Er hat gesungen wie ein Vögelchen. Er gab zu, dass mit der Paradise Opium geschmuggelt worden war. Er hat auch das Dynamit angebracht, genauso wie du und Miss Evans - ach ja, ich darf sie jetzt auch duzen - also du und Candice es beobachtet habt.“ Er macht eine Pause und sieht Mike nachdenklich an. „Es hat mir viel Freude gemacht, mit euch beiden zusammenzuarbeiten. Ich hoffe, wir werden noch öfter miteinander zu tun bekommen.“

Mike klopft dem Polizisten auf die Schulter. „Das ist ganz in meinem Sinne, Howard!“

Annie und Ernest Millburgh sind natürlich auch unter den Gästen. Mike freut sich, dass sie sich offensichtlich wieder gut verstehen. Candy spricht gerade mit ihrer Schwester, Mike gesellt sich dazu.

Annie wendet sich an ihn. „Ist es nicht schön hier? Das ist doch ein wunderbarer Platz für euer neues Büro, oder?“

„Unbedingt, ich bin außerordentlich glücklich. Obwohl ich nie das Gefühl ganz loswerde, von deiner Schwester ausgehalten zu werden.“

Annie schüttelt ihren Kopf. „Mach dir darüber keine Gedanken. Ich habe ihr bei der Suche nach diesem Büro geholfen. Sie ist selig, dir helfen zu können und hat mit dieser Art Arbeit endlich ihren Traumberuf gefunden."

Wo sind eigentlich seine Freunde Eddie und Willy? Sie sind doch sonst immer pünktlich.

Es klingelt an der Tür und zwei weitere Gäste werden hereingelassen. Von weitem kann er den roten Schopf von Willy und den fast haarlosen Kopf von Eddie erkennen. Er eilt auf die beiden zu und hört schon die Stimme von Willy. „Also, ihr glaubt nicht, was uns zugestoßen ist! Sonst wären wir rechtzeitig hier gewesen, wirklich!"

Er erreicht seine Freunde und sie umarmen sich herzlich, Eddie riecht vage nach Schnaps. Mike sieht Willy an. „Los, erzähl endlich von eurem Erlebnis!"

„Also, das war so. Wir waren schon fast hier, da fährt ein Pferdefuhrwerk vor uns her. Ich warte darauf, dass es abbiegt, da scheut das Pferd und der Wagen kommt ins Schlingern. Einige Fässer stürzen herab, auch eine Kiste ist dabei. Ich halte an und wir steigen aus, um zu helfen, den Wagen aufrichten und die Fässer aufladen. Dem Mann und seinem Pferd ist nichts weiter passiert. Jetzt kommt das Beste!"

Mike schmunzelt über seinen Freund. „Nun erzähl schon!"

„In der Kiste waren Flaschen mit Whisky! Einige Flaschen waren entzweigegangen, wir durften uns die heilen heraussuchen. Wir mussten noch auf die Polizei warten, deshalb sind wir jetzt erst hier."

Eddie sieht sich um, in den beiden Jackentaschen steckt je eine Flasche Whisky. „Schön hast du es hier. Für so einen vornehmen Laden sind wir nicht fein genug!"

„Rede nicht so einen Unsinn. Ihr seid meine besten Freunde, ihr seid mir überall willkommen!"

Lieutenant Lucas Grumble kommt auf Mike zu. „Meine Glückwünsche zu eurem neuen Büro." Er gibt Mike die Hand und gratuliert ihm, dann wird er sachlich. „Um auf deine Frage an die Verkehrspolizei in Chelsea zurückzukommen, ich bin gestern von meinen Kollegen angerufen worden. Der Tote bei dem Verkehrsunfall mit dem Taxi von Tony Rickman - das war ein Jimmy Baldwin."

Mike sieht den Detective fragend an. Den Namen hat er schon gehört, aber er bekommt keinen Zusammenhang hin.

„Jimmy Baldwin war offensichtlich einer der Killer von Don Calogero, jetzt ist er offenbar fast selbstverschuldet ums Leben gekommen. Wir vermuten, dass er hinter dir her war, um dich zu töten."

Mike bekommt im Nachhinein noch einen Schreck. Was wäre, wenn der Killer Erfolg gehabt hätte? Offensichtlich ist er durch puren Zufall nicht mit ihm zusammen gestoßen.

Lucas Grumble hat noch etwas auf dem Herzen. „Komm doch mal mit deiner tüchtigen Kollegin aufs Revier. Ich glaube, wir haben Arbeit für euch beide. Bis jetzt hat noch keine Straftat stattgefunden, weswegen wir Staatsdiener nichts unternehmen können, aber ein privater Ermittler ist da genau der Richtige."

Candy kommt dazu und legt einen Arm um Mike. Sie lächelt ihn verführerisch an und antwortet dem Lieutenant. „Wir übernehmen jeden Fall. Aber nur tagsüber!"

Nachwort

Ein weiteres Buch ist entstanden, es schließt die Lücke zwischen den Wildwest Romanen und der hier vorliegenden Detektivgeschichte. Es ist ein historischer Roman:

Töchter des Stahls – Amerika on 1922 – 1947

Der Werdegang eines Enkels des Revolverhelden Mickey Callaghan wird beschrieben, sowie die Entwicklung eines schönen und reichen Mädchens. Die schwierigen Zeiten mit ihren Verbrechern und der Not der damaligen Zeit wird lebendig.

Nach diesem Roman folgen bisher zwei Detektivgeschichten. Der erste Fall von Privatdetektiv Mike Callaghan und seiner hübschen Partnerin liegt Ihnen hier vor, der nächste Fall heißt:

- Schwarze Weihnachten in Manhattan

  Ein merkwürdiger Weihnachtsmann treibt sein Unwesen. Es gibt mehrere Tote und Mike Callaghan landet auf Grund einer Verwechslung im Knast, mit der Aussicht auf den elektrischen Stuhl. Jetzt kann ihm nur noch seine schöne Partnerin helfen

- Mit dem Fahrstuhl kam der Tod

Ein defekter Fahrstuhl wird einem jungen Mädchen zum Verhängnis. Die Polizei findet schnell einen Schuldigen, es ist nicht der Richtige. Unsere hübsche Detektivin übernimmt den Platz des toten Mannequins, um Nachforschungen anzustellen. Damit hat sie sich in die Höhle des Löwen begeben, sie überlebt knapp einen Anschlag. Können ihr Partner und der neue Mitarbeiter den Fall lösen?

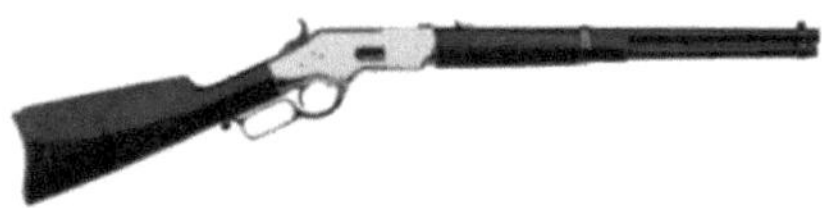

Interessieren Sie sich für die Abenteuer von Mike Callaghans Großvater, dem Gunfighter?

Dann könnten die folgenden vier Bücher für Sie interessant sein:

1. Vom Herumtreiber zum Gunfighter
2. Der Reiter aus Laramie
3. Das Tal der Siedler
4. Die Minenstadt

Sie beschreiben den Weg eines Jungen zum gefürchteten Revolvermann. Er kehrt seinem bisherigen Leben den Rücken und entwickelt sich zum Wohltäter eines Tales.

Unter dem richtigen Namen des Autors, Peter Eckmann, entstehen lokale Kriminalromane. Es sind die Fälle des Kommissar-Gespannes Krüsmann und Hansen. Sie spielen in der Niederelberegion zwischen Stade und Cuxhaven.

- Der Kreidestrich

  ist ein Krimi, der in die sechziger Jahre zurückführt, die Zementfabrik in Hemmoor spielt eine wichtige Rolle. Hier findet eine vor den Schergen ihres Zuhälters geflohene Prostituierte Arbeit. Dieser Roman ist der erste Fall der Kommissare Krüsmann und Hansen.

- Fähre ins Jenseits

  Der zweite Fall der Kommissare Krüsmann und Hansen. Auf der Schwebefähre in Osten wird der ehemalige Kommandant eines Konzentrationslagers von einem früheren Häftling wiedererkannt. Um der Bestrafung zu entgehen, beginnt eine Spirale des Todes.

- Die Chemie stimmt

  Ein Chemieriese aus den USA will an der Elbe bei Stade ein neues Werk errichten.

  Die Besitzer der Ländereien wittern das große Geschäft, Intrigen bahnen sich an und Ränke werden geschmiedet.

  Ein junges Paar gerät in die Verstrickungen zwischen den Landbesitzern. Als ein Mord geschieht, muss sich ihre Liebe beweisen.

  Ein weiterer Fall für die Kommissare Krüsmann und Hansen.

  Der Roman spielt in den Jahren 1966-1972 zwischen Stade und Drochtersen

Die Tochter des Kommissars Hansen wird als Mädchen mit zwei Freunden in einen Diebstahl verwickelt.

- Sommer der Diebe

    Heranwachsende in Stade spielen Mitte der 80er Jahre Detektiv, aus dem Spiel wird unerwartet Ernst.

    Das Mädchen ist die Tochter von Kriminalkommissar Werner Hansen, sie und zwei Jungen aus der Nachbarschaft spielen Ermittler und beobachten Merkwürdigkeiten in der Umgebung, unversehens werden sie Zeugen eines Banküberfalles. Eine spannende Suche nach den Tätern beginnt für die Hobby-Detektive.

    Die Täterjagd wird für die 13-jährigen Heranwachsenden plötzlich gefährlich, aus dem Spiel wird bitterer Ernst.

    Der Roman spielt in Stade und Umgebung und in der Festung Grauerort.

Die erwachsene Christine Hansen tritt in die Fußstapfen ihres Vaters und wird Kriminalkommissarin. Zuerst beim LKA in Hannover. Eine günstige Gelegenheit führt sie in den Ort ihrer Kindheit zurück – sie wird die Leiterin der Mordkommission in Stade. Mehrere Abenteuer erlebt sie hier. In den folgenden Büchern sind sie zu finden:

- Mord mit Absicht
- Die Kommissarin und der Teufel
- Der letzte Schuss

Die beiden letztgenannten warten noch auf die Veröffentlichung.

Beachten Sie auch bitte meine Internet-Seiten:

www.allan-greyfox.de

und

peter.eckmann.de

Dort finden Sie Hintergrund-Informationen zu meinen Büchern.

Über den Autor

Ich bedanke mich bei meiner Frau, meinem größten Fan und gleichzeitig meiner größten Kritikerin, für ihre unermüdliche Arbeit am Manuskript und die schöpferischen Diskussionen.

PETER ECKMANN, geboren 1947, lebt im Niederelbe-Dreieck in der Nähe von Cuxhaven
Ingenieur der Verfahrenstechnik, schreibt unter dem Pseudonym Allan Greyfox Wildwest- und Detektivromane.

Unter seinem realen Namen Peter Eckmann ist der erste Lokalkrimi aus der Wahlheimat des Autors an der Niederelbe entstanden. Er heißt „Der Kreidestrich"

Seit Ende 2015 gibt es den ersten Thriller. Er spielt in Manhattan wenige Jahre nach dem Ende des zweiten Weltkrieges. Der Held ist Michael Callaghan, der Enkel des Revolverhelden der Wildwest Serie.

Es folgten lokale Kriminalromane, sie beginnen in den 60er Jahren des Jahrhunderts und reichen bis in die heutige Zeit.